Le visage de paille

Du même auteur
dans la même collection

L'Enfant du silence

Abigail Padgett

Le visage de paille

Traduit de l'américain par
Danièle et Pierre Bondil

Collection dirigée par
François Guérif

Rivages/noir

Titre original : *Strawgirl*

106, bd Saint-Germain – 75006 Paris

ISBN : 2-7436-0189-2
ISSN : 0764-7786

En mémoire d'une amitié
Joan Garfinkel Glantz et Dassia Porper

Remerciements

Aux poétesses des Adirondacks, Adelaïde Crapsey et Jeanne Robert Foster, et à la peintre de l'école du fleuve Hudson, Charlotte Buell Coman, dont les œuvres m'ont été source d'inspiration.

Au musée des Indiens iroquois de Schoharie, dans l'État de New York, pour le soutien consacré à mes recherches.

À Mary Schifferli de l'institut d'Histoire et d'Art d'Albany, dans l'État de New York, pour avoir découvert les femmes artistes de l'école du fleuve Hudson.

À Robert Pell Dechame et à Nicholas Westbrook, directeur de Fort Ticonderoga, qui m'ont autorisée gracieusement à voir les tableaux appartenant à des collections privées peints par Ella Ferris Pell.

Au professeur Marilyn J. Ireland, de la California Western School of Law, à San Diego, pour ses renseignements dans le domaine juridique.

Note : Shadow Mountain et ses Chercheurs n'existent que dans mon imagination. Le domaine, toutefois, se trouve réellement là-bas sous l'aspect de Hemlock Hall, près de Blue Mountain Lake, dans l'État de New York.

« ... et dans le carnage
d'une grange béante
rien d'autre que la paille,
qu'elle tente de toucher. »

Pamela Spiro Wagner

Chapitre 1

Bo Bradley regardait le jour se dérouler, avec l'œil circonspect de la poule qui fait sa ronde dans une ferme menacée par les renards. Jamais les jours n'avaient une telle douceur ; il y flottait quelque chose de bizarre. Depuis ses premières heures, elle se méfiait de ce jour-là. C'était un mercredi ordinaire, suite imperturbable d'événements de milieu de semaine si insipides qu'ils en paraissaient factices. La circulation de San Diego qui coulait de la côte vers la ville était trop fluide ce matin. Le café de la cafétéria du Département des Services Sociaux avait trop d'arôme. Les téléphones à cadran démodés étaient trop silencieux, le pas des autres chargés d'enquêtes trop tranquille dans le hall d'entrée.

Ce n'était pas le lithium, impossible. Le traitement qu'elle prenait lorsque cela devenait nécessaire pour juguler les symptômes d'une névrose maniaco-dépressive pouvait produire ce type d'effets. Il pouvait émousser les arêtes vives de la réalité, ralentir le déferlement effréné de détails à un rythme acceptable, plus souple. Il pouvait tout rendre mollement *bien*. Seulement elle avait arrêté de prendre son lithium depuis dix-huit jours. Jusque-là, ça allait. Mais ce mercredi ensommeillé, sans relief, cachait quelque chose. Bo reconnut bien ce pressentiment, estompé par le médicament depuis six mois, cet ami intime mais toujours déroutant.

Ce sentiment avait fait naître une grimace sur son visage quand, à 8 h 15, son chef, Madge Aldenhoven, était entrée en coup de vent dans le bureau que Bo partageait avec un autre agent chargé d'enquêtes pour l'enfance maltraitée, agitant une note destinée à tous les services.

– Bo, vous venez en troisième position, aujourd'hui, pour prendre les nouvelles affaires. Vous n'aurez rien avant cet après-midi et je sais que vos rapports sont à jour. Alors je vous en prie, ne me faites pas perdre mon temps et ne perdez pas le vôtre à essayer de vous défiler parce que j'ai quelque chose à vous demander.

Aldenhoven avait ramené une mèche de cheveux poivre et sel dans un chignon par ailleurs impeccable et lui faisait un sourire de béatifiée. Bo reconnut l'expression que des artistes du début du siècle se seraient complus à donner à des mères aux yeux larmoyants entourées de hordes d'enfants en habits de cérémonie. Le regard du chef était fixé sur les dossiers soigneusement alignés, chacun avec sa bande orange, maintenus par les presse-livres en plastique réglementaires sur le bureau de Bo. Un tableau de Madge Aldenhoven en longue robe aux plis bibliques portant avec tendresse dans ses bras un exemplaire du manuel des procédures du Département des Services Sociaux se forma dans l'esprit de Bo. Ce tableau serait peint en huiles épaisses et aurait un cadre sculpté doré à la feuille. Bo soupira et ressentit la profonde antipathie qui caractérisait sa relation avec sa supérieure hiérarchique. Les joutes quotidiennes entre la bureaucrate et l'iconoclaste sans lesquelles ce boulot pourrait être à peu près supportable.

– Vous savez que notre département organise aujourd'hui un atelier sur les cultes sataniques et l'enfance maltraitée, continua Madge en exhibant la note de service comme si c'était un ordre émanant de la Maison Blanche. C'était Estrella qui devait représenter notre section, mais il y a encore un gamin qui s'est retrouvé coincé sur le terre-plein central de l'autoroute hier soir...

– Et la mère ? demanda Bo, avec une inquiétude non feinte.

Des familles mexicaines qui passaient la frontière clandestinement entre Tijuana et la commune la plus au sud de San Diego se lançaient souvent dans une course folle pour traverser les huit voies de l'Interstate 5 et gagner la sécurité des terres basses et broussailleuses inhabitées de l'autre côté. Certains échouaient.

– Renversée par un camion de boulangerie sur la voie nord, répondit sèchement le chef. Heureusement l'accident n'a pas été mortel, il n'y a que des fractures. Le petit de deux ans a été projeté et est arrivé sur le terre-plein. Estrella est en ce moment avec lui à l'hôpital Sainte-Marie.

La jeune femme qui partageait le bureau avec Bo, Estrella Benedict, était l'enquêtrice hispanique requise pour la section de Madge Aldenhoven ; c'était également la meilleure amie de Bo.

– Bien sûr, dit Bo en passant la main sur le

bras de son fauteuil pour en ôter une peluche imaginaire. Je vais aller suivre ce séminaire sur les cultes du démon à la place d'Es. Ça me fera gagner des points, si je rapporte une dague de cérémonie ensanglantée ou un pied fourchu d'où émanent des relents de soufre ?

Il lui avait été impossible de retenir le trait cynique de sa réponse et les célèbres détecteurs d'insubordination d'Aldenhoven n'avaient pas manqué de clignoter immédiatement dans le rouge.

– Ne prenez pas cette attitude, Bo, l'avertit Madge depuis la porte. Le Département a fait venir à grands frais de Los Angeles un expert sur la question. Des représentants des services de la police seront également présents. C'est un sujet grave. Des guides imprimés et reliés pour reconnaître les mauvais traitements infligés par les adorateurs de Satan seront distribués. Je veux être sûre que notre section aura son exemplaire.

Bo remarqua que l'une des lentilles de contact de Madge se décentrait dangereusement sur son iris couleur de jacinthe. Suivre la progression de la lentille l'empêchait de prêter l'attention voulue aux propos de la femme qui poursuivait :

– Vous fournissez un si bon travail depuis six mois. J'aimerais que cela continue.

Bo plia la note concernant l'atelier. Elle devint un cygne en origami qu'elle posa au beau milieu du plateau en Formica gris de son bureau.

L'atelier lui-même avait été grotesque. Une salle de conférence louée dans un hôtel, avec des tapis berbères sur les murs et ce qui ressemblait à un tissage en laine d'acier sur le sol. Du café tiède, quelques dizaines de policiers et de membres des services sociaux avec des idées personnelles toutes faites sur le diable, et un exposé qui, de l'avis de Bo, n'avait pas changé depuis le treizième siècle.

– Certains d'entre vous auront du mal à le croire, dit au groupe une psychologue extrêmement blonde appelée Cynthia Ganage, mais en ce moment même, aujourd'hui, aux États-Unis... il y a une conspiration satanique grandissante et puissante.

La psychologue avait des vêtements tellement à la mode, un tel maquillage et une expression si resplendissante qu'il apparut à Bo qu'elle devait se faire un peu d'argent de poche en tournant dans des publicités pour produits d'entretien de salles de bains.

– Je n'ai pas de mal à le croire, murmura Bo à l'intention d'une collègue du service des mises en liberté surveillée assise à côté d'elle. Je trouve ça impossible à croire !

– Chut, répondit la femme en écrivant « conspiration satanique » à l'encre violette sur un bloc officiel couleur lavande. C'est là-dessus qu'ils comptent. Ils *savent* que les gens n'y croient pas.

– ... même aux plus hauts niveaux de la société, continuait Ganage, et le rite satanique principal comprend invariablement des sévices sexuels, des tortures et parfois le meurtre... d'enfants innocents.

– Oh, mon Dieu, soupira Bo.

– Loué soit le Seigneur, fit l'assistante sociale des libertés surveillées.

– Tu ne vas pas me croire ! dit Bo à Estrella

lorsqu'elle revint à midi. J'en ai vu, des fêlés, dans ma vie. J'ai *moi-même* été fêlée. Mais rien n'arrive à la cheville de cette psychologue sur son trente et un que le département a importée de Los Angeles. Cette bonne femme, ou bien c'est une hallucination, ou bien elle a trouvé le meilleur moyen de se faire du fric depuis l'invention des junk bonds[1]. D'après elle, toutes les écoles, toutes les églises, toutes les crèches, même « le gouvernement des États-Unis », grouillent d'adorateurs de Satan, secrets, à l'affût, qui torturent les enfants. Sans parler des chanteurs de rock, des groupes pop et de tous les gens liés à l'industrie des loisirs !

– Cela inclut-il les prédicateurs qui passent à la télé ? fit Estrella en souriant au-dessus d'une tasse fumante de soupe aux nouilles instantanée posée sur son bureau.

Le soleil qui pénétrait dans la pièce à travers le petit store de leur unique fenêtre striait de lignes noires et blanches ondulées le bras orné de bracelets d'Estrella.

– Je pense que ça inclut le Pape, fit Bo en soupirant. Mais ce qui m'énerve, franchement, c'est que cette bonne femme empoche des honoraires de consultant énormes pour se pavaner dans un tailleur à cinq cents dollars et montrer des photos de groupes de rock dont les paroles, jouées à l'envers à la mauvaise vitesse et sous l'eau, peuvent, peut-être, contenir des messages qui poussent les gens à offrir des bébés en sacrifice.

– Tu veux savoir ce qui m'énerve, *moi* ? s'enquit vaguement Estrella, observant dans un fin rai de soleil le vernis écaillé de son ongle manucuré.

1. Obligations à haut rendement mais très haut risque, émises pour le rachat d'entreprises. *(N.d.T)*

– Quoi ? répondit Bo, distraite par sa propre image dans le miroir de la porte du bureau.

Son apparence ne s'était pas sensiblement modifiée depuis qu'elle l'avait vérifiée le matin. Des boucles de cheveux roux et argent lui tombaient sur les épaules en un désordre typique ; des yeux verts qui avaient ce jour-là pris une teinte que Bo qualifiait avec chagrin de « vert concombre » ; un estomac pas vraiment plat et des cuisses qui, à moins d'être surveillées, ressembleraient bientôt à des saucisses à la Dickens. Même la veste de coupe ample qui couvrait ses hanches et qu'elle portait presque tous les jours ne parvenait pas à recréer sa minceur pré-lithiumienne.

– Ce qui m'énerve, dit Estrella en s'adressant à la tasse de nouilles Ramen, c'est que j'ai des amies dépressives qui arrêtent leur traitement sans me le dire.

Bo se détourna lentement du miroir et lança sur son bureau une brochure polycopiée intitulée *L'Intervention dans les affaires de maltraitance rituelle.* La couverture de la brochure, en papier cartonné jaune format légal, était ornée d'une tête de petit garçon en casquette de marin, datant de 1939, découpée en silhouette et faisant face à un diable cornu qui tirait une langue obscène.

– Comment as-tu su que j'avais arrêté le lithium ? murmura-t-elle.

– Quand je ne danse pas dans les *cantinas*, que je ne donne pas à manger à mon fidèle *burro* ou que je ne répands pas des pétales de roses dans les nuages de poussière de processions religieuses, chanta Estrella avec une imitation d'accent à couper au couteau, on a pu remarquer que je savais voir ce que j'ai sous le nez !

Son regard sombre fixait Bo droit dans les yeux.

– Alors, pourquoi ne m'as-tu rien dit ?

Bo examinait le dos d'une de ses mains parsemées de taches de rousseur comme si la réponse y était écrite.

– Parce que je savais que tu te ferais du souci ?

Comment se faisait-il, se demanda-t-elle, qu'en matière de problèmes psychiatriques des gens qui n'avaient pas la moindre formation médicale prenaient de telles libertés pour donner des conseils pharmaceutiques ?

– Tu savais que je me ferais du souci, répéta Estrella comme si elle traduisait du haut allemand une phrase difficile. Pourquoi me ferais-je du souci ? Tu as failli te faire tuer dans un puits de mine l'année dernière, en travaillant comme une folle sur cette affaire du petit sourd. Tu étais en permanence sur le point de disjoncter, mais pourquoi me ferais-je du souci ?

Bo s'assit sur son fauteuil de bureau et le fit pivoter pour faire face à une femme d'ascendance hispanique très élégamment vêtue qui était à deux doigts de lui jeter au visage une tasse de soupe aux nouilles Ramen tiède.

– Pardon, Es, dit-elle à travers la masse de cheveux qui dissimulait sa tête penchée de pénitente. J'aurais dû t'en parler.

Ce numéro, qui n'en était pas tout à fait un, produisit son effet. Baisser la tête, geste de conciliation simple observé chez les primates qu'elle avait appris en regardant *Gorilles dans la brume*, s'était avéré utile plus d'une fois pour apaiser l'agressivité des humains.

– Alors, comment se fait-il que tu aies arrêté le lithium, demanda Estrella avec un courroux légèrement apaisé. Ça allait bien.

– Il y a des gens qui souffrent de troubles du comportement et qui doivent être sous traitement en permanence, expliqua Bo. Moi, il faut que je prenne des médicaments de temps en temps, les effets secondaires n'étant pas exactement agréables.

Estrella ajusta un peigne en nacre dans ses cheveux lisses et plissa les yeux.

– Quels effets secondaires ?

Bo ne voyait pas comment elle pourrait éluder la question en restant polie.

– La prise de poids, pour commencer. Sous lithium, j'ai tendance à me faire l'effet d'un marshmallow géant doté d'une personnalité de chauffard meurtrier. J'aspire à ramasser les petits objets en moins de deux minutes et à réagir aux événements cataclysmiques qui secouent le monde en moins d'une semaine. J'ai l'impression de faire de la plongée dans de la soupe de pomme de terre.

– Et ça n'améliore pas ta vie amoureuse en plus, hein ?

– Es... !

– Bah, je savais bien qu'il y avait quelque chose.

– Es, je te répète que je ne veux pas de vie amoureuse, comme tu dis si curieusement. Trop de complications. Je veux peindre, c'est tout. Est-ce que je t'ai dit que j'ai vendu deux de mes toiles d'inspiration indienne la semaine dernière ? Je pense que je vais dépenser cet argent en m'offrant un week-end dans une élégante station de balnéothérapie comme celles où vont les vedettes de cinéma. Tu sais, là où on te fait manger du raisin et où on te couvre de boue chaude ?

– Tu peux faire ça gratuitement dans mon jardin, suggéra Estrella. Alors, dis-moi pourquoi ça te met dans tous tes états, l'atelier de ce matin sur les cultes.

Ce jour si ordinaire épuisait Bo. Les détails, sans fin et sans suite, se bousculaient pour former des schémas compliqués derrière lesquels elle sentait que se dissimulaient d'autres choses.

– C'était tellement bête... commençait-elle lorsque Madge Aldenhoven frappa, ouvrit la porte et entra d'un pas assuré, d'un seul et même geste tout en efficacité.

– Je crois que vous allez être contente d'avoir assisté à l'atelier sur le satanisme, Bo, annonça le chef sur un ton aux accents vindicatifs.

– Comment cela, Madge ? demanda Bo en parcourant le plafond du regard, traquant les toiles d'araignées.

– L'affaire dont vous allez vous occuper est une affaire de sévices sexuels. La petite vient d'être amenée à Sainte-Marie en ambulance, gravement blessée. Nous avons des raisons de penser que cette affaire peut comporter des sévices rituels parce qu'il y a une espèce de symbole bizarre peint sur l'abdomen de l'enfant. Elle a une sœur aînée. Le peu d'informations que nous avons, semble indiquer que le coupable serait très probablement le concubin de la mère, un homme dont on sait qu'il fait partie d'une secte. Je veux que vous alliez immédiatement à Sainte-Marie pour évaluer la situation. Il faudra sûrement aller chercher la sœur à l'école pendant que la famille est encore à l'hôpital. Faites de votre mieux. Attendez-vous à quelque chose de plutôt moche.

Lorsque la main d'Aldenhoven glissa le nouveau dossier sur son bureau, Bo admira à son doigt une baguc ornée d'une perle et de lapis. La bague allait bien avec la tunique en lin bleu de Chine que le chef portait sur un fourreau en jersey couleur d'albâtre. Madge, qui ne quittait jamais les bureaux, n'était jamais confrontée à la réalité relatée dans les rapports qu'elle se contentait de lire, et pouvait cultiver l'illusion qu'elle évoluait dans un domaine professionnel agréable. Madge pouvait s'habiller comme si elle était l'acheteuse du rayon confection pour dames d'un grand magasin de style classique. Elle se faisait là, Bo devait le reconnaître, des illusions fort utiles. Sur la bande orange qui barrait le dossier en papier kraft, on avait tracé avec un gros feutre les mots « FRANER, SAMANTHA, 3 ANS 6 MOIS / HANNAH, 8 ANS 1 MOIS. » Une odeur chimique montait de l'encre fraîche, dissolvant la façade de cette journée comme la pluie sur une vitre poussiéreuse. Ce n'était pas un mercredi ordinaire après tout. Bo le savait depuis le début.

– Je ne veux pas de cette affaire, dit-elle à Estrella lorsque Madge eut refermé la porte derrière elle.

Un sentiment étrange, proche de la panique mais empreint de tristesse, lui monta dans la gorge. Tout un nouveau réseau d'horreurs innommables à élucider. Dans l'insipidité trompeuse de cette journée, cette nouvelle affaire se dressait comme un panneau indiquant l'enfer, n'offrant aucune lueur d'espoir.

– Je n'ai même pas envie de *travailler* ici, râla-t-elle avec une virulence qui surgissait de nulle part. Je n'en peux plus, des affaires de sévices sexuels, avec ou sans conspiration satanique. Tout ce que je veux, c'est rester chez moi et peindre.

Bo s'écouta parler et entendit la voix geignarde d'une enfant gâtée. Pourtant, ses paroles étaient exactes. Le dossier posé sur son bureau miroitait comme du poison.

– Je le savais ! dit Estrella qui bondit sur l'occasion. Tu as arrêté ton traitement et tu deviens bizarre. Tu n'as jamais laissé le travail te démonter avant. Tu as besoin de ton lithium, Bo. Tu ne peux pas assumer ton travail sans ça.

– Peut-être, songea Bo en fourrant le dossier qu'elle n'avait pas lu dans une mallette défoncée et en prenant ses clefs, et peut-être aussi qu'il y a simplement quelque chose de bizarre dans l'air aujourd'hui...

– Premier mai, fit Estrella en pointant le doigt vers un calendrier mural. On ne fête pas la Révolution soviétique ici, et Cinco de Mayo est encore dans quatre jours. Rien de spécial aujourd'hui.

Les lèvres de Bo se retroussèrent en un sourire entendu. Le premier mai ? Beltane ! Le jour où Caillech Bera taisait ses lamentations hivernales et se changeait en pierre jusqu'au prochain All Hallow. Bo pouvait presque entendre sa grand-mère irlandaise lui raconter l'histoire.

« Eh oui, et la vieille Cally, elle s'est changée en pierre dans un lieu désert cette nuit, et elle a perdu son bâton dans les ajoncs. On ne la verra pas pendant tout le bel été, et non, et on ne l'entendra pas, non plus ! »

C'était une révélation rassurante, pensa Bo avec un grand sourire. L'antique symbole de la folie mis hors d'état de nuire par un soleil de plus en plus chaud, les gens pouvaient parcourir la terre en toute sécurité sans lithium. Les gens pouvaient arrêter de geindre et s'accrocher au boulot qui leur permettait de payer leur loyer.

– Merci, Es, fit-elle avec un signe de la main près de la porte. Tu m'aides plus que tu ne penses.

Chapitre 2

Au cours d'une rénovation achevée depuis peu, l'hôpital Sainte-Marie avait loué les services d'un conseiller en image. Bo, estimant d'un coup d'œil que le parking de l'hôpital était plein, glissa sa vilaine BMW bleue dans le seul emplacement libre, celui où figurait l'inscription RÉSERVÉ AU CLERGÉ. Puis elle tira la langue au mammouth laineux et souriant couleur magenta dont la silhouette peinte sur des panneaux fibreux ornait chaque lampadaire. « Mabel », ainsi que ce logo avait été baptisé par les conseillers, tenait dans sa trompe depuis longtemps frappée d'extinction les ficelles de ballons multicolores et portait un stéthoscope autour du cou. Bo trouvait cette créature esthétiquement atroce.

– Pourquoi, avait-elle demandé au docteur Andrew LaMarche, directeur du service des enfants maltraités de l'hôpital, un hôpital pour enfants situé au sud de la Californie devrait-il avoir pour logo un pachyderme d'une espèce disparue qui n'a jamais mis les pieds au sud de Schenectady, dans l'État de New York ?

LaMarche avait, chose rare chez lui, éclaté de rire devant l'assiette de chili Anaheim qu'il mangeait dans un restaurant cinq étoiles spécialisé dans la viande de bœuf, l'unique fois en six mois où Bo avait accepté de dîner avec lui.

– L'idée, avait-il expliqué, c'était que les enfants considéreraient que cet éléphant préhistorique à longs poils était étrange, tout comme il est étrange de se retrouver à l'hôpital. Et que le sourire et les couleurs vives rendraient cette étrangeté sympathique. Il est indéniable que ce truc est hideux, mais le concept est bon. Les jeunes enfants, au fond, sont capables d'identifier les constructions mentales connu/inconnu et sympathique/antipathique. Cela les aide, qu'on décore l'hôpital en reproduisant une figure qui est à la fois inconnue et sympathique. D'où Mabel !

Bo adressa une grimace magistrale à la Mabel qui souriait à travers son pare-brise et sortit le dossier Franer de sa mallette. Samantha Alice Franer, lui apprit-il, était une petite fille blanche de trois ans et demi qu'on avait amenée à l'hôpital Sainte-Marie quand sa mère, Bonnie Corman Franer, l'avait fait examiner par un pédiatre de son quartier. La pédiatre, Susan Ling, avait téléphoné à la police après avoir demandé à une ambulance de transporter Samantha de son cabinet à Sainte-Marie. D'après le rapport de Susan Ling, Samantha Franer souffrait de plusieurs lésions internes consécutives à un viol perpétré la veille. Selon Susan Ling, ces blessures étaient graves.

Bo remit le dossier dans la mallette en cuir cousue main dont le fermoir en cuivre représentait le glyphe maya en forme de tête de serpent symbolisant la pluie, puis elle rajusta le bas de son pantalon en jersey noir et se dirigea vers l'entrée de l'hôpital. Un camion de régie de la chaîne de télévision locale KTOU était garé devant les portes en verre automatiques de l'hôpital.

– Oh, oh...

Bo prit sa respiration, mal à l'aise, et ressortit le dossier. Aucune équipe de télévision digne de références élogieuses dans le monde du journalisme ne s'abaisserait à envahir un lieu où des enfants souffraient sur leur lit d'hôpital. À moins que l'histoire ne soit irrésistible. Et la chaîne de télévision « K-TOUT », comme elle se plaisait à se faire appeler, s'était établi la réputation de faire des scoops avec les événements les plus malsains et les plus sanglants de San Diego.

« Un symbole non identifié a été peint sur le bas-ventre de l'enfant à l'aide d'un Magic Marker jaune », continuait le docteur Susan Ling dans son rapport. « C'est un visage étrange entouré de traits. Ceci peut avoir ou non un lien avec les blessures de l'enfant, blessures que je n'hésite pas à définir comme étant consécutives à un viol. »

– Merde, fit Bo d'un ton neutre comme les portes automatiques s'ouvraient dans un léger bruissement.

Le docteur Ling, à l'évidence nouvellement installée dans le comté de San Diego et ignorant les procédures à suivre pour les cas de maltraitance sur enfants, avait téléphoné son rapport directement à la police au lieu d'appeler le numéro d'urgence pour l'enfance maltraitée. Dans le système de relais automatique qui envoie le rapport au bureau central de la police puis le ré-expédie à l'extérieur vers des détectives sur le terrain, cette information avait pu être transmise par radio sur l'une des longueurs d'ondes attribuées à la police, accessible à toute personne disposant d'un poste à ondes courtes. Et quelqu'un avait effectivement écouté. Le camion de régie en était la preuve.

– C'est quelqu'un des Services de Protection de l'Enfance ! fit remarquer une voix venant d'un groupe de gens qui cernaient le bureau d'information du hall d'entrée.

Bo regarda une femme se détacher du groupe pour s'approcher d'elle. Elle était suivie d'un jeune homme pas rasé aux cheveux blonds et raides, vêtu d'un tee-shirt du Grateful Dead et portant une Minicam. La femme avait toujours l'immense veste en soie écrue qu'elle avait choisie pour l'atelier du matin. Bo avait espéré ne jamais revoir les chaussures assorties en lézard décoloré avec leurs talons de dix centimètres. C'était le docteur Diable, la psychologue avide de nouvelles à sensations venue de L.A. qui était capable de trouver des adorateurs de Satan à tous les coins de rue mais ne pouvait visiblement pas envisager le concept de chaussures qui n'engendrent pas de cruauté. Une bonne morsure infligée à cette femme dévorée par des geckos traversa l'esprit de Bo.

– J'ai bien peur d'avoir oublié votre nom, dit Bo qui se fit un plaisir de dégager d'une secousse le coude que la femme avait agrippé de ses doigts soigneusement manucurés. Mais qu'est-ce que vous faites ici, à Sainte-Marie ?

À part évoluer sur la piste de la souffrance d'un enfant à la lumière de vos projecteurs personnels ?

– Cynthia Ganage. *Docteur* Cynthia Ganage, répondit promptement la femme.

De près, Bo remarqua le rouge à lèvres expertement appliqué au pinceau en deux tons différents, le blush posé sur des pommettes parfaites au teint crémeux, les yeux noisette trop petits et trop rapprochés mais agrandis par un trait artistique d'eyeliner gris. Les créoles en métal martelé n'étaient pas en cuivre, mais en or.

– Comme vous le savez puisque vous étiez présente à mon atelier ce matin, continua Ganage, je suis psychologue, spécialisée dans les mauvais traitements subis par des enfants au cours de rites liés à certains cultes.

Bo se rendit compte avec un nouveau sentiment de mépris que Ganage parlait juste assez fort pour être entendue par deux journalistes de la presse écrite qui émergeaient d'une porte latérale ouvrant sur la salle où arrivaient les ambulanciers. Dans le hall de Sainte-Marie, l'atmosphère devenait peu à peu celle d'un aquarium rempli de requins affamés à l'heure du repas.

– J'adorerais papoter un peu, mais le devoir m'appelle, fit Bo avec un sourire d'une fausseté évidente en tendant son badge d'identité à un agent de sécurité près de l'ascenseur.

Cynthia Ganage haussa encore un peu la voix :

– Êtes-vous venue enquêter sur l'affaire Franer ? D'après les informations dont je dispose, je suis certaine que le satanisme y joue un rôle. Je suis ici pour proposer mes services professionnels, gratuitement...

Comme les portes de l'ascenseur étouffaient les paroles de la blonde, Bo respira profondément, doucement, tout en se répétant que l'exploitation du sensationnel n'était pas vraiment un délit, mais qu'elle devrait être jugée comme telle. En révélant publiquement le nom de l'enfant et les détails de cette affaire, Cynthia Ganage venait de violer tous les principes observés aussi bien par la police que par le personnel des Services de Protection de l'Enfance. Les yeux rivés sur le fermoir en forme de tête de serpent maya de sa mallette, Bo se dit que, comparé à Ganage, ce serpent était vraiment mignon.

– Je viens pour l'affaire Franer, dit-elle une fois arrivée au bureau des infirmières du quatrième étage. Est-ce qu'on est encore en train d'examiner l'enfant ? Il faut aussi que je parle avec la mère. Je suppose qu'elle est avec Samantha ?

– L'enfant est encore au bloc opératoire, répondit tranquillement une infirmière noire corpulente avec qui Bo avait déjà travaillé sur d'autres affaires.

Un certain regard, dans ses yeux aux paupières tombantes, lança un avertissement. Bo avait déjà vu ce regard. Le langage tacite du personnel médical : « Armez-vous », disait-il. « Préparez-vous à voir l'intolérable. »

– Vous pouvez aller jeter un coup d'œil dans la salle de surveillance, proposa l'infirmière. On vous dira combien de temps ça va encore durer. La mère est dans la salle d'attente du service de chirurgie.

Chaque intonation de ces mots prononcés à voix basse indiquait à Bo que les choses ne se passaient pas bien. Elle hocha la tête et se força à franchir la porte sans plaque au fond d'un bureau se trouvant derrière celui des infirmières. Cette porte ouvrait sur un bref couloir qui menait à une petite salle d'observation d'où l'on pouvait voir les activités en cours dans le bloc opératoire.

Cette pièce, toujours plongée dans la pénombre, était équipée d'une rangée de chaises fixées au sol pour garantir le silence, et d'un haut-parleur diffusant les voix qui montaient de l'arène opératoire puissamment éclairée. Bo avait l'impression d'entrer à l'intérieur d'un objet de décoration de sapin de Noël.

– ... impossible d'appliquer les mesures prophylactiques substantielles déjà décrites... prononça lentement la voix familière du docteur Andrew LaMarche tandis que Bo se forçait à se concentrer sur la scène qui se déroulait deux mètres en contrebas.

Quelque chose n'allait pas. L'équipe chirurgicale en blouses vertes ne parlait pas assez, leurs mouvements étaient trop lents. L'infirmière avait les mains vides. L'anesthésiste ne contrôlait pas comme il aurait dû sa console aux multiples écrans qui semblaient ne rien afficher. Un chirurgien s'éloignait, un autre refermait une grande incision dans l'abdomen de l'enfant à points étonnamment grands. La peau de la petite fille était aussi pâle que les petites boucles blondes qui frôlaient ses yeux fermés. Elle ressemblait plus à une représentation qu'à une réalité, à un chérubin joufflu peint par Raphaël sur une toile inachevée. Dans la lumière intense de la salle d'opération, les boucles blondes en désordre paraissaient cristallines. Comme du verre filé. Bo refusait d'admettre une réalité qui embuait son regard. Elle devait admettre que le corps de l'enfant n'était qu'une enveloppe vide évanescente d'où la personnalité de quelqu'un appelé Samantha Franer s'était déjà enfuie.

– La cause de la mort... dit Andrew LaMarche

dans un micro suspendu au-dessus de la table d'opération, est une hémorragie interne consécutive à...

Bo regagna le petit couloir et pressa le front contre la fraîcheur du mur carrelé. Comment c'était, quand on avait trois ans ? Elle fouilla sa mémoire et ne trouva pas grand-chose. Une salopette préférée en tissu écossais vert avec des petits volants blancs sur les bretelles. Sa grand-mère avait brodé les trois premières mesures de « Kitty of Coleraine » sur la bavette du vêtement et avait appris à Bo à jouer la mélodie au piano avec un doigt. Et un cairn terrier qui s'appelait McDermott, qui hurlait quand sa mère jouait du violon et dormait chaque nuit la tête sur l'oreiller de Bo. Des souvenirs vagues et innocents denués de la complexité qui n'est possible que lorsque le cerveau a terminé sa phase d'élaboration entre cinq et six ans. « L'âge de raison » défini par les anciens. L'âge où il devient possible d'apprendre à lire, de manipuler des symboles, de se former des idées sur le bien et le mal. Samantha Franer n'aurait jamais six ans maintenant. Elle aurait trois ans pour toujours et ne serait que le souvenir d'une petite fille aux boucles couleur de lin, figé dans l'esprit de ceux qui l'aimaient. Comme la sœur de Bo, Laurie, qui, douze ans après sa mort, avait encore vingt ans. Aurait toujours vingt ans.

Bo ferma fort les yeux, elle sentit des larmes jaillir et couler sur ses joues empourprées. Mais pleurait-elle l'enfant morte sur la table d'opération ou sa propre sœur dont le suicide, douze ans plus tôt, avait provoqué chez elle une dépression si profonde qu'elle avait été hospitalisée pendant trois mois ? C'était difficile à dire. Mais elle allait devoir se ressaisir.

« Alors qu'est-ce qu'il vous faudra ? » demanda la voix imaginaire de sa psychiatre préférée, l'enthousiaste docteur Lois Bittner, écho du passé. « Il faut qu'un piano vous tombe sur la tête pour que vous vous rendiez compte que vous avez un problème ? »

– Je n'ai pas de problème, dit Bo à l'adresse du mur en céramique. Je vais bien, sans lithium. Simplement je n'avais jamais vu d'enfant mort sur une table d'opération. Enfin, n'importe qui voudrait *décompenser* un peu... fit-elle, exagérant le terme psychiatrique... en voyant ça.

« Vous n'êtes pas n'importe qui », fit remarquer le souvenir avec un entrain obstiné. « Vous souffrez de psychose maniaco-dépressive. Vous devez vous protéger. »

Bo réfléchit à l'arrogance sauvage nécessaire pour commettre un acte de viol et se rendit compte qu'elle ne comprendrait jamais, qu'elle ne pourrait que trouver cela haïssable. Un acte généré dans la chimie du mâle, chez qui des énigmes à dominante simiesque pouvaient déraper et produire une violence brutale. Mais user de violence contre quelque chose qui est sans défense, sans espoir de résistance ou d'auto-protection ? Même si son travail l'amenait presque quotidiennement à être en contact avec cette réalité qui n'était pas rare, le viol d'enfants continuait à la choquer. Une horreur révoltante subie par des millions d'enfants tous les jours. Et là, elle était amplifiée par son résultat fatal... le corps pâle et immobile, en bas.

Bo aurait voulu que Lois Bittner fût toujours en vie. Elle aurait voulu pouvoir parler de ce qu'elle venait de voir. Pouvoir monter l'escalier en bois qui menait au bureau confortable que la psy avait sous les toits d'un immeuble ancien au centre de Saint Louis, une bâtisse qui avait été neuve à l'époque où Teddy Roosevelt avait été élu, elle aurait voulu ôter ses chaussures et parler. Bittner avait été un hasard extraordinaire, une coïncidence, une erreur. La meilleure chose qui soit arrivée à Bo au cours de sa vie défaite.

Elle se retourna et s'accroupit sur les talons, le dos au mur, se massa le crâne afin d'effacer la scène de la salle d'opération et de s'abandonner au souvenir de Lois Bittner. Un souvenir rassurant malgré ses origines. Un travail de terrassement mental pour servir de tampon à l'image sans ombre de l'enfant morte.

Une dépression, pire que jamais, avait envahi comme un brouillard de fer le cerveau de Bo après les obsèques de Laurie. Au début, elle avait cru pouvoir s'en sortir. Au volant de la BMW neuve que Mark lui avait laissée en compensation de l'annulation de leur mariage qui avait duré trois ans, elle avait quitté Boston une semaine après l'enterrement et commencé à traverser le pays. À effectuer le long trajet qui l'avait ramenée à Los Alamos où elle avait continué à travailler dans la réserve navajo après que son mari l'eut quittée pour trouver une femme qui lui donnerait des enfants. Une femme qui n'aurait pas un lourd passé de problèmes psychiatriques. La BMW s'était bien comportée, mais une fois à Saint Louis, il n'en avait plus du tout été de même pour elle. Tout était devenu sombre, sans couleur, sans espoir.

Bo s'était réveillée dans une chambre de Holiday Inn surplombant le Mississippi, elle avait regardé par la fenêtre et compris que si elle sortait, elle succomberait. Si elle sortait, elle parcourerait la rive aux cailloux inégaux, s'avancerait dans l'eau brune et boueuse qui la recouvrirait rapidement, l'entraînerait aussitôt vers le fond, vers un silence total et éternel. C'était une conviction absolue ; quelque chose dans son esprit lui avait fait comprendre qu'il était temps de mourir. Le chemin neuro-chimique de la dissolution, tracé dans chaque cerveau vers un avenir inévitable au moment voulu, pouvait être emprunté prématurément. Cela pouvait arriver pendant une dépression sévère. C'était arrivé.

Mais autre chose disait : « Non ! » Quelque chose dans les cellules de son corps criait que la mort n'avait pas de sens. C'était une intelligence encore plus primitive que les plus anciens segments de son cerveau, dans le pont de Varole, enfoui à la base de son crâne. Une intelligence d'un milliard de simples cellules qui l'avait arrachée à la fenêtre et avait enfermé son corps en position fœtale sur le sol d'un placard de chambre d'hôtel. Elle refusait de la laisser sortir pour aller dans l'eau froide et vive. Elle voulait la cacher dans les ténèbres préconscientes d'avant la naissance jusqu'à ce que quelque chose vienne désamorcer l'ordre funeste du cerveau.

Douze heures plus tard, le directeur de l'hôtel, alerté par des clients qui se plaignaient d'entendre des gémissements gutturaux dans la chambre contiguë à la leur, avait ouvert la porte avec un passe et appelé la police. Aux urgences d'un hôpital psychiatrique de l'État, on avait demandé à Bo de choisir un psychiatre sur une liste dactylographiée. Incapable de parler, elle avait à peine réussi à organiser suffisamment ses pensées pour reconnaître la première lettre de chaque nom. La lettre B lui avait paru familière, et elle avait posé le doigt sur l'un des noms dont l'initiale était B.

« Lois Bittner ? » avait ricané le médecin de la salle des urgences. « Elle n'est pas vraiment orthodoxe. Vous êtes sûre de vouloir Bittner ? »

Bo n'était sûre de rien en dehors de la bataille qui se livrait entre sa vie et le désir de se noyer dans un fleuve inconnu du centre du continent dont, pour le moment, elle était incapable de prononcer le nom, encore moins l'épeler.

« Mm... » avait-elle répondu en hochant la tête.

Une douleur sourde l'emplissait qui aurait pu être due à de l'acide, dessinant les contours sombres de son corps dans la chambre blanche. Elle avait l'impression d'être un démon, un personnage de dessin animé noirci à l'encre. Lorsque le psychiatre qui la prenait en charge avait murmuré, « C'est de la thorazine, ça va piquer un peu, » et avait enfoncé une aiguille hypodermique dans sa hanche gauche, elle n'avait rien senti.

Ils l'avaient emmenée dans une pièce haute de plafond qui sentait le renfermé, et avaient attaché des bracelets de cuir à ses poignets. À un moment, la porte s'était ouverte et une femme qui dégageait une odeur de pastrami et ressemblait à un schnauzer miniature portant un dashiki en batik, une jupe longue et de lourdes bottes, était entrée en coup de vent.

« Je suis Lois Bittner », avait-elle annoncé comme si son nom était la réponse à une amusante devinette. « Alors, pourquoi êtes-vous ici ? »

Son accent était un accent allemand, à ne pas s'y tromper, ses yeux sombres et vieillissants pleins de gaieté. Bo avait senti un sourire s'efforcer de traverser les ténèbres qui l'envahissaient et hésiter à la commissure de ses lèvres. Ce sourire lui avait fait l'effet d'une ligne de vie, l'indication d'une issue.

Cette nuit-là, Lois Bittner était restée près du lit de Bo et l'avait régalée en lui racontant des histoires sur les restaurants de Saint Louis : les raviolis frits de Garivelli, nageant dans le beurre, le steak pommes allumettes au croquant parfait chez Steak'n'Shake, la salade César chez Al Baker, à vous mettre l'eau à la bouche.

« On mange bien, ici », avait dit le minuscule docteur en souriant, « c'est pas un endroit pour mourir. »

Pas un endroit pour mourir.

Bo secoua la tête et se força à revenir au présent. San Diego n'était pas un endroit pour mourir non plus. C'était juste une ville inondée de soleil dans le désert, avec une plage. Une ville pastel avec des couleurs de nursery où des enfants de trois ans en salopettes à volants faisaient des châteaux de sable au lieu d'y être enterrés.

– Il faut que je trouve un autre moyen de gagner ma vie, dit-elle au couloir vide en s'efforçant de se remettre debout. Mon psychiatre recommande un truc avec des frites.

Dans le bureau qui se trouvait derrière celui des infirmières, Bo reconnut la stature bovine de Dar Reinert, l'inspecteur qui avait le plus d'expérience en matière d'enfance maltraitée dans le Département de la Police de San Diego. Ancien défenseur de l'équipe de Notre-Dame, le flic massif n'avait toujours pas trouvé de costume qui ne le fît pas ressembler à l'un des personnages officiels et sévères de Rembrandt.

– Elle n'a pas survécu, dit Bo pour répondre à la question qu'elle lisait dans son regard doux, d'un bleu de Delft. Elle est morte.

– Bon Dieu de merde, souffla doucement Reinert. Vous feriez bien d'aller chercher la sœur en vitesse ! On pense que le coupable est ce cinglé, là, le copain de la mère, un type qui s'appelle Paul Massieu et qui vit avec elles. Vaut mieux retirer la gosse de huit ans du circuit. Je vais envoyer deux agents en uniforme à l'école de la môme, pour vous seconder. Retrouvez-les là-bas. C'est comment, le nom de l'aînée ?

– Hannah, dit Bo qui se souvenait du dossier. Hannah Franer. Pourquoi pensez-vous que c'est le copain qui est coupable ?

La petite pièce était mal aérée, sombre.

– C'est le cas neuf fois sur dix, non ? dit Reinert en soupirant et en tapant sans retenue sur les touches du téléphone. Vous ressemblez à du lait tourné, Bradley. Allez dans le hall. Buvez un verre d'eau ou autre chose. En plus, ajouta-t-il le visage penché vers une cravate rayée bleu et or de travers sur sa chemise en coton bleu clair dont le col taille 46 était déboutonné, le dénommé Massieu, on sait qu'il fait partie d'une secte.

Bo remarqua le petit revolver Ruger en acier glissé dans la ceinture du pantalon en tissu synthétique de Dar Reinert et fit une grimace. Ça faisait partie du boulot. Ça ressemblait souvent à un ancien épisode de *Dragnet.*

Penchée au-dessus d'une fontaine dans le hall, elle respira l'odeur chimique de l'eau maintes fois recyclée de San Diego et pensa à son avenir. Combien de mois, combien d'années allait-elle pouvoir tenir ? Combien d'enfants torturés ? Et combien de remarques zélées venant de Madge Adenhoven, qui allait sans l'ombre d'un doute mourir sur son lieu de travail à l'âge de quatre-vingt-treize ans ? Dans le salon de son appartement qui donnait sur la plage, une toile fraîchement tendue attendait sur le chevalet. Les deux couches de gesso appliquées pendant le week-end devaient être absolument sèches. Il était temps de peindre, mais de peindre quoi ? Aucune inspiration ne vibrait devant ses yeux. Il n'y avait que l'image sans vie d'une enfant blonde aux joues rebondies.

Reprends-toi, Bradley. Détends-toi. Va chercher la sœur et après, fais un truc sympa ce soir, quelque chose de distrayant.

Bo essaya d'imaginer quel truc sympa et distrayant elle pourrait faire, qui ne l'amènerait pas à consommer du sucre ou des graisses saturées, et ne trouva rien.

À l'autre bout du hall, elle aperçut Andrew LaMarche, élégant même en blouse verte de chirurgien, refermant d'un air sombre la porte de la salle d'attente. Il avait la tête baissée. Dans quelques secondes, la mère de Samantha Franer allait apprendre, de la manière la plus compatissante possible, que sa fille cadette avait cessé de vivre. Bo pensa à la réalité qui était derrière cette porte et frissonna.

– Bradley ! hurla la voix de ténor éraillée de Dar Reinert depuis le bureau des infirmières, venez avec moi. Allez !

– On va où ? demanda Bo qui rejoignit le policier imposant en courant presque vers les ascenseurs.

– Chez les Franer, répondit-il. Apparemment le

nommé Paul Massieu s'est pointé à l'école de la sœur il y a trois quarts d'heurc, il a dit aux instituteurs que Samantha était à l'hôpital et il a emmené Hannah. On a peut-être une chance sur mille qu'ils soient toujours chez eux.

Dans l'ascenseur, Reinert rajusta son blazer d'un mouvement d'épaules pour dissimuler le revolver qu'il portait à la ceinture. Bo parvenait à sentir la peur qu'il éprouvait comme un film métallique posé sur sa propre bouche. Ils savaient tous deux que si l'autre enfant avait aussi été violentée, le coupable pouvait la tuer pour s'assurer de son silence.

– Des nouvelles ? demanda Cynthia Ganage dans le hall.

– Les rats ne restent pas sur les lieux pourris, fit Bo en écarquillant les yeux comme si le message était évident.

– Qu'est-ce que ça veut dire, ça ? grogna Reinert.

– Cette femme, c'est un serpent, répondit Bo tandis que Ganage prenait note de sa remarque. Vous pensez vraiment qu'on va trouver Hannah chez elle avec ce Paul Massieu ? demanda-t-elle lorsque personne ne put entendre.

Au-delà du parking de l'hôpital, Dar Reinert regardait l'horizon d'un œil mauvais comme si celui-ci venait d'insulter la vertu de sa mère.

– Ganage est peut-être un serpent, mais elle a peut-être raison, aussi, dit-il. Et non, je ne crois pas qu'on va trouver Hannah Franer, ni là ni ailleurs.

Chapitre 3

À quatre heures et demie de l'après-midi, les fenêtres de la tour pentagonale qui surplombait la demeure victorienne lançaient des lueurs d'ambre dans le soleil couchant. La tour avait été ajoutée sur le vaste domaine lorsque la jeune épouse du premier propriétaire avait contracté la tuberculose. La légende locale des Adirondacks affirmait que cet homme désespéré enfermait sa femme dans la tour, l'implorant de respirer l'air dont on vantait les vertus curatives. Mais avant que le traitement de la célèbre montagne n'ait pu rendre la couleur à ses joues, la fragile jeune femme phtisique était mystérieusement tombée de l'une des fenêtres de la tour. Dans sa chute du troisième étage, son cou s'était brisé comme une brindille, la tuant en une seconde qui, si elle n'avait été celle de sa mort, serait certainement passée inaperçue dans le cours de l'histoire. Une cascade de fleurs, descendantes sauvages de celles que la jeune épouse avait plantées, ruisselait toujours près de la pelouse. On disait que son fantôme errait parmi les fleurs, en larmes.

Eva Broussard était assise, immobile, dans l'un des fauteuils à bascule en osier de la large véranda, sous la tour. L'histoire de l'épouse phtisique constituait pour elle un mantra apaisant, une incantation mentale comportant une infinité de directions d'investigation. La dame victorienne avait-elle sauté, ou était-elle tombée ? L'avait-on poussée ? Et pourquoi cette tour avait-elle cinq côtés, une construction aux difficultés architecturales évidentes, enserrée entre les fenêtres à croisée du premier étage ? Cette tour avait-elle, en réalité, été une prison ? La mort avait-elle été la seule issue possible ?

Eva réfléchissait à une aspiration humaine similaire, même si du point de vue de l'évolution elle était récente, pour échapper à la servitude biologique. L'aspiration à quelque chose qui allait au-delà des besoins puis au-delà de la dégénérescence de la chair. Cette aspiration avait engendré les religions. Et elle avait sans aucun doute produit l'expérience qui l'avait amenée ici pour étudier son influence sur une centaine de personnes. Cent personnes qui, dans la nuit des Adirondacks, avaient vu des créatures qui ne paraissaient pas appartenir à cette planète. Cent personnes effrayées et exaltées, changées à jamais, espérant le retour de ces étranges visiteurs qui connaissaient peut-être, pourquoi pas, une autre issue que la mort.

Eva, une grande femme au corps de liane dont le sang mêlé lui venait d'ancêtres français, canadiens et iroquois, reflétait la grâce tranquille d'une funambule, même au repos. Mais ses yeux couleur de loutre étaient purement français, amalgame gallique de passion et de rationalité. Ôtant de sa tête un turban crème en jersey, elle passa ses doigts bronzés dans cinq centimètres de cheveux raides, blancs comme de la craie. La chimiothérapie qui avait provoqué la chute par touffes entières de sa crinière ébène avait constitué l'arme nécessaire contre un cancer qui aurait, sans doute, abrégé une vie qui s'élaborait depuis déjà soixante ans. Mais elle avait à jamais chassé la couleur de ses cheveux. Ce qui n'avait guère d'importance.

Femme d'une beauté unique et universelle, Eva n'avait choyé que la partie de son corps qui se trouvait derrière ses yeux. Son esprit, superbement alerte, infiniment curieux, toujours rationnel. Elle n'avait pas observé la moindre preuve que son esprit survivrait à la mort de son corps, aussi désirable que cet espoir pût paraître. Et après l'âpre avertissement implicite du cancer, cette prise de conscience l'avait amenée en ces lieux étranges dans les montagnes de l'État de New York, où elle étudiait et consignait par écrit une tentative spécifique de l'âme humaine pour atteindre la connaissance. Cette tâche constituerait les derniers travaux de sa vie et sa signification était primordiale à ses yeux. Elle voulait laisser derrière elle des observations écrites, quelque chose d'utile aux générations futures. Cette étude serait son héritage.

Eva Broussard ne croyait pas que de véritables vaisseaux spatiaux eussent apporté des êtres extraterrestres sur la planète. La quasi-impossibilité de transporter quoi que ce soit qui possède une masse physique à travers des distances cosmiques, empêchait cette éventualité et il en serait probablement toujours ainsi. Pour autant, elle ne rejetait pas tous les témoignages de ceux qui avaient vu ces êtres en considérant qu'il s'agissait d'erreurs ou d'hallucinations. Le pionnier de la psychologie, Carl Jung, n'avait-il pas suggéré que les premiers récits de ce type, dans les années quarante, pouvaient annoncer un changement dans le cerveau humain ? Peut-être ce changement, survenant chez certaines personnes mais pas chez d'autres pour des raisons inconnues, permettait-il à certains individus, dans certaines circonstances, de percevoir des images intangibles envoyées d'une autre partie de l'univers. Et peut-être ces images, communément décrites comme « argentées » et seulement visibles la nuit, avaient-elles été là de tout temps, leurs créateurs attendant depuis des millénaires que le cerveau d'une race de grands singes arrive à maturité. « Voir. » La curiosité d'Eva concernant ceux qui « voyaient » et la manière dont cette expérience réorganisait leur comportement était le pouls qui faisait palpiter sa vie. La seule chose qui l'intéressait. Jusqu'à maintenant. Avant le coup de téléphone reçu dans la journée de Californie. Avant l'incompréhensible mort de Samantha Franer.

Eva chercha dans son esprit un lien avec l'enfant, un souvenir particulier qui définirait sa personnalité maintenant disparue. Mais il n'y avait rien. Une jolie petite fille en bonne santé qui mettait toute son énergie à trottiner derrière les autres enfants l'été précédent quand les membres du groupe qui avaient des enfants en âge scolaire étaient là. Eva se souvenait de son exubérance et de ses joues rebondies, de ses boucles platines, en net contraste avec sa sœur aînée Hannah, qui était timide et renfermée. Mais rien de plus.

Samantha était encore un bébé et Eva ne partageait pas la fascination qu'ont traditionnellement les femmes pour des êtres qui savent à peine parler. La grande tristesse, comprit-elle tandis que des vents contraires, en contrebas, ridaient le lac de crêtes désordonnées, c'était que, quoi que Samantha eût pu devenir, ce devenir était désormais impossible. Confrontée à cela, Eva se demanda si ses propres recherches intellectuelles ne pourraient pas paraître dérisoires.

Elle avait acheté cette demeure en raison de sa proximité avec des régions des Adirondacks où plusieurs personnes avaient assisté à des phénomènes paranormaux. Paul Massieu et d'autres qui avaient vu des lumières, des véhicules en forme de soucoupe, de frêles silhouettes humanoïdes vibrantes alors qu'ils étaient seuls sur un escarpement de la montagne, passaient autant de temps que possible dans la propriété et comparaient la similitude de leurs expériences. Les frais d'eau, d'électricité, de nourriture et le salaire versé à une cuisinière venant du village voisin de Night Heron étaient partagés et payés mensuellement par tous ceux qui étaient présents. Et en échange de l'hébergement, les Chercheurs signaient volontiers des autorisations de publication et se soumettaient à des entretiens exhaustifs avec le docteur Eva Blindhawk Broussard, qui n'avait jamais vu aucune créature argentée mais prenait leurs histoires au sérieux. Chaque Chercheur révélait son passé familial et social, fournissait des dossiers médicaux et psychiatriques et acceptait de faire une mise à jour de ces informations deux fois par an pendant dix ans. Une base de données complète. Une étude longitudinale intriguante qui promettait de livrer des indices sur les fondations psychosociales d'une importante modification de la conscience humaine. Une modification de paradigme qui, pour le moment, n'avait aucun sens, mais qui en aurait un jour. On ne pouvait pas dire la même chose concernant Samantha Franer, dont l'avenir avait été annihilé. Eva s'interrogeait sur une éthique surhumaine qui permettait à des données informatiques d'atteindre à l'immortalité mais laissait un individu dépravé étouffer une vie innocente. Ce modèle, dans sa cruauté, la fit se lever d'un bond, la rage au cœur.

Telle une patineuse, elle traversa une pelouse à peine verdie par l'herbe printanière et s'arrêta près de la profusion de tiges de pervenches de Madagascar, legs d'une femme dont la mort, comme celle de Samantha Franer, demeurait un mystère. Au milieu des millions de feuilles vert pâle, pas un seul bourgeon n'était apparu. C'était trop tôt.

Sans doute, reconnut-elle en regardant vers le lac auquel ses propres ancêtres iroquois avaient donné son nom, était-il trop tôt pour beaucoup de choses. Trop tôt pour comprendre un comportement humain qui pouvait avoir pour conséquence la mort d'un enfant. Certainement trop tôt pour comprendre les efforts des humains pour trouver un lien avec l'univers. Le but dans lequel elle avait acheté Night Heron Lodge, niché au pied de Shadow Mountain. Le but pour lequel une centaine de personnes venaient observer le ciel et attendre l'éventuel retour de certains visiteurs. Qui pourraient avoir des réponses à des questions sur la vie et la mort. Qui pourraient montrer l'issue.

Qu'il fût trop tôt était clairement démontré par la mort absurde d'une petite fille. Cette mort allait détruire le groupe. Elle allait briser le projet de la recherche si soigneusement élaborée par Eva Broussard. Elle allait épaissir le mystère qui avait, d'une manière ou d'une autre, créé une expérience que plusieurs personnes douées de raison interprétaient comme la visite d'êtres non-terrestres.

Maintenant, des personnes de l'extérieur allaient venir, poser des questions auxquelles on ne pourrait pas donner de réponses avec certitude. Les Chercheurs de Shadow Mountain seraient entraînés dans une très terrestre, très laide réalité. Ils seraient ridiculisés, étiquetés. Le lien de leur expérience commune allait être érodé. Pire encore, ils seraient accusés de complicité dans l'un des crimes les plus odieux possibles : la violation sexuelle et le meurtre d'une enfant innocente. À côté de cette réalité, l'espoir d'une fin de la solitude cosmique semblait pitoyablement prématuré.

Eva Broussard arracha un brin d'herbe et le présenta au soleil cireux dont l'éclat baissait. Par quelles circonstances possibles, pensa-t-elle, pouvait-on expliquer l'horreur absurde de la mort de Samantha Franer ?

Du lac gagné par les ténèbres souffla une brise froide qui vrilla ses jupes autour de ses jambes. Il n'y avait pas de réponse.

Chapitre 4

D'après une vérification effectuée par la police à l'adresse donnée à l'hôpital Sainte-Marie, Bonnie Franer avait signé un bail de six mois peu après Noël pour louer une maison de quatre pièces dans un quartier tranquille du centre de San Diego. Dar Reinert fit part de cette information à Bo tout en conduisant et en engloutissant un Bounty. L'odeur sucrée de la friandise à la noix de coco donnait à l'intérieur de la voiture une atmosphère tropicale sirupeuse.

– Pourquoi est-ce Franer et non Massieu qui a signé le bail ? demanda Bo assise à l'avant en essayant de ne pas faire attention à l'odeur.

Elle se sentait curieusement détachée de cette affaire, tout en étant attirée par une de ses facettes qui paraissait secondaire. Une impression distante, presque cérébrale. Si elle décidait vraiment de démissionner, comprit-elle, ce serait la dernière affaire dont elle aurait à s'occuper. Peut-être l'attraction insistante qu'exerçaient sur elle des faits non pertinents n'était-elle qu'une manière de préparer cette rupture. Au moins cela n'avait-il rien de maniaque. Elle ne ressentait aucune des réactions émotionnelles intenses qui indiqueraient un besoin de lithium.

– On s'est renseigné. Massieu est canadien, ce n'est pas un citoyen américain, répondit Reinert en engageant prudemment son Oldsmobile huit cylindres en diagonale dans l'allée de la maison. Il y a des gens qui ne louent qu'à des citoyens en règle. Ça diminue les problèmes que posent un tas de Mexicains clandestins qui louent un logement et le bousillent complètement.

Bo songea à lancer une réplique du genre, les « Mexicains clandestins » ne risquent pas plus de bousiller une maison que, disons, des « Norvégiens officiels », mais elle abandonna cette idée. Ce que Reinert suggérait là était souvent vrai. C'était un dilemme culturel créé lorsque des gens d'origine paysanne, venant de villages qui n'avaient pas encore le bonheur de recevoir ni électricité ni systèmes de plomberie modernes, parcouraient à pied des centaines de kilomètres pour travailler au nord d'une ligne invisible appelée « frontière entre les États-Unis et le Mexique ». Des gens simples, qui étaient capables d'élever des poulets dans la salle de bains d'une maison qu'ils louaient ou de les faire cuire sur un petit réchaud à gaz Sterno dans le salon. Elle remarqua que la vaste voiture bordeaux de Reinert empêchait efficacement toute sortie du garage, au demeurant fermé, qui pouvait contenir deux véhicules.

– Il n'y a personne, dit-elle.

La maison crépie beige de style ranch avec ses volets d'un marron passé et sa pelouse nue envahie de mauvaises herbes fournissait des trésors d'informations. Avec son sens aigu des nuances, pas une n'échappa à Bo.

– Ça ne fait pas longtemps qu'ils habitent ici et ils n'ont pas l'intention de rester.

Un réseau de craquelures dans la pelouse jamais arrosée lui conférait l'aspect de « badlands » miniatures.

– Il n'y a pas de vélo ni de jouets autour de la maison, ce qui veut dire qu'ils n'en ont pas achetés. Et aucune touche personnelle. La maison est exactement telle qu'elle était quand ils l'ont louée.

– Comment ça ? fit Reinert en reniflant et en scrutant par la grande fenêtre du salon tout signe de présence. Y a rien à redire.

– Justement, continua Bo. Les gens marquent invariablement leur habitat, ils le personnalisent. Un papillon en décalcomanie sur la boîte aux lettres, un Saint François en plâtre sur la pelouse. Peut-être une plante ou une lampe aperçue par la fenêtre. Quelque chose qui modifie la structure visible pour en faire un lieu habité. Cet endroit n'est qu'une structure. Ces gens ne lui ont donné aucune identité. Leur cœur est ailleurs.

– Conclusion ? fit Reinert en ouvrant sa portière.

– Conclusion, ils n'ont pas l'intention de rester. C'est temporaire, comme une chambre de motel. Personne ne ressent le besoin de personnaliser une chambre de motel ; ce n'est pas la peine.

– Il n'y a que les femmes pour remarquer des trucs comme ça.

Le policier hocha affectueusement la tête et Bo le suivit vers la porte d'entrée légèrement gauchie. Elle garda pour elle la réflexion qu'un homme souffrant de psychose maniaco-dépressive ferait probablement preuve d'une sensibilité similaire. Ça allait avec le terrain.

La maison exsudait une sorte de grisaille voilée, signe distinctif des endroits où il n'y a personne. Bo pressentit, tandis que Reinert prenait son Ruger sous son blazer, qu'il n'y aurait pas non plus de chien ni de chat. Cette grisaille reflétait jusqu'à l'absence de vie animale.

Le poing de Dar Reinert s'abattit lourdement sur la porte en bois creux et il beugla :

– Massieu ? Ouvrez. Police.

À côté de cette triste demeure, la maison voisine semblait avoir été toilettée pour servir de décor à une vidéo country and western. Une clôture en bois bordée de hauts géraniums rouge vif entourait une pelouse verdoyante ponctuée d'une baignoire à oiseaux artistiquement placée, un petit belvédère en lattes blanches et un outil impossible à identifier, antiquité autrefois utilisée pour les travaux de la ferme. D'un massif de roses Charlotte Armstrong entre les géraniums, une voix d'homme éraillée gronda :

– Y a personne, là-dedans ! Ils sont partis depuis 7 heures. Vous aurez pas besoin de votre revolver !

L'homme, qui avait environ soixante-dix ans et portait un pantalon de peintre et un haut de pyjama, eut un sourire penaud, à plat ventre sur le sol parmi les roses.

– Je me méfie des armes depuis la guerre, expliqua-t-il. J'ai perdu un œil à Pearl Harbour.

Bo se demanda pour la millionième fois de sa vie comment elle pouvait faire pour savoir, alors qu'elle n'y *prêtait même pas attention*, que ce vieux filou mentait. Il avait un œil de verre, effectivement. Mais il n'avait pas perdu son œil en défendant Pearl Harbour.

« Z'ai un sens aigu du ton et de la présentation », avait essayé d'expliquer Lois Bittner des années auparavant. « Fous êtes un réactif ambulant qui détecte les indices imperceptibles que personne d'autre ne remarquerait. Afez-vous chamais pensé », avait dit la psychanalyste décharnée avec son accent caractéristique, « à prendre un emploi de chitane ? »

Bo sourit intérieurement pendant que Reinert n'éprouvait aucune difficulté à ouvrir la porte de pacotille avec l'arête de son épingle de cravate.

– Ce n'est pas illégal ? demanda-t-elle.

– La porte n'était pas fermée à clef, récita le policier. Je craignais que l'autre enfant soit toute seule dans la maison, blessée et dans l'incapacité d'appeler au secours. C'est pour cette raison que je suis entré dans les lieux accompagné d'une représentante des Services de la Protection de l'Enfance, madame Bradley.

Le rapport écrit de Reinert relatant les faits reprendrait exactement ces termes. Mais ils ne pouvaient pas rester plus de quelques minutes ni prélever de pièces à conviction.

Le salon, avec sa moquette vert chartreuse usée jusqu'à la corde, était absolument vide. Un coin salle à manger en L, sur la gauche, était meublé d'une table en Formica et de quatre chaises dépareillées qui auraient pu venir de n'importe quelle boutique d'occasion d'Amérique du Nord. Quatre sets de table en plastique jaune soleil prouvaient que le ménage était fait régulièrement et ils étaient assortis à un panier de pâquerettes en soie placé au centre de la table. La cuisine était tout aussi bien entretenue, sans la moindre personnalité. Rien dans cet endroit ne pouvait suggérer qu'il était réellement habité. Il n'y avait rien non plus pour suggérer des secrets diaboliques.

– Je n'ai pas l'impression qu'il se passe ici des choses malsaines, dit Bo d'une voix hésitante.

Parfois, les maisons laissaient entendre des murmures évoquant des événements qu'elles avaient abrités. Celle-ci se contentait de bâiller.

– Qu'est-ce qui vous fait penser que ce Massieu fait partie d'une secte ? demanda Bo.

Reinert inspectait le contenu du réfrigérateur.

– La mère a dit aux infirmières qui ont fait l'admission à Sainte-Marie qu'ils étaient à San Diego pour que Massieu puisse acheter un terrain dans le désert pour ce groupe de New York qu'elle a appelé les Chercheurs.

– Et alors ? La Californie est pleine de gens qui *cherchent* des choses différentes. C'est leur passe-temps essentiel. Cristaux, ondes radio, passé d'une vie, mysticisme oriental, études dentaires, zen... simple question d'ouverture d'esprit, de curiosité. Où est le problème ?

– Les gens deviennent un peu *trop* curieux, si vous voulez mon avis, répondit Reinert d'un ton énigmatique, la tête dans un placard situé sous l'évier. Ça les rend dingues.

Stupéfaite de ce discours sans queue ni tête, Bo préféra ne pas y répondre et s'en félicita. Cela ne servirait à rien d'expliquer à Dar Reinert ce que « dingue » signifiait réellement ou qu'être dingue ne pouvait pas être le résultat de la curiosité, une qualité déjà accusée à tort d'être une source d'ennuis. Passant dans un couloir accessible de la cuisine et du salon, Bo alla inspecter une salle de bains située entre deux chambres. Sur une étagère, il y avait une boîte à moitié utilisée de mouchoirs en papier roses et une grande bouteille de shampooing pour bébé. Bo se rappela les boucles pâles et frissonna. Ce shampooing pour bébé avait dû servir à Samantha. Sur le siège des toilettes et sur le sol, des taches d'un rouge brillant séchaient déjà.

– Dar, murmura-t-elle. Venez voir.

– La mère a dit qu'elle saignait ce matin, dit-il d'une voix bourrue en arrivant derrière elle. Ce salaud a dû s'occuper d'elle hier soir. Après, elle est allée se coucher. Les épanchements de sang se sont faits dans la cavité abdominale pendant le sommeil. Après, quand elle s'est réveillée...

Bo toucha le chambranle de la porte pour essayer de vaincre une vague de nausée. Ce qui avait été fait à Samantha Franer ne supportait pas d'être examiné de près. Pas sans vomir, en tout cas.

Tu as déjà vu ça, Bradley. Souviens-toi que ton boulot, c'est de protéger la sœur. Laisse la police s'occuper du coupable.

– Ben dites donc, regardez-moi ça... chantonna Reinert qui était passé dans l'une des chambres.

Le ton de sa voix indiquait clairement qu'il avait trouvé quelque chose qu'il cherchait.

Bo se lissa le front avec la paume des deux mains.

– Qu'est-ce qu'il y a ? demanda-t-elle en entrant dans la chambre que, de toute évidence, Samantha et Hannah Franer partageaient.

Des draps Raggedy Ann, rouge, blanc et bleu, décoraient un matelas pour deux personnes posé par terre. Au-dessus d'une commode laquée rouge dont les tiroirs à demi ouverts laissaient voir des chaussettes d'enfants, des tee-shirts, des pyjamas, on avait accroché un visage. Ou une tête. Un objet fabriqué en paille, avec des yeux vides et protubérants, un nez pointu et une bouche ovale qui paraissait souffler. Bo reconnut cette bouche qui lui en rappela une autre, dans un livre irlandais pour enfants que sa sœur Laurie adorait. La bouche du vent du nord dans un nuage, soufflant l'hiver sur Lough Derg. Le souvenir de Laurie, comme d'habitude, la troubla.

– Je sais pas ce que ça peut bien être, grogna le policier en regardant les yeux creux, mais dans son rapport, la pédiatre, elle ne disait pas qu'on avait peint une figure entourée de traits sur le ventre de cette pauvre gamine, avant de la violer ? Pour moi, ça ressemble à un visage entouré de traits, fait avec de la paille ou je ne sais quoi. Alors, qu'est-ce que ça dit ?

– Je ne sais pas ce que ça dit, répondit Bo.

Le visage de paille semblait raconter une histoire qui était bien loin des terribles taches de la salle de bains. Une histoire que Bo ressentait, telle qu'elle aurait pu la raconter, même dans des pièces sans fenêtre, quand les nuages cachaient le soleil. Mais il y avait une histoire plus pressante : Hannah Franer, si elle était toujours en vie, venait d'entrer dans un monde qu'elle-même connaissait bien. Un monde dans lequel, autrefois, il y avait une petite sœur.

– Ça dit que ces gens font des trucs malsains qui vont jusqu'à des sévices sexuels sur des enfants. Des tortures rituelles. La psychologue, là, Ganage, elle dit qu'ils font ça parce que ça fait plaisir à Satan qu'on détruise l'innocence, quelque chose comme ça. Et avec ce masque de diable ici, dans la chambre des gosses, on risque pas beaucoup de se tromper en disant que la maman a aussi bien pu y participer. Il est temps de demander un mandat d'arrêt... au moins pour complicité de sévices sexuels exercés sur une mineure. Je vais m'en occuper...

Bo regardait le masque de paille. Ses yeux hagards fixaient le vide, dans un hurlement silencieux. Les choses allaient trop vite, les hypothèses étaient échafaudées avec une rapidité insensée. Habituée à des périodes maniaques où la cadence de ses perceptions s'accélérait au-delà des limites du réel, Bo avait maintenant l'impression d'être une souche inerte enracinée au milieu d'un ouragan. Quelque chose clochait, jurait avec le reste, ne cadrait pas. Pourquoi tout le monde se précipitait-il sur cette histoire de culte du diable ? La situation, estima Bo mal à l'aise, prenait des allures de folie maniaque. Trop vite. Perte de contrôle. Mais reconnaître les symptômes ne voulait pas dire qu'elle pouvait y remédier en aucune manière.

– Je veux que vous alliez interroger la mère dès que nous serons de retour à l'hôpital, lança Reinert dans la cuisine où il était au téléphone pour obtenir un mandat d'arrêt contre Bonnie Franer. Il paraît que vous accomplissez des miracles quand il s'agit d'arracher la vérité aux gens. Je veux que vous la fassiez craquer. Tout de suite. Avant qu'elle prenne un avocat.

C'était parfaitement légal. Les policiers et les SPE agissaient de la sorte chaque fois que c'était nécessaire. Un suspect ne pouvait pas être interrogé par la police sans représentant légal. Mais les services sociaux pouvaient interroger le suspect pour obtenir des renseignements qui pouvaient être essentiels pour le bien de ses enfants. Tout ce qui était dit au cours de cet interrogatoire était transmis au tribunal pour enfants dans un rapport confidentiel établi en vue d'étayer des recommandations pour le placement et la protection de l'enfant. En théorie, ce rapport ne pouvait être consulté par personne en dehors du tribunal pour enfants. Dans la pratique, le rapport ou même son auteur pouvait être cité dans d'autres instances judiciaires et l'employé des SPE pouvait parfaitement répéter aux policiers tout ce qu'il ou elle estimait devoir leur dire. Dans la réalité, si Bonnie Franer choisissait d'avouer à Bo Bradley que son concubin, Paul Massieu, avait violé sa petite fille de trois ans, Samantha, au cours d'un rite satanique comportant des masques aux yeux d'insectes, cela équivalait à le dire au vingt heures de K-TOUT.

Bo ressentit le poids de son propre rôle dans cette suite d'événements effrénée et elle soupira. Un corbeau de cinquante kilos perché sur sa tête lui aurait paru plus confortable.

– Ça vous ennuie si je fume dans votre voiture ? demanda-t-elle à Reinert en allumant une Gauloise et en rejetant pensivement la fumée.

– Tenez-la dehors par la fenêtre, répondit-il.

Bo se mordit la lèvre et ne lâcha aucune des vingt-sept répliques qui lui traversèrent l'esprit.

Chapitre 5

Andrew LaMarche croisa ses longs doigts osseux sur un calendrier de bureau offert par des farines instantanées pour bébés à base de soja. Posé sur une bibliothèque à droite, un réveil Seth Thomas à chiffres romains dorés informa Bo qu'il était 14 h 15, et que le temps, en fait, volait à tire-d'aile.

– Pourquoi tenez-vous à interroger cette pauvre femme immédiatement, Bo ? demanda-t-il doucement.

Une légère trace d'accent français qu'il n'avait jamais perdue après avoir été élevé à La Nouvelle-Orléans trahissait une émotion par ailleurs scrupuleusement maîtrisée. La mort de Samantha Franer semblait l'avoir démesurément bouleversé. Bo se demanda pourquoi. En tant que directeur du Service pour l'Enfance Maltraitée de l'hôpital, l'expert mondialement reconnu qui s'occupait des enfants martyrs avait sans aucun doute vu plus d'un petit cadavre.

– Le suspect a filé avec la sœur aînée, expliqua Bo. La mère sait peut-être où il l'a emmenée.

Sur le bureau du médecin se trouvait une sculpture en terre de facture grossière représentant un bébé humain dans les bras d'un magot.

– Où avez-vous trouvé cette pièce ? demanda-t-elle, intriguée.

Le singe, en proie à la terreur, écarquillait les yeux.

– C'est moi qui l'ai faite, répondit-il avec indifférence. Bo, Bonnie Franer n'a rien à voir avec la mort de sa fille. Pas plus que Paul Massieu. Ils sont tous deux innocents. J'en suis certain.

Bo leva les yeux, abandonnant la sculpture pour fixer Andrew LaMarche.

– La police n'est pas de cet avis.

– La police va à l'*évidence,* dit-il, la lèvre dissimulée par une moustache grisonnante. Je m'attendais à mieux de votre part. Je ne peux absolument pas vous laisser interroger Bonnie Franer maintenant, Bo.

Il baissa la voix dans un murmure voilé :

– Elle vient de perdre un enfant.

Bo examina l'état de sa patience et constata qu'elle était usée au point d'être translucide. Chaque minute qui passait pouvait accroître le danger que courait Hannah.

– Je sais bien qu'elle vient de perdre un enfant ! Et je ne suis pas ici pour parler de ça avec vous. Je suis ici pour obtenir des renseignements qui pourraient peut-être éviter à la sœur de connaître un sort semblable. Alors, où est Bonnie Franer ?

La voix de baryton vibra sous l'effet de la colère.

– Croyez-vous que je ne sais pas où vous et Reinert voulez en venir ? Cette femme est en état de choc. Elle pourrait dire n'importe quoi. Vous allez concocter suffisamment de preuves contre elle pour la faire pendre dès demain. Je ne le permettrai pas !

Bo remarqua ses mains lorsqu'il se leva pour arracher sa veste gris taupe à fines rayures posée sur son dossier ; on les aurait dites en bois. Sous ses cheveux courts couleur de terre, ses yeux parcouraient la pièce comme s'il cherchait à repérer des assassins cachés. Bo n'aurait pas été autrement surprise s'il s'était emparé de l'étrange petite sculpture et l'avait lancée contre le mur couvert de diplômes derrière elle. Les documents encadrés proclamaient qu'Andrew Jacques LaMarche était pédiatre, membre de trois universités, et expert juridique en matière de traumatisme infantile d'origine criminelle. Aucun d'eux ne stipulait que l'impétueux médecin spécialiste des bébés avait le tempérament d'une soprano colorature un soir de première de *La Traviata* au Metropolitan. Le plus surprenant, c'était la direction que prenait sa colère. Depuis longtemps défenseur des droits de l'enfant, Andrew LaMarche n'avait encore jamais manifesté le moindre intérêt pour les sentiments des parents.

Perplexe, Bo abattit son as.

– Je pense que Bonnie Franer vous a dit ce qui est arrivé à Samantha, et je pense qu'elle vous a dit où Paul Massieu a emmené Hannah.

– Elle m'a dit que Samantha était bizarre hier soir, qu'elle avait refusé de dîner. Elle a dit que Paul Massieu était rentré vers dix-neuf heures du terrain que leur groupe est en train d'acheter dans le désert près de Jamul, que lui et elle étaient alors allés voir Samantha, qui dormait, et qu'ils avaient décidé de ne pas appeler le docteur parce qu'elle n'avait pas de fièvre. Ensuite elle m'a dit que Paul et la sœur aînée, Hannah, ont regardé la télévision jusqu'au moment où Hannah est allée se coucher, à vingt et une heures. Apparemment, il y a eu des paroles échangées à voix basse et quelque activité furtive dans la chambre des filles à ce moment-là, indiquant que Samantha s'est réveillée quand sa sœur est venue se coucher. Mais comme ni l'une ni l'autre n'est revenue pour dire qu'il y avait un problème, Bonnie et Paul ne sont pas retournés voir. Bonnie m'a dit qu'à aucun moment Paul n'a été seul avec Samantha hier soir et que ça ne pouvait donc pas être lui qui l'a violée, à supposer qu'il soit capable de commettre un tel acte. Le couple est allé se coucher à dix heures et n'a rien entendu, au cours de la nuit, venant de la chambre des filles. Paul s'est levé à cinq heures pour aller prendre son petit déjeuner en compagnie d'un entrepreneur à qui ils ont apparemment demandé de venir avec un bulldozer pour dégager une route d'accès à la propriété dans le désert. Il était parti quand Bonnie a entendu les cris de Samantha dans la salle de bains ; puis elle s'est aperçue que la petite était pâle et qu'elle saignait au niveau de la région pelvienne. Elle m'a dit qu'elle avait appelé un pédiatre de son quartier à ce moment-là, vers six heures trente, et qu'elle avait convenu de se rendre au cabinet médical après avoir déposé la grande sœur à l'école.

Il marqua une pause.

– Et c'est tout, Bo. Tout ce qu'elle a pu dire d'autre tombe sous le sceau du secret professionnel.

– La vie d'une autre enfant est en jeu, rétorqua Bo. Face à cela, le secret professionnel n'a aucun sens. S'il arrive quoi que ce soit à Hannah parce que vous m'avez empêchée d'interroger la mère, vous en porterez la responsabilité.

Tous deux le savaient bien. Bo ne parvenait pas à imaginer ce qu'il y avait derrière cette mise en scène verbale. Les yeux du médecin avaient pris la couleur de l'ardoise mouillée.

– Elle est dans le bureau de l'assistante sociale du service de chirurgie, avec un prêtre, murmura-t-il en tirant sur ses manchettes pour les faire dépasser d'exactement quinze millimètres sous ses manches de veste. Mais vous perdez votre temps.

Bo s'était déjà heurtée aux célèbres manières pompeuses de LaMarche.

– Oh, me'ci, Missié, fit-elle en courbant la tête, traînant les pieds sur un tapis dont elle s'aperçut que c'était un Aubusson. Moi just' fai'e mon t'avail.

– N'allez pas trop loin, Bo.

Sa voix profonde avait un ton tranchant inexplicable.

Bo se contenta de refermer la porte du bureau derrière elle et se demanda pourquoi tout le monde semblait complètement toqué. Cette pensée prit forme sur une toile imaginaire dans sa tête. LaMarche en chapeau haut de forme et habit à queue de pie, versant du thé à un lièvre qui se trouvait être Madge Aldenhoven, tandis qu'un loir bourru armé d'un Ruger passé dans sa ceinture dormait, la tête dans une assiette de crumpets. Cette journée ne se passait pas bien, malgré son début ordinaire. Bo trouva quelque réconfort dans l'exactitude du pressentiment qu'elle avait eu. Et dans sa décision d'explorer la possibilité de quitter ce travail qui la torturait. Dans le bureau de l'assistante sociale du service de chirurgie, ce réconfort fondit comme neige au soleil.

– Hannah va bien, articula Bonnie Franer au prix d'un effort surhumain quand Bo lui eut expliqué ses fonctions dans ce cauchemar. Je vous en supplie, mon Dieu, je vous en supplie, laissez-moi tranquille !

La femme décharnée s'était pliée en deux, secouée de petits hoquets rauques qui ne se transformèrent que plus tard en sanglots. Cette respiration hachée, ces déglutitions, entraînèrent une oscillation d'avant en arrière. Bo regardait avec une inquiétude croissante Bonnie Franer dont les doigts meurtris erraient au hasard sur son sac à main en cuir. Presque tous ses ongles étaient rongés à vif. Un coup d'œil aux avant-bras squelettiques de cette femme révélèrent de longues et fines égratignures qui marquaient sa peau blême. Des traces similaires sillonnaient ses joues et son cou. Certaines étaient récentes, de minces filets de sang tortueux en coulaient. D'autres avaient séché et coagulaient. Bo avait déjà vu cela. Même avec ses ongles rongés, Bonnie Franer avait la manie de se gratter. C'était mauvais signe.

Le prêtre qui, d'après l'estimation de Bo, ne devait guère avoir plus de quatorze ans, était assis comme un gamin sur le bureau de l'assistante sociale et respirait une inquiétude palpable.

– Je m'appelle Frank Goodman, dit-il en réprimant un sourire naturellement large qui se dessinait sur ses lèvres, je viens de Sainte-Thérèse.

– Bonjour, mon père, répondit Bo en passant sa main couverte de taches de rousseur dans ses cheveux.

Puis elle tapota un Bic contre ses dents. Bonnie Franer était l'image même de la victime. Paul Massieu était-il également responsable de cela ? Avait-il dépouillé la mère de sa personnalité tout en se servant de ses filles comme de jouets sexuels ? Peut-être s'agissait-il réellement de l'une de ces affaires étalées dans la presse à sensation dont raffolent les présentateurs de certaines émissions télévisées, des affaires dans lesquelles des hommes secrètement monstrueux tiennent en servitude des femmes sans défense et leurs enfants. En trois ans de travail pour les Services de Protection de l'Enfance, Bo n'avait jamais vu d'affaire de ce type. Ce n'était jamais aussi simple. Mais cela pourrait être la première.

Les mains agitées de Bonnie Franer, faisant penser à des pinces de crabes, semblaient chercher quelque chose. Bo reconnut ce comportement. Une paire de ciseaux, un cordon de passementerie, même un stylo-bille, pouvaient devenir une arme entre de telles mains. Une arme retournée contre la femme qui la tenait. Bonnie Franer, nota Bo tristement, était une candidate de choix au suicide.

– Est-ce que Paul Massieu a jamais maltraité ou abusé sexuellement de votre fille Samantha ? demanda Bo qui se forçait pour s'adresser à la silhouette pathétique.

Jusqu'où irais-tu pour te faire applaudir, Bradley ? Tu arracherais la tête de chatons avec les dents ?

Tandis que la femme continuait à balancer le haut de son corps, des touffes de fins cheveux blonds comme la poussière tombaient du chignon noué à la hâte sur sa nuque. Dans la lumière artificielle du bureau de l'assistante sociale, ces tendres vrilles semblaient flotter, comme les cheveux d'une nageuse. Sous l'eau. Au gré de courants qu'aucun mot ne pouvait pénétrer.

Le minuscule bureau paraissait se refermer sur eux. Il n'y avait pas d'air. Bo aurait voulu que le prêtre aille dans le couloir plutôt que de rester et d'être le témoin de la barbarie spectaculaire inhérente à son travail. Mais il se contentait de poser un regard doux, avec ses yeux de basset, sur la mère et sa douleur.

– Paul adore mes filles, murmura Bonnie dans un ultime effort pour être cohérente.

Puis ses yeux se révulsèrent et le mouvement de balancier s'accentua.

– C'est de ma faute, c'est de ma faute, c'est toujours uniquement de ma faute.

Les derniers mots s'échappèrent comme un gémissement, répétés comme une incantation inconsciente. Bo comprit que le mouvement et les gémissements allaient continuer jusqu'à ce qu'on lui administre des médicaments. Il n'y aurait plus de communication. Elle posa doucement la main sur le fragile poignet de la mère, mais cela ne provoqua aucune réaction.

– Permettez.

Le Père Frank Goodman sauta du bureau et entoura de son bras musclé les épaules de la femme. Curieusement, il entonna quelque chose qui ressemblait remarquablement à « Faites venir les clowns », d'une voix douce de ténor. Son chant parut effectivement calmer le balancement incontrôlé.

Bo se demanda ce qu'était devenue l'église catholique depuis qu'elle l'avait quittée vingt ans auparavant.

– Ça vous suffira ?

C'était Andrew LaMarche, sa présence glaciale à la porte.

– Reinert a demandé un mandat d'arrêt, annonça-t-elle sur un ton qui devait encourager une réaction à un niveau professionnel. Mais cette femme ne survivra pas à une nuit en prison. Elle va...

Sa voix se brisa.

– ... Elle trouvera un moyen de...

Ses mots étaient comme du carton coincé dans sa gorge. Les mêmes mots nécessaires à décrire la mort de Laurie.

– Il faut quelqu'un pour la surveiller au cas où elle tenterait de se suicider.

– J'ai fait venir un assistant psychiatrique, concéda LaMarche sans faire remarquer la déconfitutre de Bo. Madame Franer va être conduite au service de psychiatrie du comté. J'espère que cela mettra un terme aux agissements des Services de Protection de l'Enfance à l'encontre de cette malheureuse femme.

Bo considéra l'homme qui avait envoyé des roses à longues tiges à son bureau et lui avait téléphoné chaque semaine depuis qu'il lui avait sauvé la vie au cours d'une affaire peu ordinaire l'automne précédent. D'une statue en fer aurait émané davantage de chaleur.

– Rien ne pourrait me faire plus plaisir, docteur, dit-elle en insistant sur le titre, mais un enfant a été tué. Le procureur va demander qu'une action en justice soit immédiatement intentée pour assurer la défense des enfants consanguins. Quinze minutes après mon départ, Hannah Franer sera sous la protection légale du tribunal pour enfants du comté de San Diego. Elle reste sous ma responsabilité tant qu'on ne l'aura pas retrouvée et que sa protection ne sera pas assurée.

– Vous êtes en train de détruire des innocents. Vous ne le voyez pas ?

– Il y a déjà eu au moins une innocente de détruite, répliqua Bo en passant devant lui. Vous l'aviez peut-être oublié ?

Dans le parking, elle trouva une petite image de Sainte-Thérèse sous son essuie-glace, du côté du conducteur. Au dos, était écrit d'une écriture ample : « Cet emplacement est réservé au clergé, zozo ! Père F. Goodman. »

Bo grimpa sur le capot de sa voiture et alla coincer l'image pieuse sous la patte gauche de Mabel le mammouth, puis elle redescendit et alluma une cigarette.

– J'ai le boulot le plus nocif de la planète, dit-elle à cette créature, qui concerne non seulement des actes malfaisants et des individus haïssables mais aussi des pédiatres pompeux et des prêtres qui devraient encore jouer avec leur console vidéo après l'école. Quelqu'un a massacré une enfant et j'ai l'impression que tous ceux qui s'occupent de cette affaire sont crispés sur des opinions figées qui masquent la vérité. Je ne sais pas pourquoi j'ai ce sentiment, Mabel, mais c'est comme ça. Est-ce parce que j'ai arrêté le lithium ? Est-ce que je laisse trop libre cours à mon imagination ? Et ai-je la moindre chance de trouver un boulot quelque part qui ne dépasse pas en malheur l'*Enfer* de Dante ?

Le mammouth magenta ne répondit rien mais continua de sourire à un laurier en fleurs qui poussait à ses pieds. Bo soupira et fouilla le désordre des cassettes de sa boîte à gants jusqu'à ce qu'elle trouve celle qu'elle cherchait. *Carmina Burana*. Son « O Fortuna » avait été l'hymne de sa période de révolte adolescente, avec la totale approbation de sa violoniste de mère.

« Puisque tu dois traîner avec des yeux trop maquillés », avait déclaré Margot O'Reilly un matin, il y avait longtemps, « alors j'aime autant que tu traînes en écoutant de la bonne musique. »

Bo refit le trajet qui la ramenait à son bureau en compagnie d'un chœur, en latin de cuisine à faire tomber à la renverse, qui hurlait dans sa voiture. Son invocation de rébellion servait de catalyseur au malaise que créait en elle tout ce qui touchait jusque-là à l'affaire Franer. Une enfant décédée de mort violente, la mère plongée dans une dépression infernale, la sœur disparue avec le seul suspect, et l'étrange coïncidence de cet atelier satanique le jour même où se présentait une affaire aux relents sataniques. Aucun des morceaux du puzzle ne s'imbriquait correctement. Mais de toute façon, c'était toujours comme ça. Au début. Bo décida de commencer à éliminer des morceaux, à rétrécir le champ d'investigation. Et elle savait exactement par où il fallait commencer.

De retour dans son bureau, elle referma la porte d'un coup de coude et s'empara du téléphone.

– Je voudrais connaître un numéro à Quantico, en Virginie, s'il vous plaît. Celui des services du FBI qui s'occupent des crimes associés à des rites.

Il était plus de 17 heures en Virginie, mais quelqu'un décrocha malgré tout. Et en dix minutes, Bo avait récolté assez de renseignements pour clouer Cynthia Ganage au pilori. À condition qu'on veuille bien l'écouter.

Elle enregistra mentalement ce qu'elle avait entendu puis plongea son regard dans ses propres yeux verts reflétés dans le miroir de la porte du bureau. Ces yeux-là ne voyaient pas toujours exactement ce que tout le monde voyait. Le cerveau qui se trouvait derrière était différent, ses chemins neuraux ayant tendance à emprunter un cours inhabituel, à dérailler de temps en temps. Mais ce cerveau, son cerveau, son *moi,* ne s'accrocherait jamais à une chimère sans fondement pour éviter de confronter une vérité. Cette certitude était rassurante, tout comme d'ouvrir la porte sur une intégrité personnelle dont elle savait la présence mais qu'elle ne pouvait nommer. Elle était tout de même solide, admit-elle, si elle pouvait affronter un monde dans lequel les comportements humains ne pouvaient être imputés à Satan. Une dame folle et solide à la fois. Elle aurait voulu que tous ceux qui s'occupaient de l'affaire Franer puissent en dire autant.

Chapitre 6

Un brouillard vespéral rasant dérivait déjà, lumineux, parmi le bouquet de bouleaux à l'est du chemin du lac. Eva Broussard sentait plus qu'elle ne voyait, derrière elle, la silhouette massive et ramassée de Shadow Mountain qui la dominait. Son immensité avait pris forme, d'innombrables millions d'années auparavant, au cours d'un passé impossible à appréhender. Strié à sa base de veines de quartz transparent et de feldspath rose, son sommet le plus élevé était constitué d'une pierre rare qu'on trouvait également dans les échantillons de roches lunaires, l'anorthosite. Dans un accès de concaténation presque stupide, Eva s'était à un moment autorisée à se demander si cette pierre lunaire elle-même ne pourrait pas figurer dans la curieuse expérience relatée par Paul Massieu et les autres. Les pics des Adirondacks étaient constitués sur plus de deux mille mètres carrés d'anorthosite métamorphique résistant à l'érosion. Une vaste étendue. Créait-elle, par sa masse, un champ magnétique capable de produire des hallucinations réalistes ? C'était une théorie aussi sensée qu'une autre. Ce qui n'allait pas loin. Au bout de trois ans, Eva Broussard n'avait toujours pas réussi à élaborer de théorie cohérente pour expliquer pourquoi un certain nombre de personnes dont on pouvait démontrer qu'elles avaient toute leur raison répétaient qu'elles avaient eu un contact avec des extraterrestres sur Shadow Mountain ou à côté.

Chaussée de mocassins à franges pour se protéger de la fraîcheur de la soirée, elle traversa la véranda et atteignit le parquet en cèdre, puis, toute en grâce, elle s'agenouilla pour préparer un feu dans la plus grande des trois cheminées.

La communauté allait se réunir après le dîner pour affronter la sinistre nouvelle de la mort de Samantha Franer. Plus tard, elle irait à Albany prendre Paul et Hannah à l'aéroport. Après avoir installé Hannah, Paul s'enfuirait au Canada. Cette décision n'avait pas été facile à prendre. Pourtant, tout le monde était convaincu que Paul était innocent et que, le temps qu'il puisse être extradé du Canada, le véritable meurtrier de Samantha aurait été appréhendé. Le niveau de confiance dont le groupe faisait preuve à l'égard des institutions policières de Californie ne reflétait pas autre chose que la familiarité acquise en regardant la télévision. Eva se retrouva le regard rivé sur le tas de bois.

Pouvait-elle se tromper sur le compte de Paul ? Son amitié pour cet homme solitaire et tranquille pouvait-elle avoir obscurci son jugement ? Était-il *possible* que Paul Massieu soit pédophile, capable d'abuser sexuellement d'une enfant, de violer et de tuer une petite fille ?

Tout en approchant une allumette enflammée

du petit bois, elle se dépouilla des couches d'identités qui pouvaient la rendre aveugle à une vérité odieuse. Comme des manteaux à peine perceptibles, elle se défit de sa personnalité de psychiatre, avec une chaire en psychologie sociale au Séminaire de Sainte-Jeanne d'Arc à Bolduc, et de celle d'auteur des populaires manuels d'auto-éducation, *Le Sens de votre vie,* ainsi que d'une biographie chaleureusement accueillie de la mystique chrétienne Hildegarde de Bingen. Lorsque l'attirail intellectuel accumulé au cours de quarante années fut ôté, Eva s'adressa à son être le plus profond : une femme mûre iroquoise. Le feu prit et s'élança, sa lumière dansante dessinant des arabesques sur ses larges mains.

Qu'est-ce que je veux ? se demanda-t-elle mentalement face à une galerie de masques qui flottaient près de son subconscient. Ai-je besoin de croire en la normalité de la personnalité de cet homme pour le bénéfice de mes propres recherches au point de refuser de voir une terrible anomalie ? Ma volonté est-elle plus tendue vers mon projet que vers la vérité ?

Le masque iroquois qu'Eva appelait « Orgueil », un visage allongé tressé en osier noirci par le temps dont les yeux étaient de simples fentes et le large sourire celui d'un clown, ne fit pas son apparition derrière ses yeux fermés. Elle s'y était pourtant bien attendue, la qualité appelée « Orgueil » ayant été un obstacle constant au cours de sa vie d'adulte. Mais il n'était pas là. Il n'y avait rien. Il n'y avait que l'image inversée des flammes, noires sur fond gris. Si Eva Broussard n'avait pas su percevoir une troublante maladie chez Paul Massieu, rien dans son esprit ne pouvait l'expliquer. Pourtant, dut-elle reconnaître, il persistait toujours une minuscule marge d'erreur. La marge dans laquelle des événements totalement inexplicables pouvaient se produire. Ceci pourrait être une telle marge, mais Eva était prête à affirmer qu'il n'en était rien. Elle se trouvait satisfaite de la certitude, à quatre-vingt-dix-huit pour cent, que Paul Massieu était innocent.

Elle se leva devant l'âtre en pierre et étira ses bras musclés et bronzés en direction du lac Night Heron, maintenant d'un gris marmoréen sous les lambeaux d'une écharpe de brouillard, et elle pensa aux autres victimes de l'assassin de Samantha. La mort de l'enfant allait détruire la mère. Cette prise de conscience ne requérait pas la pléthore de sensibilités professionnelles que possédait le docteur Eva Blindhawk Broussard.

Bonnie Franer avait été battue par sa vermine de père, un alcoolique, dans une triste ferme aux abords de Syracuse, dans l'État de New York, jusqu'à ce qu'elle épouse, à dix-neuf ans, un vendeur de jeux d'arcade qu'elle avait rencontré au restoroute où elle travaillait comme caissière. Huit ans plus tard, alors qu'elle était enceinte de trois mois de l'enfant qui allait devenir Samantha, Seth Franer avait pris les deux cents dollars qui restaient sur leur compte en banque et avait disparu. Une carte postale des chutes du Niagara avait informé Bonnie qu'il était désolé, mais qu'en fin de compte il ne pouvait pas tenir en place. Il ne reviendrait pas. Le jour où la carte postale était arrivée, Bonnie avait emmené sa fille Hannah à l'école maternelle, elle était rentrée chez elle et avait avalé cent trente-six somnifères obtenus sans ordonnance. Un voisin l'avait trouvée en train de vomir sur la petite terrasse en bois branlante du duplex que les Franer louaient à Troy, dans l'État de New York. Après un lavage d'estomac, la seule peur de cette femme vaincue avait été d'avoir fait du mal à l'enfant qu'elle portait. Maintenant cette enfant était morte.

Eva Broussard frissonna légèrement et serra les bras autour d'elle pour se protéger de la substance intangible de la vie de Bonnie Franer. Rien n'avait été accordé à cette femme pour la soutenir dans l'adversité. Pas de famille, pas de racines culturelles, pas d'éducation, pas de ressources financières. Aucune substance d'aucune sorte. Cette femme était une proie pour tous les caprices des émotions, tous les hasards des vents changeants de son époque. Quand Paul Massieu avait rencontré Bonnie Franer qui gérait le stand alimentaire de l'un des séminaires lucratifs d'autoéducation qu'organisait Eva Broussard à Buffalo, il était tombé amoureux de son propre besoin de protéger quelque chose. Anthropologue culturel spécialisé dans les États-Unis au dix-neuvième siècle, il paraissait pleurer tout ce qui s'était perdu avec le temps. Les banderoles pour le droit de vote, les bouteilles de bière d'un quart de gallon, le dialecte élisabéthain encore parlé sur le lointain front de mer de la Caroline du Nord avant que la construction d'une route ne la relie au reste du continent. Tout ce qui était perdu le remplissait du besoin désespéré de le protéger, de le sauver d'un anéantissement déjà accompli. Bonnie Franer et ses filles représentaient une fragilité qu'il *pouvait* protéger. Jusqu'à maintenant.

Au-dessus du manteau de la cheminée une petite peinture à l'huile reflétait les flammes qui dansaient sous elle. Un paysage morne de l'État de New York peint sur carton en 1874 par une artiste nommée Ella Pell qui devait par la suite connaître une certaine célébrité dans les salons européens. Eva avait découvert ce tableau quand elle avait acheté la demeure, parmi des objets sans valeur regroupés dans la tour. Sans doute, avait-elle pensé, un don de l'artiste aux premiers propriétaires de la maison. Peut-être un cadeau à la femme qui était morte en tombant de la tour elle-même. Paul Massieu avait insisté pour que le tableau soit encadré et accroché.

Dans le coin, en bas à gauche, des personnages sombres occupaient une petite barque qui paraissait minuscule au pied de hautes montagnes perdues dans la brume et sur la vaste étendue du lac d'un noir d'encre. Mais le personnage assis, une femme en chapeau noir, portait au cou un foulard écarlate. Cette infime bannière, à peine visible sur le fond noir, représentait aux yeux d'Eva le symbole même de la tentative qu'elle était venue étudier ici. Un fragile emblème d'espoir dans un tumulte de ténèbres. Mais il n'y aurait plus d'espoir pour Bonnie Franer maintenant. Son âme sans défense avait été blessée par trop de choses, depuis trop longtemps. Et Paul Massieu ne pouvait plus la protéger.

Le petit tableau, avec son unique filet de couleur, était pour la psychiatre à la curiosité toujours en éveil un étendard approprié pour toute leur recherche. Une quête inhabituelle, peut-être irrationnelle. Maintenant condamnée. Machinalement, elle rectifia la position du tableau sur le mur en pierre et se souvint de sa première rencontre avec le taciturne anthropologue.

Il était arrivé à l'improviste dans son bureau de Montréal trois ans plus tôt.

« Je veux que vous me disiez si je suis fou », avait-il expliqué dans un canadien français qu'elle connaissait bien. « Je paierai la somme qu'on paye habituellement pour ce genre de choses. »

C'était un homme d'environ trente-cinq ans à la voix douce qui portait un pantalon en velours froissé, un pull à col roulé vert forêt et l'inévitable veste en tweed du professeur. Des mâchoires fortes, rasées de près. Des cheveux noirs rebelles montrant une tendance héréditaire à la calvitie. Des yeux noir corbeau avec d'épais cils recourbés. Un sang mêlé de Noir et de Français, avait pensé Eva. Ou alors il avait du sang indien, comme elle. Quelle que soit son origine génétique, celle-ci, en plus d'une main droite mutilée, avait-il dit, sur un site archéologique, lui donnait une apparence redoutable qui était trompeuse. Paul Massieu s'était avéré être l'un des hommes les plus doux qu'Eva eût jamais rencontrés. Il avait tenu ses épaules voûtées, ses grandes mains croisées sur ses genoux, petit doigt manquant à la main droite, tandis qu'elle lui exposait les raisons pour lesquelles sa demande ne pouvait être satisfaite.

Il n'existait en fait aucune qualité quantifiable qui pût définir quelqu'un comme étant « sain d'esprit ». Ceci ne pouvait se faire que par l'absence ou l'amoindrissement de cette qualité et, même alors, cette définition était soumise à d'importantes fluctuations fondées sur des attentes culturelles ou sociales. Certains schémas de comportement avaient reçu certains noms, et certains traitements étaient connus pour contrôler certains symptômes. Mais personne ne pouvait littéralement définir ce qu'était quelqu'un qui était sain d'esprit, encore moins mesurer à quel degré.

« Mais vous êtes psychiatre, non ? » avait-il insisté.

« Entre autres choses », avait répondu Broussard. « Dites-moi pourquoi vous êtes venu me voir. »

Paul Massieu s'était penché en avant, nerveux, les coudes sur les genoux.

« Je me suis souvenu d'une chose qui s'est produite il y a un an. Quelque chose qui ne *peut pas* s'être produit, et pourtant le souvenir est là... des détails, des sentiments, tout. Alors, soit cela s'est réellement passé, soit j'invente totalement ce souvenir, et je suis fou. »

« Et vous voulez que je... ? »

« J'ai lu un de vos livres. Vous semblez avoir, disons, une approche pratique. Je veux quelqu'un qui soit objectif. Quelqu'un qui n'ait rien à voir avec ces trucs anormaux... »

« Avec quels trucs anormaux ? » avait demandé Broussard, curieuse.

Massieu avait redressé les épaules.

« Avec ces gens qui se baladent en racontant qu'ils ont vu des soucoupes volantes et des créatures venues d'autres planètes. »

« Je crois que vous avez frappé à la mauvaise porte », avait commencé Broussard, toute à sa conscience professionnelle. « Je ne peux vraiment... »

« Je vous en prie », avait-il supplié, direct et déterminé. « Il faut que vous m'aidiez. »

Elle avait accepté. Et après des interrogatoires au détecteur de mensonge, des séances d'hypnose, des batteries de tests, des analyses, Paul Massieu, professeur adjoint enseignant l'anthropologie à l'université de McGill qui adorait camper dans les Adirondacks, se révéla être un homme légèrement introverti, avec une personnalité sans la moindre évidence de troubles de la pensée ou de l'affectivité. Soit il avait été enlevé par des personnages humanoïdes spectraux en vêtements métalliques et examiné par leurs soins, soit cette expérience, toute ou partie, était le résultat d'une hallucination due à des raisons complètement contradictoires avec l'histoire et la pratique de la psychiatrie. Eva Broussard n'écartait pas cette possibilité.

Mais ensuite, quand des rumeurs concernant le travail qu'elle faisait avec Massieu s'étaient répandues dans la communauté psychiatrique de Montréal, d'autres personnes avaient commencé à se présenter à son bureau. La plupart étaient tellement déséquilibrés que leurs récits de contacts avec des extraterrestres étaient spécieux, n'avaient d'autre but que de chercher à attirer l'attention ou ne reposaient que sur des hallucinations. Malgré tout, dans un cas sur dix, un témoin crédible apparaissait. Un épicier âgé de cinquante-quatre ans originaire de Malone, dans l'État de New York. Un jeune professeur d'informatique de Québec qui voulait devenir styliste. Une grand-mère catholique ayant dix petits-enfants, originaire de Mishawawka, en Indiana, qui faisait un pélerinage de reliquaires sacrés quand, elle aussi, avait vu les êtres étranges.

Eva Broussard s'était retirée pendant deux mois dans un couvent de Carmélites sur le Saint Laurent près de Cap-de-la-Madeleine. En silence et pieds nus sur les anciens sols en calcaire, elle avait réfléchi à la nature du cancer qui lui avait pris le sein gauche et qui pourrait finir par lui prendre la vie. Elle avait interrogé ses rêves en suivant la voie des Iroquois guettant les masques qui lui révéleraient ses besoins les plus profonds. « Savoir » avaient murmuré les masques. « Ton plus grand besoin est simplement de savoir. » Alors elle avait pensé à cet ensemble de gens apeurés, divers et variés, qui avaient tous parlé d'expériences pratiquement identiques : le contact avec des êtres qui ne ressemblaient à aucune forme humaine connue.

Une copie originale de *Apparence et réalité* de F. H. Bradley était arrivée d'Oxford et avait été lue avec la plus grande attention. L'expérience, disait le philosophe victorien à Eva, était ce qui comptait. Réfléchir à l'expérience est un labyrinthe de complexité relationnelle trompeuse. L'expérience est ce qu'elle est ; les interprétations que l'on en fait sont faussées par les tentatives de la décrire comme étant semblable à autre chose. Paul Massieu et les autres avaient connu une expérience. La décrire en termes relationnels était typique du mode de fonctionnement du cerveau humain. Cela ressemblait peut-être à des inventions de science-fiction bien connues de Massieu et des autres au travers de romans et de films, mais ce n'était, en fait, absolument pas de la fiction. Quelque chose avait eu lieu dans l'expérience de ces gens. Eva Broussard avait décidé de passer le restant de sa vie à essayer d'identifier ce qu'était ce quelque chose. À soixante ans, elle avait le sentiment que sa vie même, son expérience et ses études, ses voyages et ses écrits, l'avaient façonnée, préparée, précisément pour cela. Elle considérait sa décision de poursuivre cette recherche comme le moment le plus intense de sa vie.

En l'espace d'un mois, elle avait fermé son cabinet et vendu assez de biens pour acquérir la vieille propriété des Adirondacks au pied d'une montagne où Paul avait été examiné dans un vaisseau argenté par des êtres parcheminés aux énormes yeux noirs et vitreux. Ces créatures avaient l'odeur, disait-il, d'une épice aromatique appelée macis.

Pour Eva, cela avait été un retour aux sources. Née dans la réserve Onondaga près de Nedrow, dans l'État de New York, la jeune Eva Blindhawk n'avait été accueillie par des parents de son père à Montréal qu'à l'âge de sept ans, quand sa mère était morte des suites de ce même cancer qu'elle combattait maintenant. Au cours des cinq premières années déterminantes de sa vie, Eva avait été une Indienne du peuple iroquois, une Onondaga dans les rangs desquels le chef des six nations iroquoises devait, selon l'ancienne tradition, être choisi. Elle était fille de Naomi Blindhawk et petite-fille d'une femme-rêve qui présidait aux rites du milieu de l'hiver. Remontant sa lignée jusqu'à l'une des plus anciennes longues-maisons, elle se savait membre du Clan du Héron. L'une de ses arrière-arrière-grand-mères avait donné son nom au lac maintenant caché dans la brume au pied de la propriété. Eva Broussard était revenue à sa terre d'origine. Mais les difficultés arrivaient à tire-d'aile de Californie, dans une fuite désespérée. Un homme aux abois et une enfant apeurée, et tout ce qui allait les suivre.

Tandis que, venant de cottages voisins, les membres de la communauté se réunissaient et gravissaient les marches en érable de la tour pour les incantations du soir, Eva soupira et se détendit. Certains des Chercheurs, comme ils s'appelaient, croyaient qu'un chant techniquement parfait émanant de voix humaines, lancé régulièrement vers l'espace à partir d'un émetteur au sommet de Shadow Mountain, provoquerait le retour des visiteurs fragiles et terrifiants. Ces chants, répétés au lever et au coucher du soleil sur la tour pentagonale, étaient le son le plus beau, le plus émouvant qu'Eva eût jamais entendu.

Chapitre 7

Bo avait apporté le rapport concernant Hannah Franer au bureau du procureur à quinze heures. La signature, griffonnée sur la demande de constitution partie civile à 15 h 10, certifiait que la petite fille de huit ans était légalement sous la tutelle du tribunal pour enfants du comté de San Diego. Une formalité compte tenu des événements, ces documents légaux conféraient à la police le droit de se saisir de l'enfant sans opposition possible au cas où on la trouverait. Cette demande n'était guère plus qu'une poignée de papiers par laquelle un comté assumait les devoirs d'un parent lorsque ce parent réel « n'assurait pas la protection de l'enfant ».

Pendant le reste de l'après-midi, Bo travailla sur une autre affaire et broya du noir. Ça concernait un enfant de dix ans abandonné, trouvé par la police dans le placard d'un hôtel pourri où sa mère décédée gisait à terre, après s'être propulsée dans l'autre monde. Le garçon, qui attendait au foyer d'accueil du comté ce qu'il allait maintenant advenir de lui, avait déclaré qu'il n'avait pas de famille, à part un père appelé Lee John qui avait « tué un mec » dans l'Iowa, mais c'était peut-être en Idaho. Après vingt-sept coups de téléphone dans des centres de détention d'États commençant par « i » qui n'avaient pas apporté le moindre renseignement sur un certain Lee John ou John Lee Crowley, Bo rédigea un rapport pour le tribunal, demandant à ce que ce garçon puisse être légalement adopté. Puis elle alla se planter dehors devant la fenêtre du bureau de Madge Aldenhoven, une cigarette à la main.

Personne n'allait adopter Jonas Lee Crowley. C'était une blague. En fait, il gèlerait en enfer avant qu'un charmant couple hypothétique accueille dans son foyer chaleureux et hypothétique un gamin maigrichon et rageur dont la haine était visible dans les yeux d'un bleu glacial, qui avait des poux dans les cheveux et l'habitude de pisser sur les clients du haut des escaliers roulants des grands magasins. Jonas allait passer les huit années à venir dans des familles d'accueil et des maisons de redressement. Après quoi on le relâcherait dans les rues où il allait inévitablement procréer une nouvelle génération de malheur. S'il existait un moyen d'enrayer ce cycle de destruction dont elle était quotidiennement le témoin, Bo n'arrivait pas à imaginer en quoi il pourrait consister.

La maison de son enfance, à Boston, lui avait paru parfaitement horrible à l'époque. Une petite sœur sourde, tout le monde obligé d'utiliser le langage des signes. Sa mère, violoniste à l'orchestre symphonique de Boston, qui répétait constamment dans la salle à manger. L'odeur de tabac importé qui montait de la pipe en écume de son père dans un salon transformé en bibliothèque où il se livrait à ses interminables recherches grassement payées pour trouver la trace d'anciens brevets d'invention et de droits d'auteur. Et une grand-mère paternelle venant d'Irlande, dont les visites, chaque été, semaient la panique. Avec le recul, Bo se rendait compte que son enfance avait été un hâvre de paix bien organisé, en dépit des problèmes auxquels sa famille était confrontée. Ce travail l'avait obligée à voir quel enfer la vie pouvait être pour certains enfants, et l'enfer que ces enfants crééraient à leur tour pour leurs *propres* enfants, *ad infinitum*. Elle regrettait que ses parents n'aient pas vécu assez longtemps pour pouvoir les remercier.

– Tu as l'air de quelqu'un dont la meilleure amie *es morte.*

Estrella estropia cette remarque banale tout en se frayant un chemin parmi les buissons desséchés devant le bureau de son chef.

– Tu viens juste fumer ici histoire de l'embêter, hein ?

– Non, j'aime bien la vue, fit Bo les yeux fixés sur quatre files de voitures pare-chocs contre pare-chocs dans Genesee Avenue. C'est ce que je préfère dans ce travail.

Estrella agrippa une branche de callistemon qui avait l'air relativement robuste pour assurer son équilibre et vint se planter devant Bo, sur ses talons de cinq centimètres.

– Je déteste ça, quand tu deviens agressive, dit-elle. Je pense...

– Je sais. Tu penses que je devrais reprendre mon lithium, dit Bo en écrasant sa cigarette avant de ramasser le filtre aplati. Mais ce n'est pas ça.

Je *sais* quand j'ai besoin d'un traitement et en ce moment je n'en ai pas besoin. Simplement j'en ai marre de faire semblant de trouver normal de passer mes journées à avoir des sujets de conversation qui couperaient le souffle à la majorité des criminels qui sont sous les verrous. Je veux dire, tu connais combien de personnes, dans le monde réel, qui devisent pendant leur déjeuner en se demandant comment prouver qu'on a contraint des tout-petits à des rapports sexuels par voie orale ? Ou qui se montrent des photos de couches infestées de cafards, sans parler de marques de pneus sur...

Estrella fit une grimace et leva la main.

– Épargne-moi ça. Moi aussi, je travaille ici. Il ne faut pas y penser, c'est tout. Tu fais ton boulot, tu rentres chez toi, et tu *oublies*, ce qui me rappelle...

– La petite, dans l'affaire sur laquelle j'ai travaillé ce matin, l'interrompit Bo en lançant le filtre dans une poubelle qui se trouvait près de la porte, elle est morte sur la table d'opération. On aurait dit un petit amour, un Rubens peut-être, et elle est morte. La mère donne un sens tout nouveau à l'expression « haine de soi », le concubin a filé avec la sœur aînée, et ce requin de psychologue qui ferait n'importe quoi pourvu que ça lui fasse de la publicité, qui en profite un maximum en hurlant, « c'est l'œuvre du diable ! ». Reinert semble croire qu'il y a une histoire de tortures rituelles simplement parce que le concubin fait partie d'une espèce de secte, on ne sait même pas de quoi il s'agit, mais ça ne fait rien. LaMarche pète les boulons et défend le coupable présumé et la mère...

Bo marqua une pause pour reprendre sa respiration.

– ... et même si je n'ai mangé qu'une granny-smith et bu un demi-litre de lait écrémé depuis ce matin, je suis toujours grosse. Je crois qu'il est temps que je trouve un autre boulot.

– Tu n'es pas grosse, mais la faim peut rendre les gens désagréables, dit Estrella avec un sourire inexplicablement radieux. Tu n'as pas besoin de changer de travail. Je crois que nous avons trouvé la réponse.

– C'était quoi, la question ? demanda Bo d'un air soupçonneux.

Estrella ressemblait à un chat en possession des clefs du sanctuaire des perruches.

– Tu veux bien me promettre une chose ?

– Pas de promesses le mercredi. Vieille superstition irlandaise.

Revenues dans leur bureau, Estrella jouait avec un tube de rouge à lèvres trouvé au fond de son sac.

– Même pas à une *amiga* qui pourrait, éventuellement, s'occuper de ton chien pendant que tu vas passer un petit week-end dans une clinique pour maigrir ?

– Tu as gagné, concéda Bo qui n'aurait confié à personne d'autre Mildred, son vieux fox-terrier grincheux. Qu'est-ce que je dois promettre ?

Estrella semblait examiner la transparence de la fenêtre de leur bureau.

– Que tu sortiras avec LaMarche la prochaine fois qu'il te le demandera. Juste histoire de sortir, de te détendre, de passer un bon moment.

– Affaire conclue.

Après leur rencontre de la journée, Bo était sûre

que l'intérêt qu'il lui portait s'était affaibli, voire totalement évanoui. C'était aussi bien.

Rentrée chez elle, dans son appartement d'Ocean Beach, elle alla récupérer Mildred qu'elle laissait aux bons soins d'une voisine âgée pendant la journée, enfila un vieux jean qui, dans une autre vie, avait appartenu à son ex-mari, et partit pour la Plage des Chiens. L'étendue de sable désignée pour la population canine de San Diego avait amené Bo à prendre la décision de se reloger dans cette ville côtière, lorsque les subventions fédérales destinées aux programmes sociaux des réserves du Nouveau-Mexique s'étaient taries. Dans quel autre endroit mettrait-on toute une plage à la disposition des chiens ? Et en plus, il y avait dans sa rue une boutique à la mode pour toiletter les chiens, spécialement prévue pour les pensionnaires de ladite plage. Elle y avait acheté pour Mildred un gilet de sauvetage en mousse recouvert de vinyle, avait signé un contrat auprès des Services de Protection de l'Enfance et trouvé dans le quartier un appartement avec vue sur l'océan, tout cela le même jour.

Mildred creusait le sable comme si des milliers de filets de viande de premier choix affleuraient juste sous la surface, et elle aboya pour saluer un basset du quartier. Bo s'assit et lança une vieille balle de tennis à Mildred jusqu'au moment où un chiot doberman m'as-tu-vu s'en empara, un chiot dont le propriétaire possédait aussi la pizzéria du coin.

– Vous me devez une part avec de l'ail et des anchois, lui cria-t-elle. Cette balle de tennis, c'est une antiquité !

– Mes anchois aussi, c'est des antiquités, répliqua-t-il.

Au large, dans le ciel, une bande d'un gris flou était suspendue au-dessus de l'horizon, se rapprochant des terres. L'air marin. Les éternels fléaux de touristes qui croyaient au mythe de la Californie toujours ensoleillée ! En fait, jusqu'à la fin du mois de juin, San Diego allait être enveloppée d'une légère brume salée, tous les matins jusque vers onze heures ; elle s'évaporait alors, pour revenir à la tombée du jour. Elle revenait justement. Bo adorait la régularité du brouillard. Elle trouvait sa lente approche réconfortante tandis que Mildred envoyait des gerbes de sable dans toutes les directions, y compris dans les cheveux de sa maîtresse. Sans y prendre le moindre intérêt, elle remarqua deux jambes vêtues de jean qui cisaillaient l'horizon. Des bottes de cow-boy éculées qui avaient dû être neuves à l'époque du siège d'Alamo. Lorsqu'elles s'arrêtèrent, elle leva les yeux vers un visage assombri auquel elle associait, avant tout, nœuds de cravate parfaits et antiseptiques.

– Je suis désolé d'avoir été si odieux aujourd'hui, dit Andrew LaMarche. Si vous me permettez...

Il prononça « pêr-mettez ».

– Je voudrais réparer les dégâts.

Comment ? En rassemblant quelques longhorns égarés avant de les prendre au lasso ?

– Ne dites rien. Laissez-moi deviner.

Bo soupira.

– Estrella vous a demandé de me sauver de la folie en faisant des imitations de John Wayne, c'est ça ?

Sous un monticule de sable qui avait pris forme entre ses mains, Bo imagina que lentement elle ensevelissait Estrella Benedict vivante.

– J'aimerais vous inviter à dîner, proposa LaMarche d'un ton professionnel, et vous expliquer mon comportement dans l'affaire Franer.

Le pédiatre ressemblait, pensa Bo, à une publicité pour vêtements de bagnards. Il ne manquait plus à sa chemise bleue qu'un numéro imprimé sur la poche.

– C'est un coup monté, dit-elle à Mildred.

– On dirait bien, lui accorda LaMarche d'un ton enjoué.

Chapitre 8

– Où allons-nous ? demanda Bo en respirant l'air frais parfumé de la route qui fouettait ses cheveux et les échevelait au point qu'une fourche n'aurait pu les démêler.

LaMarche avait rabattu la capote de la Jaguar, tentative, pensa-t-elle, pour démontrer son savoir-vivre.

– À Santa Ysabel, répondit-il tandis que les dernières mesures en *diminuendo* des *Pins de Rome* de Respighi mouraient dans les haut-parleurs de la voiture.

Pour Bo, cette musique évoquait des souvenirs pénibles. Son ex-mari, Mark, qui aspirait à devenir réalisateur de feuilletons radiophoniques, avait pendant sa dernière année d'études, lu l'athlétique chapitre final de *Rabbit rattrapé* de John Updike en écoutant cette musique exaltée un si grand nombre de fois que Bo ne pouvait plus l'entendre sans en avoir le souffle coupé. Par la suite, Mark Bradley avait réalisé une série de contes navajos pour enfants qui avait remporté un prix, enregistrés avec un accompagnement sonore de flûte indienne, de souffles de vent et, de loin en loin, un hurlement de coyote. Bo savait que cet enregistrement avait été inspiré par Nicholas et Jaana, les enfants qu'il avait eus d'un second et heureux mariage avec une sympathique diététicienne originaire du Minnesota que Bo ne pouvait cesser de se représenter dans un chœur wagnérien. Le nom de la femme de Mark était Ingrid Soderblom. Impossible de ne pas penser à des soutiens-gorge en métal et à toute la *Tétralogie* wagnérienne. Dans un sourire, Bo se força à se concentrer sur le présent.

– Santa Ysabel ? Nous allons dîner dans une mission ?

Les yeux gris d'Andrew LaMarche brillèrent avec une lueur d'étain patiné, indiquant le plaisir qu'il prenait à cet instant et la certitude de fournir une réponse agréable à sa question. Cette réponse, elle le savait, ne serait pas donnée sans quelque digression. C'était son style. Bo se demanda si le malaise qu'il éprouvait devant un discours direct, si ses horripilantes déambulations verbales, avaient quelque chose à voir avec son enfance francophone. À moins qu'il ne fût nerveux. Ou qu'il aimât tout simplement parler.

– Cette église a été construite pour être une *asistencia*, ou une mission secondaire en 1818, dit-il, comme si Bo lui avait demandé l'histoire détaillée des missions de Californie et non l'endroit où elle allait manger.

– C'est fascinant, vraiment, poursuivit-il. (Ses yeux étincelèrent davantage.) Il paraît que de l'or, ramené par des pirates, a été enterré dans d'anciennes tombes, mais personne n'a jamais...

– Andy, fit Bo qui prononça le diminutif familier par désespoir, cela fait trente-cinq minutes que nous roulons, j'ai assez de terre entre les dents pour planter des géraniums, et mes cheveux sont dans un tel état que des souris seraient prêtes à tuer sans hésitation pour avoir le privilège de s'y nicher. Pourquoi allons-nous à Santa Ysabel ?

– Duhon Robicheaux est là-bas avec son orchestre cajun. Il y a un *fais-do-do**, expliqua la voix de baryton tout excitée. J'espère que vous aimez l'*andouille** !

Le soleil couchant créait des paysages pastoraux dans des nuances d'or tandis que la voiture grimpait la pente douce qui montait de Ramona, une banlieue de San Diego, vers des collines pommelées d'ombres. Bo se rappela que des coolies chinois avaient travaillé aux côtés d'émigrants irlandais pour arracher tourmaline, grenat, topaze et or à ces collines. Lorsqu'ils avaient faim, elle se demanda comment ces deux groupes avaient réussi à combiner leurs menus dans les cantines ambulantes des mines. Du finnan haddie à la sauce aigre-douce ? Des rouleaux en pain farcis de mousse à l'œuf millénaire et cuits à la vapeur ? Dans son rétroviseur extérieur, elle apercevait l'observatoire Palomar qui dressait sa blancheur au loin derrière la voiture. Son télescope réflecteur Hale haut de cinq mètres balayait le ciel la nuit, traquant des choses qui n'étaient pas visibles à l'œil nu. Le dôme pâle du bâtiment ressemblait à un immense bol à soupe, renversé au milieu des collines. Bo décida de ne pas y prêter attention.

– Et au nom du ciel, qu'est-ce que c'est qu'un

* En français (ici en cajun) dans le texte original. *(N.d.T.)*

« fay-doe-doe » et comment voulez-vous que je sache si j'aime « l'an-douye ». Ça se mange ?

La faim commençait à la tenailler désagréablement.

– C'est le meilleur plat au nord de Ponchatoula, répondit LaMarche en négociant un virage sur la route de montagne poussiéreuse qui se perdit rapidement dans des prairies ondoyantes. J'étais censé faire le discours-programme d'une conférence à New York, ce week-end. Je devais y être aujourd'hui, en fait, pour revoir l'organisation ou je ne sais quoi. Mais j'ai changé mon billet d'avion et je pars demain, il n'est pas question de rater ça !

Arrivé près d'une bâtisse qui ressemblait à une grange dressée à côté d'un magasin en ruine dont les pompes à essence rouillées portaient encore les têtes en verre rondes en vogue pendant la grande Dépression, il gara la Jaguar bordeaux au milieu d'une bonne centaine de pick-ups.

– Et un *fais-do-do* est juste une grande fête. On mange, on danse, on boit un peu de vin...

Bo se rappela qu'elle s'était elle-même exhortée à passer la soirée à se divertir afin d'oublier le corps de chérubin sur une table d'opération. Elle avait suivi son propre conseil, et pourtant cela lui paraissait mal.

LaMarche remarqua qu'elle baissait les yeux et hocha la tête.

– Nous en parlerons plus tard. Pour le moment nous allons manger, nous amuser. Ce n'est pas fini, vous savez. Ça ne sera pas fini tant que le meurtrier de Samantha ne sera pas en prison. Les autres (ses lèvres minces prirent une couleur de cendre sous sa moustache) veilleront à lui faire subir le châtiment qui convient.

Les deux paires d'yeux fixaient le vide, pédiatre et assistante sociale se laissant aller à des idées de vengeance fort peu professionnelles. Même les criminels les plus endurcis étaient parfois écœurés devant le viol d'un enfant. Et dépourvus de la retenue caractéristique de la population en général, ils n'hésiteraient pas à infliger une sanction biblique. Il était vraisemblable que le meurtrier de Samantha, livré aux occupants d'une prison de droits communs, revivrait les tourments de sa victime un millier de fois.

La satisfaction qu'elle tira de cette idée rendit Bo à moitié malade.

– Ça suffit, dit LaMarche avec détermination tandis qu'un accordéon prenait vie dans un souffle à l'intérieur de la bâtisse, suivi par les grincements des violons qui s'accordaient. Duhon va vous changer les idées !

Ayant pris la ferme décision d'oublier Samantha pendant une heure, Bo leva un sourcil en regardant le champ de poussière du parking avec son armée de camions, et sourit. L'intérieur de l'immense grange, qui d'après son odeur persistante avait dû être utilisée pour remiser des pommes récoltées dans des vergers avoisinants, était éclairée par une série de lumières de fortune dont les rallonges serpentaient toutes vers un unique générateur. De longues tables couvertes de journaux frangeaient les murs et une charrette plate servait de scène. Plus forte que le parfum sucré des pommes, Bo remarqua que régnait une odeur de farine et de beurre chaud.

– Qu'est-ce que c'est que cette odeur ? demanda-t-elle en humant l'air.

– Du *roux**.

Il la dirigeait vers deux chaises pliantes inoccupées, à l'une des longues tables.

– Roo ? Comme le bébé de Kangou dans *Winnie l'Ourson* ? On fait cuire des bébés kangourous ici ? Je vais appeler la Société Protectrice des A...

– Ça veut dire... c'est une sauce brune, épaisse, faite avec du beurre et de la farine, répondit-il avec sérieux à sa plaisanterie. Que diriez-vous de crevettes *à l'étouffée** ?

– Il y a du roo dedans ?

Le sourire qu'il lui fit en guise de réponse était chaleureux. Presque, comprit-elle, séducteur.

– Non, *ma chérie**, sans *roux*.

Tu as toujours succombé aux hommes qui ont un accent, Bradley. Tu te souviens de cet écologiste portugais qui jouait de la flûte de Pan et qui t'a persuadée de faire don d'un mois de salaire pour la protection des palourdes d'eau douce à cause d'un projet de barrage ? Essaye de ne pas l'oublier.

– Des crevettes, ça doit être bon, convint-elle. Et après le dîner, vous me donnerez les explications promises sur l'affaire Franer ?

– On dîne, on boit un peu de vin, peut-être suivi d'un pas de danse. Ensuite...

Il était occupé à échanger des salutations avec certaines des personnes présentes qui paraissaient le connaître, mais s'adressaient à lui en l'appelant Jacques.

– Je viens ici de temps en temps quand il y a un orchestre cajun, expliqua-t-il. Cela me rappelle les étés que j'ai passés dans les bayous avec mon oncle. Il s'appelait Pierre Auguste, mais tout le monde se contentait de l'appeler Oncle Gus. Il pouvait attraper des serpents dans l'eau à mains nues et ma tante en faisait de délicieux jambalaya...

– Du jambalaya de serpent... ça a toujours été mon plat préféré, dit Bo qui souriait en écarquillant les yeux. Et en fait, moi, je suis la Princesse Anastasia, héritière du trône de Russie laissé vacant par la défaite. *Nous*, nous attrapions du caviar beluga, à mains nues bien sûr, à même la Volga. Quelle coïncidence !

– *Mais non**, répondit-il, amusé. Je suis sérieux.

Ses yeux gris avaient une expression agréable, distante. Un regard qui ne devait rien au vin rouge tout à fait quelconque qu'ils buvaient dans des verres en plastique. Il était évident qu'Andrew LaMarche passait un très bon moment.

– Vous venez ici pour vous détendre et décrocher, n'est-ce pas ? demanda-t-elle.

Sur la piste de danse, des gens âgés de trois à quatre-vingt-dix ans mettaient toute leur énergie à valser ou à se lancer dans des two-steps énergiques.

– C'est un univers différent, poursuivit-elle. Loin de ce qu'on voit à l'hôpital... comme aujourd'hui ?

– Oui.

Son regard changea et prit une expression inquiète :

– Et vous, Bo Bradley, que faites-vous ? Comment vous échappez-vous ?

Bo attaqua un morceau de *boudin** dans son assiette à l'aide d'une fourchette en plastique.

– Je cours, fit-elle en parlant au boudin. Surtout, je peins. En général, des choses comme ça... des choses qui appartiennent à d'autres univers.

– Vous allez peut-être peindre un boudin cajun ? dit-il en plaisantant.

Bo regarda droit devant elle et sonda cette remarque pour y déceler un double-sens désagréable. Il n'y en avait pas. C'était une plaisanterie stupide, pas de l'ironie grossière. Elle se demanda si elle n'avait pas perdu le contact avec l'extérieur, depuis si longtemps à anticiper des ennuis qui n'existaient pas. Ou si l'absence de lithium permettait à une hypersexualité de période maniaque de faire surface, colorant toute rencontre d'une touche d'érotisme. Elle espérait que non. Il se montrait juste gentil, à sa manière courtoise un peu démodée.

Après plusieurs two-steps effrénés, elle commença à se demander si son déodorant politiquement correct qui n'avait pas été testé sur des animaux allait résister à cet effort. Elle avait les cheveux trempés sur la nuque et ils frisaient atrocement.

– Allons dehors, suggéra LaMarche avec un tact impeccable. Je veux vraiment parler sérieusement de ce qui s'est passé aujourd'hui.

Sur le parking baigné de clair de lune, une brise fraîche fit frissonner la chemise caramel en tissu artisanal que Bo avait à la hâte rentrée dans son vieux jean. En allumant une cigarette, elle regarda la fumée se dissiper sous les branches d'un immense peuplier de Virginie près de la bâtisse d'où continuaient à monter des clameurs.

– Alors, pourquoi avez-vous disjoncté aujourd'hui avec cette affaire Franer ? Et pourquoi avez-vous fait cette étrange sculpture de singe qui porte un bébé ?

LaMarche, songeur, s'appuya contre le peuplier de Virginie pendant que Bo s'asseyait sur le pare-chocs d'un camion, de la taille d'un prie-dieu.

– Je n'ai pas d'enfant, commença-t-il en fixant un point au-dessus de la tête de Bo. Et le singe est une sorte de métaphore, j'imagine, pour notre travail. Nous tentons de sauver les enfants du *côté noir**, le côté sombre de la nature humaine, c'est-à-dire nous-mêmes. Il est toujours là. Et nous échouons souvent. Nous avons échoué aujourd'hui.

Bo choisit d'ignorer la première déclaration énigmatique au profit de celle qu'elle comprenait profondément.

– Nous n'avons pas échoué, dit-elle. *Vous* n'avez pas échoué. Vous ne pouviez absolument rien faire. Le rapport du docteur Ling indique clairement que les blessures de Samantha avaient mis sa vie en danger bien avant qu'elle n'arrive à l'hôpital. Vous n'avez pas à vous reprocher sa mort.

– Je ne me la reproche pas, continua-t-il en fixant le ciel comme s'il y voyait des signaux qu'il ne pouvait décoder. L'échec ne tient pas dans la mort de l'enfant. Cela n'aurait pas dû arriver, mais a pourtant eu lieu. Je ne suis pas sûr qu'on aurait pu faire quoi que ce soit pour l'empêcher. Il est presque certain qu'aucune intervention médicale n'aurait pu la sauver. Mais l'échec dont je parle est d'une autre nature.

Il baissa les yeux vers le visage de Bo avant de continuer :

– L'échec qui a abouti à mon comportement d'aujourd'hui tient dans la manière dont nous considérons les choses. Nous sommes aveugles. Nous ne voyons que ce que nous nous attendons à voir, même si ce n'est pas vraiment là. J'ai vu ça en moi-même aujourd'hui. Cela m'a mis en colère.

– De quoi parlez-vous ?

Le médecin, tout à coup d'humeur incertaine, partait dans l'abstraction.

– J'ai eu une petite fille, il y a longtemps, Bo, murmura-t-il abruptement. Je ne l'ai jamais vue. Elle s'appelait Sylvie. Elle s'est noyée dans une baignoire à La Nouvelle-Orléans alors que j'étais militaire au Vietnam. Sa mère, qui n'était pas ma femme, l'avait laissée seule un petit moment. Apparemment, elle a essayé de faire prendre un bain à ses jouets. Elle avait deux ans.

Bo écoutait la poussière tomber sur les feuilles du peuplier et ne bougeait pas. Au bout d'un moment, elle dit simplement :

– Je suis désolée, Andy.

– Celui qui a violé Samantha a fait voler l'univers tout entier en éclats pour tous ceux qui avaient un lien avec elle, continua-t-il les dents serrées. Toute sa famille et tous ses proches. Ce salaud d'assassin a violé et tué bien plus que cette seule petite fille. Il a violé et tué l'univers pour ces gens-là !

Bo remarqua qu'il fermait les poings.

– C'est ce que vous avez ressenti quand votre fille est morte, n'est-ce pas ?

– Je ne nie pas que sa mort m'a précipité vers la pédiatrie et ensuite vers l'enfance maltraitée. C'était une manière de préserver l'unité de l'univers, d'essayer de trouver un sens à ce qui n'en a pas. Jusqu'à ce que vous... jusqu'à récemment, c'était toute ma vie...

Sa voix s'éteignit.

Bo, mal à l'aise, changea de position sur le pare-chocs du camion. L'intensité de ses paroles était indéniable, mais il y avait autre chose. Quelque chose de très personnel dans ce récit, et c'était à elle que cela était destiné. Un appel ? Plutôt une déclaration. Tellement puissante dans sa vulnérabilité et sa candeur qu'elle ressemblait à une menace, venant saper une limite dont elle n'avait pas eu conscience, mais voulait maintenant conserver intacte.

– Vous vous êtes identifié au parent dans cette affaire, dit-elle, exprimant une évidence.

Créant un mur palpable entre eux. Un mur derrière lequel elle pouvait jouer à l'assistante sociale toute la nuit si cela s'avérait nécessaire. Un mur qui ferait obstacle à l'intimité qu'il offrait.

Elle reprit :

– Je comprends très bien. Mais en quoi cela vous amène-t-il à penser que ce Paul Massieu n'est pas le coupable ? Quelle autre raison aurait-il de s'enfuir ?

Le changement de sujet de conversation fut correctement interprété par LaMarche qui croisa les bras et secoua la tête comme s'il s'adressait des reproches. Ayant longuement examiné les plus hautes branches du peuplier de Virginie, il se tourna de nouveau vers Bo.

– En français, on dit *le monde**, commença-t-il doucement. L'univers. Mais personne n'a le même univers. L'hypothèse qui veut que nous partagions tous un univers identique est à la racine de la plupart des problèmes, surtout des problèmes graves.

– Qu'est-ce que cela a à voir avec l'affaire Franer ? demanda Bo qui ne voyait pas le rapport.

– Tout. Je vous en prie, Bo, écoutez-moi jusqu'au bout. C'est important.

La décision d'écouter devait être prise en toute

conscience. Avec un cerveau toujours occupé à scruter l'environnement extérieur et sa propre réserve d'images en quête de stimulation constante, même dans des périodes de calme relatif comme celle-ci, il était trop facile de saisir les subtilités qui s'enchaînaient et rien d'autre. Trop facile de ne percevoir qu'une atmosphère puis de passer à autre chose. Pas facile du tout d'ouvrir son esprit doucement et en silence pendant que quelqu'un d'autre parlait. Bo regarda l'homme qui lui avait sauvé la vie ainsi que celle d'un petit garçon sourd, six mois auparavant, et décida qu'elle lui devait bien ça, à défaut de la relation plus profonde qu'il avait tenté d'établir avec elle à peine quelques minutes plus tôt. Elle prit une grande inspiration et fit l'effort herculéen nécessaire pour étouffer l'agitation de son esprit.

– D'accord, dit-elle doucement.

Il l'observait.

– Estrella m'a dit que vous avez arrêté de prendre du lithium, Bo. Vous pensez...

– Nous ne sommes pas ici pour parler de lithium. Que vouliez-vous me dire au sujet de l'univers et de Samantha Franer ?

Il était difficile de juguler le sermon qui s'élaborait à l'intention d'Estrella Benedict et qu'elle lui délivrerait de toute urgence le lendemain matin, mais elle y parvint.

– Quand j'étais jeune, je vivais dans un univers où les hommes ne prenaient pas leurs responsabilités quand une femme avec laquelle ils n'étaient pas mariés tombait enceinte. Ce même univers incluait une mythologie corollaire qui prétendait que toute la gent féminine, par la seule vertu de certains organes de son corps, avait comme par magie la capacité de consacrer des années de soins constants à des enfants. Si je m'étais ne serait-ce que légèrement écarté de cet univers, ma fille serait peut-être encore en vie.

– Vous vous faites encore des reproches... commença Bo.

– Laissez-moi vous expliquer. *Vous,* vous êtes maintenant dans un autre univers, celui des enquêtes pour l'enfance maltraitée, avec sa légalité. Cet univers pose des hypothèses fondées sur des affaires antérieures. C'est ainsi que fonctionne la loi. Dans votre univers, l'hypothèse est que le coupable, quand il y a violences sexuelles, est le concubin de la mère, parce que tel est très souvent le cas. Mais que se passe-t-il si une personne d'un autre univers tombe dans le vôtre ? Allez-vous vous donner la peine de considérer les choses de son point de vue avant de décider de ce qui est réel ?

– Vous semblez oublier que j'ai une approche plutôt spéciale par rapport à ce problème, fit Bo, irritée. Je souffre d'un disfonctionnement psychiatrique, un passeport pour plus d'univers que n'en voient la plupart des gens qui jouent les touristes à travers trois continents. En plus de cela, j'ai une licence en histoire de l'art. Je n'ai pas vraiment besoin de cours de base sur la prise en compte de différentes cultures. J'ai déjà envisagé la possibilité que cette affaire ne rentre pas dans une catégorie bien définie. Mais comment expliquez-vous le fait que Paul Massieu se soit *enfui* ?

– Et son univers à *lui,* Bo ? S'il s'était enfui parce que quelque chose dans sa réalité, et dans celle de Bonnie, de Samantha et d'Hannah, exigeait qu'il ramène Hannah dans cet univers ?

Les oreilles de Bo s'aplatirent contre son crâne lorsqu'une sorte de prise de conscience effrénée la devança. Elle n'arrivait pas à la rattraper, mais le message était clair.

– Que vous a dit Bonnie Franer ? demanda-t-elle en l'observant maintenant avec autant d'intensité qu'il l'avait observée.

– Cette femme adore ses enfants, Bo. Elle est faible, c'est une victime depuis longtemps. Cet amour est sa seule force. Elle n'a littéralement rien d'autre. Elle a laissé Paul Massieu s'installer dans sa vie précisément *parce que jamais* il ne ferait de mal à ses filles. Il leur a donné amour et protection. Peu importait à Bonnie ce qu'il faisait d'autre, ou ce en quoi il croyait...

– Comment pouvez-vous... ? l'interrompit Bo. Bonnie Franer est une personnalité extrêmement fragile, avec une tendance dépressive, probablement parfois tentée de s'auto-agresser. Vous ne pouvez pas avoir eu le temps de l'interroger en profondeur, de toute façon. Comment pouvez-vous avoir confiance en ses déclarations... ?

LaMarche donna un coup de pied dans une racine de peuplier qui affleurait.

– Et si Paul Massieu avait tout simplement rendu Hannah à un univers, le seul univers dont il soit sûr qu'il lui assure la sécurité ?

Le savoir qui la précédait avait pris forme. Bo sentit ses yeux s'écarquiller dans l'obscurité en entendant ce qu'il lui disait.

– Vous savez où est Massieu ! Bonnie Franer vous l'a dit et vous gardez pour vous cette information !

Il ne nia pas.

– Pensez à ce que je vous ai dit, Bo. Pensez-y.

En regardant les choses différemment, il vous sera peut-être possible de continuer à faire ce travail. Vous êtes douée. Mais si vous n'adoptez pas un point de vue plus large, la douleur et le dégoût vous briseront. Je ne veux pas que cela vous arrive.

– Andy, dit Bo tandis que la mort absurde d'une enfant prenait des ramifications plus sinistres encore, si vous avez raison et si Paul Massieu n'est pas le coupable, alors qui est-ce ? Qui a détruit cette petite fille ? Dans quel univers vit-il ?

Andrew LaMarche étira ses mains osseuses le long de son corps et tourna lentement ses paumes vers le ciel.

– Je l'ignore, répondit-il.

Par la porte de la vaste grange leur parvenaient les vagues d'une valse retentissante toute en violons. Bo détestait la sensation qui lui était montée aux joues lorsqu'il lui avait adressé son compliment et elle détestait aussi la détresse qui accompagnait toute possibilité que Paul Massieu soit innocent. Les violences sexuelles sur des enfants à l'intérieur des familles n'avaient rien d'inhabituel ; elle était en terrain connu. Mais la notion de telles violences perpétrées par un inconnu ouvraient des portes sur des ténèbres déconcertantes. Elle se demanda pourquoi l'idée d'un enfant dont les viscères sont déchirés par les exigences sexuelles d'un adulte connu de lui, et en qui il a confiance, paraissait moins atroce que le même crime perpétré par un inconnu. La réponse se trouvait dans les paroles de LaMarche. Le personnage connu, si répugnant fût-il, faisait partie de son univers. Mais qu'en était-il si ce crime trouvait son origine dans un univers différent ?

– C'est la dernière danse, dit LaMarche en faisant un geste en direction du flot de lumière. Me feriez-vous cet honneur ?

Dans ses bras, Bo ressentit une étrange impression de complicité, comme s'ils étaient des compatriotes en lutte dans un *film noir** où il serait question de résistants pendant la Seconde Guerre mondiale. Un éclairage diffus. Des Français en béret et chemise ample. Edith Piaf qui chantait « *Non, je ne regrette rien* » sur une scène de cabaret. C'était une sensation enfumée, chaleureuse...

Remets-toi, Bradley. Tu es fatiguée et tu as le cerveau en compote. C'est vraiment Piaf. Où est passé l'orchestre ?

– Duhon finit toujours par cet enregistrement, expliqua Andrew LaMarche en la conduisant vers la porte, le bras droit entourant fermement sa taille. C'est son image de marque.

– C'est la mienne aussi, dit Bo d'un ton endormi en hochant la tête, consciente qu'il embrassait de temps en temps ses cheveux tandis qu'ils regagnaient la voiture, trop fatiguée pour réagir.

Sur le trajet du retour, Bo entendit le moteur de la Jaguar répéter « *le monde** » dans un murmure. Quelque chose dans cette notion, avec ses syllabes insistantes, ne finissait pas de se casser et de se répandre dans son cerveau comme un œuf. L'homme qui était à côté d'elle cachait un secret. Pourquoi ? Parce qu'il y avait des univers différents ? Cela n'avait guère de sens, mais après tout, qu'est-ce qui avait un sens ? Un point de vue large, donc. Flou, sans brusquerie. Sage, peut-être. Lois Bittner, pensa Bo en souriant, approuverait certainement. Madge Aldenhoven écumerait de rage.

– Merci pour cette soirée, dit-elle lorsque LaMarche la raccompagna jusqu'à sa porte. Je vais réfléchir à ce que vous avez dit.

Après un petit salut poli de la tête, il la quitta. Pas d'autre rendez-vous de fixé. Pas de promesse d'appeler ou d'être appelé. C'était bien. Et puis, c'était terminé. Andrew LaMarche ne pouvait s'intégrer dans son univers. Personne ne le pouvait.

Dans son appartement, le répondeur clignotait, posé sur le comptoir carrelé entre le salon et la cuisine lilliputienne.

– Bo ? annonça la voix de Madge Aldenhoven. Il va falloir que vous preniez l'avion pour New York demain matin. La police a arrêté le coupable, dans l'affaire Franer, dans un coin perdu des Adirondacks qui sert de repaire à un genre de secte. Nous vous envoyons là-bas récupérer la sœur. Votre avion décolle à 6 h 19 à destination d'Albany. Je vous retrouverai au bureau à 5 heures pour vous donner les billets.

Dans la lumière blafarde du néon de sa salle de bain, Bo regarda un flacon de pharmacie en plastique marron à moitié rempli de comprimés rosâtres. Du lithium. Moyen assuré de rester détachée, d'empêcher ce mot français, *le monde*, de battre dans sa tête. Mais fallait-il l'empêcher ?

Peut-être LaMarche avait-il raison. Peut-être y avait-il une autre manière de percevoir les vies brisées qui s'abattaient sur son bureau sous forme de dossiers à bande orange. Peut-être mieux adaptée que le dégoût et le sentiment d'impuissance. Cette possibilité était comme une toile vierge, tendue et attirante.

Bo jeta les comprimés dans son sac de voyage, au cas où. Puis elle se laissa tomber sur son lit en fredonnant une chanson française qui parlait de ne pas avoir de regrets, et elle s'endormit en se demandant à quoi ressemblerait la vie sans eux.

Chapitre 9

Eva Broussard ne dormait pas, allongée sur un grand lit en osier qui avait appartenu à l'un des propriétaires des lieux pendant la Prohibition. Fabricant de gants originaire de Pittsburgh, cet homme qui obéissait à des principes stricts sur la tempérance avait donné l'immortalité à ses idées en les incluant dans le contrat de vente de la propriété. Il était interdit de servir de l'alcool sur les lieux tant que la constitution des États-Unis demeurerait inchangée. Tourmentée, elle se retourna doucement, imaginant un coup d'état sans effusion de sang à l'instant même, à Washington, D.C. Un grand cognac, pensa-t-elle, pourrait étouffer les sifflements incessants trahissant l'accouplement d'un millier de grenouilles qui s'appelaient, de marais en marais, dans la nuit des Adirondacks. Hannah Franer dormait, allongée sur une couchette près du lit ancien.

Dans l'ombre, l'enfant ressemblait à une version jeune de la mère. Les mêmes fins cheveux blonds épars sur la taie d'oreiller. Les mêmes yeux noisette écartés, les lèvres pleines et le nez trop grand qui rougissait à la moindre émotion. Eva se demanda si la similarité entre mère et fille s'étendait à l'intérieur, ce moi profond que certains nommeraient « l'âme ». Dans ce cas, une extrême prudence était maintenant de rigueur. Car l'avenir d'Hannah Franer dépendait entièrement de la manière dont elle apprendrait à vivre la souffrance du présent. Et même cela n'était pas terminé. Eva était sûre que l'enfant aurait encore au moins une terrible blessure à endurer. Effroyablement sûre.

Sans bruit, elle glissa jusqu'à une fenêtre à croisée ouverte. Au bas de la propriété, le lac Night Heron paraissait receler, flottant juste sous la surface, des étincelles de lumière disséminées, identiques à celles qui peuplaient le ciel. Au bord de l'eau, un rocher morainique pâle, laissé là par un mur de glace qui reculait, douze mille ans auparavant, semblait une petite lune abandonnée.

– Je ne sais rien, murmura en français la femme élancée en s'adressant à la sphère de pierre. Nous ne vivons pas assez longtemps pour savoir quoi que ce soit. Notre petit cerveau, cette matière molle, n'est qu'un éclair chimique, comme un éclair de chaleur. Mais toi, dit-elle avec force à la pierre, tu as eu le temps de beaucoup observer. Et tu ne parles pas.

Amenées par le vent de la nuit, des senteurs de conifères flottèrent dans la pièce. Des castors travaillaient, construisant un barrage sur un affluent en aval de Shadow Creek. Les merveilleuses élaborations des petits mammifères paraissaient élégantes et chargées de sens comparées au chaos qui attendait Eva Broussard.

La police de l'État de New York avait pénétré

dans la propriété quelques minutes seulement avant que Paul Massieu n'ait pu prendre la fuite en traversant les ténèbres luisantes du lac Night Heron. Un canoë léger avait été préparé et l'attendait. Respectant cette sorte de rituel ayant cours parmi les Chercheurs canadiens, l'anthropologue avait parcouru en canoë la chaîne des lacs depuis Montréal jusqu'à ce poste avancé dans la nature sauvage où, pour la première fois, il « Les » avait vus. Un retour discret vers le Canada en empruntant ce même itinéraire aquatique paraissait être le moyen le plus sûr. Il ne serait jamais venu à l'idée des représentants de la loi de New York, en patrouille sur l'I-87 à la demande de l'État de Californie, que leur proie pagayait à bord d'un canoë en toile fait à la main, parcourant des kilomètres dans le silence des épinettes rouges.

Mais Paul Massieu n'était pas un génie de l'évasion. Il avait laissé une piste en papier aussi large que le fleuve Hudson : elle menait à une organisation dénommée « Shadow Mountain Interests » avec une adresse postale dans les Adirondacks. Un employé, aux guichets de l'aéroport international de San Diego, avait dit à Dar Reinert :

– Ah oui ! Le Français avec la petite fille ? Ils ont pris des billets pour Albany, New York, sur le vol ETA 18 h 27, heure d'Albany.

Il n'avait fallu que deux coups de téléphone pour obtenir une adresse et un mandat d'arrestation délivré par New York.

« Vous n'auriez pas dû vous enfuir, Paul », avait répété Eva en pinçant les lèvres au terminal accueillant de l'aéroport d'Albany. « Cela ne pouvait être interprété que comme une preuve de culpabilité. »

« Bonnie m'a supplié de ramener Hannah ici quand elle a appelé de l'hôpital. C'était avant que Sammi... avant qu'on apprenne... » avait-il dit, la voix brisée par l'émotion. « Le docteur qui a essayé de sauver Sammi, ce docteur avait déjà dit à Bonnie qu'ils éloigneraient Hannah, qu'ils la placeraient dans une famille. Je ne suis pas le vrai père d'Hannah ; ce docteur a dit à Bonnie qu'ils ne me laisseraient jamais reprendre Hannah, même si... Il a dit à Bonnie que la police est convaincue que c'est moi qui... »

Ses yeux avaient roulé vers le ciel tandis qu'un frisson secouait ses épaules massives avant qu'il puisse continuer :

« ... qui ai violé un bébé de trois ans que j'aimais comme ma propre fille. Ils ne me laisseraient jamais reprendre Hannah, et maintenant ils ne vont même pas laisser Bonnie la reprendre. Elle va complètement craquer à cause de ça. Je le sais. »

Les gens qui se trouvaient dans l'aéroport avaient commencé à dévisager cet homme en pleurs avec une petite fille terrifiée qui s'agrippait à sa main.

« Nous parlerons plus tard », avait promptement suggéré Eva. « Pour le moment il faut ramener Hannah à la maison. »

« Ils connaissent notre existence », avait-il soupiré avec désespoir. « Ils savent que nous faisons partie des Chercheurs et ils pensent que nous sommes fous. C'est l'une des raisons pour lesquelles ils pensent que je suis assez fou pour... »

« Oui », avait fait Eva en hochant la tête.

C'était plutôt risqué, de fonder une communauté de gens qui se consacraient à l'exploration d'une expérience qui ne pouvait avoir eu lieu. Mais les landes accidentées du nord de l'État de New York avaient déjà, par le passé, été le berceau de notions peu conventionnelles. Dans un champ caillouteux près de Palmyra, Joseph Smith avait parlé à un ange appelé Moroni, et c'est ainsi qu'avait été conçue l'église des Mormons. Dans les villes victoriennes d'Arcadia, Brockport, Ithaca, Syracuse et Buffalo, les premiers médiums américains avaient communiqué avec des esprits et donné naissance à une idée qui allait fasciner le monde occidental. Il y avait quelque chose dans cette terre, sentait Eva, et dans les chemins menaçants que parcouraient les nuages en survolant les vallées des rivières. Quelque chose d'une nature « autre » que son peuple avait jugé digne d'être honoré par des rites contre la folie, surtout à l'époque la plus sombre de l'année. Ce quelque chose se manifestait de nouveau, elle en était certaine, sur l'écran infiniment réceptif du cerveau humain, sous la forme d'êtres d'apparence fragile, mais dotés d'une puissance magnétique, qui semblaient venir de l'espace.

Mais Eva savait repérer des schémas sociaux dans l'histoire, tout comme elle savait suivre les traces des faisans dans les haies de son enfance. Les idées engendrées dans les ombres et les brouillards de l'État de New York ne restaient jamais sur place. Celles qui restaient mouraient. Il n'y avait pas eu d'autres apparitions. Il était temps d'aller ailleurs et le groupe avait choisi la Californie, un État célèbre pour sa tolérance à l'égard d'idées peu orthodoxes. Un lieu désert pour assurer leur tranquillité et une nature sauvage ascétique qui pourraient libérer le groupe, lui permettant d'élaborer la philosophie qui allait émaner de ces expériences communes. Un lieu désert d'où l'on pouvait rejoindre par la route la Goldstone Tracking Station de Barstow, où les chercheurs de la NASA observaient pendant qu'un programme informatique filtrait des millions de bandes magnétiques enregistrant les parasites célestes pour y détecter les *bip* révélateurs qui ne seraient pas le fruit du hasard et qui prouveraient que nous ne sommes pas seuls dans l'univers. Des *bip* qui ne pourraient être créés que par une intelligence extraterrestre. Eva Broussard voulait interroger ces savants, inclure cette approche dans sa recherche. Une volonté intense.

Paul Massieu avait été délégué là-bas pour acheter le terrain. Eva avait été alarmée en apprenant que Bonnie et les enfants l'accompagneraient, mais ils préféraient rester ensemble. Bonnie était sûre de pouvoir trouver un travail de secrétaire à temps partiel pour payer les visites à Disneyland et les milliers de choses qu'elle voulait que ses filles voient. Elle avait toujours vécu dans l'État de New York, et elle détestait avoir froid. La perspective de passer un hiver au soleil était trop alléchante pour y renoncer. Maintenant sa fille cadette était morte tandis que l'autre s'agrippait à l'homme accusé du crime. Eva les avait conduits d'Albany vers les profondeurs des Adirondacks, oppressée par la crainte. L'acte qui avait pris la vie de Samantha Franer avait aussi été un coup de poing dans la fascination qu'éprouvait Eva pour un groupe d'inconnus et leurs rencontres avec des hommes de métal dans les bois. Une étude psychologique qui avait paru suffire à occuper le reste de sa vie n'avait plus la même valeur devant l'angoisse de l'homme et de l'enfant maintenant recroquevillés dans sa voiture. Eva ressentait une haine froide et meurtrière pour celui qui avait brisé leur vie, quel qu'il fût. Il avait également brisé la sienne.

Par la suite, elle avait emmené Hannah, seule, dans la tour pentagonale et lui avait donné, une par une, les franges de perles de deuil iroquoises qu'elle avait tressées pour l'enfant en apprenant la nouvelle de la mort de Samantha. Dans la lumière des bougies reflétée par deux cents petits carreaux de verre soufflés à la main, elle avait doucement récité les prières en iroquois et en anglais. Les mots que Hayenwatha avait donnés à un peuple qui vivait dans l'ombre des nuages et périssait parfois de ce mal terrible qui ne recevrait que plus tard le nom de dépression.

« Samantha est partie et elle ne peut pas revenir », commençait l'incantation rituelle, dans sa douceur. « Samantha est morte. Et tu as si mal que les larmes aveuglent ton regard. Avec ces mots, j'essuie les larmes de tes yeux afin que tu puisses voir. Ces perles sont les mots que j'emploie pour tes yeux, Hannah. »

L'enfant avait pris les joncs tissés portant les perles violettes irrégulières sculptées dans des coquilles de clams quahoc. Elle avait refermé ses doigts secs et tremblants sur la bandelette, enfoui son visage contre les côtes d'Eva Broussard et sangloté. Eva s'était laissée glisser au sol, berçant l'enfant contre elle et fredonnant une chanson que sa grand-mère lui avait chantée, la nuit. Une histoire sur le prophète huron Deganawida, dans son canoë de pierre blanche. Deganawida avait un défaut de prononciation si fort qu'il devait porter sa voix avec lui en la personne de Hayenwatha, le mystique traducteur. Cette histoire donnait une forme au respect des Iroquois pour la communication dans sa sensibilité et l'interdépendance humaine. Eva avait compris des années plus tard que c'était également un excellent modèle thérapeutique.

Au bout d'un moment, elle avait répété :

« Samantha est partie et elle ne peut pas revenir. Samantha est morte. Et tu as si mal qu'il y a un grondement dans tes oreilles qui t'empêche d'entendre le reste. Avec ces mots je fais taire le grondement pour que tu puisses entendre. Ces perles sont mes mots pour tes oreilles, Hannah. »

Lorsque la troisième bande de joncs tressés de perles avait été donnée à l'enfant pour que sa gorge nouée par la douleur puisse s'ouvrir à la parole, Eva Broussard avait respiré profondément et réfléchi aux mots qu'elle allait prononcer ensuite. Ils étaient véritablement nécessaires, avait-elle décidé. Et elle était prête à en assumer la responsabilité.

« Étant la plus vieille femme de la tribu », avait-elle récité, étendant la définition de tribu pour qu'elle convienne à cette situation d'urgence, « je t'adopte et je fais de toi l'une des nôtres. Je t'adopte. Tu es maintenant un des enfants du peuple des longues-maisons, membre du Clan du Héron, arrière-petite-fille de Naomi Blindhawk, petite-fille d'Eva Blindhawk. Tu es l'une des nôtres maintenant. Je suis ta grand-mère. Tu as un foyer pour toujours. »

Quand la police de l'État de New York était arrivée pour emmener Paul Massieu les menottes aux poignets, ils avaient exigé d'emmener également Hannah Franer.

« Cette enfant est ma petite-fille iroquoise de la réserve Onondaga », avait dit Eva Broussard avec un regard féroce de ses yeux noirs sous un foulard bordé de cuir. « Elle ne peut pas être emmenée sans la permission du conseil tribal. Et elle est en sécurité ici. »

Rompu aux conflits avec les extrémistes mohawks, près de la frontière canadienne, le policier n'était pas sans expérience quant aux tractations avec les citoyens d'origine de l'État. Et des lois fédérales récentes stipulaient que les enfants des peuples aborigènes ne pouvaient être retirés de la tutelle de leur tribu. Avec un siècle de retard on reconnaissait que le fait de dépouiller un être humain de son langage, de sa culture et de sa mythologie était une sorte de mort. Il avait fusillé du regard l'enfant blonde qui reniflait dans les jupes de l'Indienne. Elle n'avait pas l'air d'être indienne, mais ce n'était pas le cas non plus de tas de gens qu'il avait vus participer à des conseils tribaux. Chaque tribu avait ses propres lois pour déterminer qui était un des leurs et qui ne l'était pas. La gamine avait des perles de deuil sur des joncs épinglés sur son sweat-shirt représentant Minnie Mouse. Il avait déjà vu les perles des Iroquois ; cela lui suffisait. Ça ne leur plairait pas, en Californie, mais il n'était pas prêt à déclencher un nouveau conflit entre les Indiens et l'État de New York.

« D'accord », avait-il grommelé, « mais vous êtes responsable de sa sécurité. Et de toute façon, ils vont venir la chercher, ceux de Californie. Vous serez bien obligée de la laisser partir à ce moment-là. »

À quatre heures du matin, le lac et le ciel

n'étaient que de simples formes grisâtres sans identité. Rien ne bougeait parmi les contours sombres qui, dans la lumière du jour, deviendraient des arbres, le lac, le ciel. En secouant les cheveux raides et épais qui encadraient sa tête, Eva regagna d'un pas décidé le lit en osier. Les décisions qu'elle avait prises avaient pour but de protéger Hannah, un être fragile, et d'empêcher qu'un mal irréversible lui soit infligé. Eva se sentait assurée de la rectitude de ses décisions, mais qu'allait-il advenir maintenant ? Sa pensée se tarissait comme l'eau des marais, envahie de roseaux et d'étranges épaves. Il était vain de chercher à la sonder davantage cette nuit. Il y avait trop de turbulences pour voir ce que l'avenir réservait.

Chapitre 10

Dans sa descente au-dessus de l'Hudson à l'approche de l'aéroport d'Albany, le Boeing 767 offrait une vue magnifique. D'un œil endormi, Bo regarda les rayons de lumière diffuse et dorée qui baignait la vallée en contrebas. Elle somnolait depuis qu'elle avait changé d'avion à Chicago et elle n'était pas préparée.

– Mince alors ! souffla-t-elle, stupéfaite. C'est donc *ça* qu'ils faisaient !

Son voisin, installé sur le siège près de l'allée, baissa davantage une casquette des Red Socks à visière sur un front déjà bas et fit une grimace. Sous son blouson en nylon marron, ses épaules carrées décalées vers l'allée disaient clairement son intention de mettre une certaine distance entre lui et cette rousse qui parlait toute seule.

– Je veux parler de l'école du fleuve Hudson, expliqua-t-elle en ramenant à deux mains vers l'arrière les cheveux qui lui tombaient sur le visage. Cette lumière ! C'est ça qu'ils peignaient ! Vous savez... Thomas Cole, Asher Durand, Charlotte Coman...

L'homme fit glisser davantage son corps massif vers l'allée et poussa un soupir à fendre l'âme. Il apparut clairement à Bo que l'intérêt qu'il pouvait ressentir pour ces célèbres artistes de la région était éclipsé par une fascination plus profonde pour ses chaussures.

– Et même *eux* n'ont jamais pu voir la lumière d'en haut comme ça, conclut-elle, puisqu'il n'y avait pas d'avion au dix-neuvième siècle.

L'homme, dans sa douleur, paraissait plongé dans la prière.

Par le hublot rayé, des rivières de lumière crème, rosée, prenant parfois des teintes plus profondes de miel doré ou de lin assourdi, ruisselaient à travers les nuages et se déversaient sur le sol qui se rapprochait. Bo songea à envoyer à Madge Aldenhoven un mot de remerciement avec une citation de Washington Irving. Cette lumière était stupéfiante, un peu surnaturelle. Rien d'étonnant à ce que tant d'artistes aient tenté de la saisir dans leur peinture. Elle se demanda si la nature changeante du ciel avait quelque chose à voir avec les activités de la secte de Paul Massieu. Aldenhoven lui avait donné une adresse, mais aucune information concernant ce que faisait ce groupe.

Débarquant dans l'air printanier chargé d'humidité, Bo se contraignit à maîtriser l'allégresse qui faisait danser sa démarche. En fait, cette journée était un peu trop merveilleuse. Le ciel franchement trop stupéfiant avec ses flots de lumière dorée. Trop de bonté se répandait partout, et cela ne pouvait venir que d'une source : son propre cerveau.

Tu es ici pour aller chercher une petite fille de

huit ans dont la sœur est morte, pas pour te délecter de la douceur du printemps, Bradley.

Sur le parking de l'aéroport, elle effectua une série de mouvements d'assouplissement à côté de la voiture de location beige, et pensa à la neurochimie. Le sentiment quasi religieux de crainte émerveillée qu'elle éprouvait devant ce ciel pouvait être la réaction d'un artiste à l'œil entraîné devant des mouvements de lumière d'une intensité inhabituelle, tout comme cela pouvait être autre chose. Ce pouvait être la première lame de fond étourdissante de l'euphorie qui se changerait ensuite en un torrent d'impressions et de sentiments tumultueux. La phase maniaque.

« C'est fort dommage, mais le fait est que vous devez toujours vous méfier si vous vous sentez trop bien », avait déclaré sans ambages Lois Bittner des années auparavant. « La plupart des maniaco-dépressifs aiment tant cette euphorie qu'ils ne veulent pas qu'elle s'arrête. Le problème, c'est qu'elle ne s'arrête pas, c'est comme un manège qui tourne de plus en plus vite. Il faut toujours arrêter et disséquer votre euphorie, Bo. C'est le champ de mines qui s'étend entre vous et une bataille que vous ne pouvez pas gagner. Quelquefois, ce sera sans danger, une simple petite vague de gaieté comme en connaissent les autres. Et quelquefois ce sera votre dernier avertissement. Apprenez à faire la différence. »

Bo se glissa derrière le volant de la Ford quelconque et reconnut que vingt ans après sa première escarmouche avec sa névrose maniaco-dépressive, elle ne savait toujours pas faire la différence. D'autre part, elle en avait plus qu'assez de s'en inquiéter. Si les choses empiraient, elle ferait face. En attendant, c'était une pure joie d'être de nouveau elle-même, libérée des médicaments qui l'anesthésiaient et qui, si nécessaires fussent-ils, lui donnaient l'impression d'être une loutre sénile nageant dans de la colle.

Une carte fournie par l'agence de location de voitures lui indiqua comment accéder facilement à une autoroute à six voies appelée, sans la moindre imagination, 90 Ouest. Bo admira la verdure luxuriante qui bordait la route et ornait son terre-plein central. Le sud de la Californie, plus désertique que ses chambres de commerce n'auraient voulu le laisser entendre, ne pouvait, même dans ses périodes les plus humides, produire des verts d'une telle ferveur, d'un tel chatoiement. Elle se demanda pourquoi le groupe de Massieu, tous ces gens aux mobiles inconnus, avaient décidé de changer leur lieu d'implantation. Et comment ils allaient réagir quand elle arracherait de leur communauté l'enfant que Massieu leur avait ramenée en violation de toutes les lois.

Bo fouilla sa mémoire pour y trouver des renseignements sur les sectes religieuses et les communautés utopistes. Des termes comme « idéalistes béats » et « mystiques végétariens » lui vinrent immédiatement à l'esprit. Un violeur d'enfant pouvait-il émerger d'un tel contexte ? Bien sûr. Les pédophiles pouvaient se trouver n'importe où. Mais Paul Massieu était-il le violeur dont la violence avait détruit Samantha Franer ? Peut-être. Mais si ce n'était pas lui, alors, qui était-ce ?

Une ombre soyeuse tomba sur la route, changeant l'émeraude des arbres en vert mousse. Et si Andrew LaMarche avait raison ? Et si Massieu avait enlevé Hannah pour des raisons autres que la culpabilité ? Alors l'assassin de Samantha était libre de violer, peut-être de tuer, à nouveau. Il pourrait même, en fait, être en train de le faire en ce moment même.

Sur sa droite Bo remarqua une grange rouge dans un champ au bord de la route. Sur un côté, on avait peint trois immenses trèfles bordés de blanc. Malgré elle, Bo réagit exactement comme l'aurait fait sa grand-mère.

– *Dia's muir dhuit*, prononça-t-elle pour énoncer la bénédiction traditionnelle, « Que la Mère de Dieu soit avec vous. » Tant pis si vous avez oublié le vrai symbole !

Bridget Mairead O'Reilly avait expliqué des centaines de fois à ses petites filles qu'aucun véritable enfant d'Irlande n'utiliserait un autre symbole que la harpe. Pourtant, le symbole populaire américain pour représenter tout ce qui était irlandais lui rappela son héritage. Un héritage dans lequel l'intuition avait un rôle prépondérant. Et son intuition lui suggérait une image où un pervers était libre de choisir sa prochaine victime parmi une population d'enfants qui portaient encore des couches.

Cette impression effroyable n'avait pas diminué quand Bo dirigea la petite voiture vers la droite pour prendre la Route 30, puis traverser la Mohawk et la ville d'Amsterdam. Des kilomètres plus loin, cette pensée était devenue une certitude impossible à prouver. Dans un village, un panneau annonçant la fabrique des « Raquettes Havlick » acheva de la convaincre. Bo avait oublié la réalité de la neige. Des systèmes à lanières pour se déplacer dessus, voilà qui paraissait, pour le moins, apocryphe. Pouvait-il *vraiment* y avoir une entreprise avec des employés qui, en ce moment même, fabriquaient des raquettes de neige ? Des crosses de berger ? Pourquoi pas des barattes à beurre ? Tout était relatif.

« *Le monde* », le mot d'Andrew LaMarche grondait avec à propos dans le vent qui entrait par la vitre ouverte. L'univers. Un univers. Un parmi tant d'autres. Celui-ci comportait des raquettes de neige, une secte inconnue, et une enfant endeuillée qui devait être rendue à la tutelle du tribunal de Californie auquel revenait le fardeau de la protéger contre le sort qu'avait subi sa sœur. Sauf que, si Paul Massieu était innocent, Hannah n'était pas en danger. Et l'action rapide menée par la police de deux États ainsi que le voyage expéditif de Bo étaient des démonstrations de futilité. Comme des raquettes de neige à San Diego.

Un panneau commémoratif, placé par l'État de New York, informa Bo que la construction du barrage sur la Sacandaga avait immergé de manière permanente plusieurs petites villes. Elle lança un coup d'œil vers l'eau gris acier et se demanda quels univers étaient perdus sous sa surface. Des comparaisons avec l'organisation pour laquelle elle travaillait étaient inévitables. Comme Andrew LaMarche le lui avait fait remarquer, personne ne s'était donné la peine de s'interroger sur l'univers dans lequel Samantha Franer vivait. Ils l'avaient tout simplement recouvert sous le leur. Et dans leur univers, le coupable de violences sexuelles était en général le petit ami de la mère, surtout s'il avait une particularité quelconque. Et surtout si, ensuite, il enlevait la sœur aînée de la victime et s'enfuyait en passant les frontières entre les États. C'était l'univers du tribunal pour enfants, de la police, des Services de Protection de l'Enfance. Ce n'était, reconnut Bo, comme Shadow Moutain dressait au loin sa forme bleutée, ce n'était qu'*un* univers.

« Toi, tu *vois* les choses », lui avait expliqué sa grand-mère. « C'est dans la famille. Fais bien attention à tenir compte de ce que tu vois. »

Il est encore là-bas, pensa Bo avec horreur. Je cours à travers tout le pays, Reinert s'occupe probablement déjà d'une autre affaire, LaMarche en smoking donne des conférences en mangeant des aspics de poulet, et l'autre salopard se balade en toute liberté !

Une heure plus tard, elle trouva le « repaire de la secte » que Madge Aldenhoven avait décrit. C'était un vaste domaine victorien avec deux abris à bateaux et dix petites maisons nichées entre la montagne qui les surplombait et un lac parsemé de petites îles. À sa grande détresse, aucune des personnes installées dans des chaises longues sur la véranda de la bâtisse principale ne semblait s'exprimer en anglais.

– Il faut que je parle avec la personne responsable, dit-elle à une grand-mère assise dans un fauteuil à bascule en osier. Je sais que Hannah Franer est ici. Il faut que je la ramène en Californie.

La femme portait des vêtements américains et elle pinça involontairement les lèvres en entendant le nom d'Hannah.

– Non, non, dit-elle en dissimulant maladroitement un numéro du magazine *People*, interrompue dans sa lecture. Pas anglais.

Le second mot avait été prononcé en deux temps : « an-glais ».

Elle vient du Middle West, devina Bo. Pas d'une zone rurale.

Un immense barbu vêtu d'un habit de moine avec une couverture indienne jetée sur les épaules se leva d'une petite table où il était occupé, soit à démonter, soit à assembler un ustensile pour cuire les légumes à la vapeur.

– *Je m'appelle Napoléon Pigeon**, annonça-t-il avec un accent français qui ne permettait aucun doute quant à son authenticité. *Et vous** ?

– Monsieur Pigeon, bredouilla Bo, stupéfiée par ce nom, je m'appelle Bo Bradley, je travaille pour les Services de Protection de l'Enfance de San Diego. Je suis ici pour ramener Hannah Franer à San Diego où elle doit être placée sous la responsabilité du tribunal pour enfants. Pourriez-vous me mener à elle ?

– *Je ne parle pas anglais**, répondit-il en montrant des dents tachées par le tabac.

Sur une incisive supérieure avait été inclu un quartier de lune qui accrochait et réfléchissait le soleil couchant. Sous des sourcils broussailleux, les yeux aigue-marine de cet homme brillaient avec une douceur hagarde, vague.

Oh, oh ! tu tiens un fanatique de base, là, Bradley. Qui n'a probablement pas mangé de viande depuis que son canari est mort en 1953 et qui passe ses journées à essayer de communiquer avec les lichens. Inoffensif, mais tu perds ton temps avec lui.

– Merci quand même.

Elle sourit et se dirigea vers une porte à moustiquaire festonnée d'un décor en bois. À l'intérieur, des groupes lisaient ou jouaient aux cartes dans un vaste salon en L qui s'enorgueillissait de pas moins de trois cheminées de pierre. Le plancher et le plafond étaient ornés de motifs de marqueterie en érable. Les murs semblaient avoir été tendus de tissu. Tout le monde sourit et lui adressa des signes de tête polis quand elle entra. Tous ceux qui parlaient, s'exprimaient en français. Agacée, Bo se souvint que la propriété n'était qu'à environ une heure de route de la province francophone du Québec. Malheureusement, il n'y avait pas de petite fille de huit ans en vue.

– Je vais revenir, annonça Bo avec irritation.

Elle était sûre qu'au moins la moitié des cinquante personnes présentes la comprenaient parfaitement.

Une odeur de gingembre et d'ail venait d'une cuisine, derrière la spacieuse salle à manger. Cela rappela à Bo que, régime ou pas régime, elle mourait de faim.

– Avec la police si nécessaire.

Personne ne cilla. Ils n'avaient pas peur d'elle, et se contentèrent de murmurer entre eux des phrases qu'elle ne pouvait comprendre.

Vaincue, Bo regagna la voiture d'un pas traînant et réfléchit aux possibilités qui s'offraient à elle. Elle pouvait faire appel à la police locale. Ils seraient obligés de l'accompagner jusqu'à la propriété si elle requérait leur aide. Ils pouvaient enfoncer la porte, s'emparer de l'enfant, arrêter tous ceux qui faisaient obstruction. En fait, c'est ce que Madge Aldenhoven aurait voulu. Bo Bradley préférait l'éviter.

De retour au village nommé Night Heron en raison du lac, elle prit une chambre dans un motel appelé l'Auberge Iroquoise. Puis elle appela délibérément le numéro d'urgence de l'enfance maltraitée de San Diego plutôt que celui du bureau de Madge Aldenhoven.

– Dites seulement à Madge que j'ai un problème, mais rien d'important, et que je l'appellerai demain, déclara-t-elle d'un ton brusque.

Puis elle raccrocha avant que l'employé n'ait eu le temps de lui demander son numéro.

Accrochée au-dessus du lit du motel, une photographie de cerf à queue blanche, dans la neige, la dévisageait. Bo retourna le regard de l'animal en se demandant ce qu'elle allait faire maintenant. Comment pénétrer dans le groupe sans causer un nouveau traumatisme à l'enfant ? LaMarche avait dit qu'il serait à New York ce jour-là, pour se livrer à une communication sur l'enfance maltraitée. À l'heure qu'il était, il devait être à la table de l'orateur d'un banquet où grouillaient des experts sur des sujets dont on ne discute habituellement pas dans les banquets. Cédant à un abandon qu'elle choisit de ne pas analyser, Bo appela le numéro du service de LaMarche à San Diego où elle laissa l'adresse et le numéro de téléphone de l'Auberge Iroquoise.

– J'ai besoin d'un interprète français pour l'affaire Franer, dit-elle. Dites au docteur LaMarche de me contacter, s'il vous plaît.

Dans la cafétéria de l'auberge aux murs couverts de frisette en pin, elle se régala d'un énorme hamburger et de quatre tasses de décaféiné tout en écrivant une carte postale à Madge Aldenhoven. La carte représentait une fauvette à queue jaune occupée à manger une chenille.

Ici, c'est un univers différent, écrivit-elle. Amitiés. Bo.

Chapitre 11

À 19 heures, Rombo Perry, l'employé des services sociaux, plaça soigneusement le téléphone de son bureau sur un coussin bleu nuit enfoncé dans le dernier tiroir du meuble. Puis il posa un coussin assorti sur l'instrument désobligeant et ferma le tiroir d'un coup de pied. Sur son bureau se trouvait un thermos de café noisette bouillant que Martin avait laissé à son intention à l'accueil, il y avait à peine une heure.

Les autres membres du personnel qui constituaient l'équipe « quinze heures/vingt-trois heures » des services de psychiatrie effroyablement mal subventionnés du comté de San Diego avaient l'habitude de sortir pour la pause-dîner d'une demi-heure qu'avait réclamée le syndicat. Parfois, Rombo les accompagnait, plus pour faire preuve de bonne volonté que pour le plaisir de manger des burritos trop gras dans la voiture de l'un ou de l'autre. Mais en général il se barricadait dans son petit bureau immaculé, lisait le journal, se détendait. Martin et lui feraient un repas léger quand il rentrerait à 23 h 30. Une omelette au parmesan, peut-être, ou alors une petite salade au vinaigre de riz. Ils étaient organisés ainsi depuis des années. C'était une organisation pleine de bon sens pour un couple où l'un gérait, depuis leur domicile, un service de traiteur, et où l'autre était lié par les exigences de son travail à l'hôpital.

Rombo était fier du fait qu'en cinq ans il n'avait pas manqué une seule journée de travail. Ses clients pouvaient compter sur lui, tout comme Martin. Un homme ordinaire, honnête, travailleur, voilà tout ce que Rombo avait toujours voulu être. Et maintenant, après des années où l'alcoolisme l'avait empêché d'atteindre ce but, il avait tout pour être heureux. Pour un homosexuel myope de trente-huit ans qui ne dépasserait jamais quatre-vingts kilos malgré toute la musculation qu'il pouvait faire, la vie était plutôt bien. Surtout, pensa-t-il en souriant, pour un homo affligé d'un nom qu'on ne donnerait qu'à un saint-bernard. Sobre depuis sept ans maintenant. Avec Martin depuis cinq. Un travail utile qu'il aimait. Rombo Perry était satisfait.

Il déplia l'édition de l'après-midi de l'unique quotidien de San Diego et remonta d'une pichenette ses lunettes neuves à monture en métal noir sur son nez de boxeur tordu. En première page s'étalait l'histoire qu'il cherchait. L'histoire de la nouvelle patiente, Bonnie Franer.

Quelqu'un du nom de Cynthia Ganage était citée plusieurs fois, disant qu'à son avis la fille de Bonnie Franer, une enfant de trois ans, avait été victime d'un « pervers satanique ». Ganage insinuait qu'une importante secte satanique pouvait exister à San Diego. C'était pour cette raison, avait-elle dit aux journalistes, qu'elle allait immédiatement transférer ses bureaux de Los Angeles à San Diego. En fait, elle avait déjà signé un bail dans un immeuble de bureaux qui n'était pas encore terminé dans le centre ville. En attendant de pouvoir s'y installer, elle continuerait d'exercer dans une suite de l'élégant U. S. Grant Hotel.

« En tant que spécialiste des violences sexuelles rituelles pratiquées sur des mineurs », avait dit Cynthia Ganage, « je me suis engagée à fournir une coopération pleine et entière à la police et aux Services de Protection de l'Enfance. »

Rombo secoua la tête. En tant qu'employé dans les services psychiatriques, il connaissait bien l'interface du mythe et de l'esprit. Dans leur psychose, les gens disaient parfois qu'ils étaient en réalité des personnages religieux célèbres, ou qu'ils avaient été élus pour remplir certaines responsabilités ou pour être persécutés par ces personnages. Une fois stabilisés, les clients de Rombo étaient, sans exception, stupéfaits par la clarté de leurs expériences.

« Je sais que les diables n'existent pas », lui avait dit l'un d'eux des années avant, « mais cela ne change rien au fait qu'un sur trois d'entre nous en *est* un. Ne me demandez pas comment, mais je le *sais*. Je me rends compte que c'est fou, mais ça ne me donne pas l'impression d'être fou ; ça me donne l'impression que c'est la chose la plus réelle que j'aie jamais connue ! »

Le cerveau humain, reconnaissait Rombo, était équipé pour ressentir des terreurs si profondes et des joies si exaltantes, qu'il fallait donner des noms pour surpasser ces expériences menaçant la raison. Le Diable... Dieu. Et des cultures entières réagissaient comme des chiens de Pavlov dès que l'un de ces noms était prononcé.

Les démentis apportés par les porte-paroles de la police ne parvenaient guère à atténuer l'effet produit par l'histoire racontée dans le journal. Pas plus qu'un article en page quatre indiquant que le président du Conseil œcuménique de San Diego dénonçait le sensationalisme en matières spirituelles. Le journal avait mis des gants mais rien ne pouvait entamer l'aura extraordinaire de cette histoire. Il n'était mentionné nulle part que la mère, Bonnie Franer, était internée en milieu psychiatrique et surveillée en raison de tendances suicidaires. Rombo était convaincu qu'il ne fallait voir en cette omission que l'ignorance où était Cynthia Ganage de cette situation. Si elle l'avait su, elle se serait servie de ce fait à son avantage, de la même manière qu'elle utilisait des connaissances de base en psychologie humaine. Rombo estima, non sans un immense déplaisir, que Ganage était un véritable ptérodactyle. Une harpie des média de la plus répugnante espèce. Ce qui ne pouvait que renforcer son désir de protéger Bonnie Franer.

C'était lui qui avait procédé à l'entretien lors de l'admission ; non qu'il fût véritablement possible de parler d'entretien. Dans son bureau, la pauvre femme était restée repliée sur elle-même, assise sur une chaise, se balançant d'avant en arrière en labourant son propre corps de ses doigts pâles et tremblants. Elle n'avait rien dit. Par la suite, il était resté assis près d'elle jusqu'à ce que le sédatif fasse son effet et elle s'était écroulée sur son lit pour sombrer dans un sommeil médicamenteux.

Ils ne pouvaient la garder que soixante-douze

heures. Ensuite la loi exigeait qu'on la fasse repartir. Rombo Perry aurait pour tâche de faire transférer Bonnie Franer dans un endroit transitoire où elle pourrait recevoir soins et soutien. Seulement cet endroit n'existait pas. Rombo savait qu'il allait la transférer dans la rue, avec en poche une ordonnance pour obtenir des antidépresseurs, exactement comme pour tous les autres patients. Il n'y aurait même pas d'argent pour qu'elle prenne un taxi. Il n'y en avait pas vraiment assez pour maintenir ouvert ce service d'urgence qui manquait de personnel. Cela faisait des années que le comté jonglait avec les subventions, et les services psychiatriques étaient invariablement en tête de toutes les listes dès qu'il était question de restrictions financières.

Dire que personne ne s'intéresse aux gens qui souffrent de maladies mentales, pensa Rombo pour la dix millième fois de sa carrière à peu près, est un doux euphémisme. Il soupçonnait que ce que les gens voulaient réellement, c'était que les patients atteints de troubles neurobiologiques disparaissent purement et simplement. Qu'on ne les voie pas. Qu'ils partent. Qu'ils meurent. Ils étaient vraiment trop désagréables. Ils faisaient émerger trop d'interrogations, démolissaient trop de mythes.

Lorsqu'il était jeune homme, Rombo Perry était persuadé que le stigmate attaché à l'homosexualité atteignait un degré de virulence aussi fort que la pire des haines. C'était à cause de cela qu'il avait appris à se battre. Il avait été un poids welter prometteur à l'université et par la suite aussi, quand il s'entraînait dans le milieu de la boxe professionnelle à Chicago, avant que l'alcool ne le fasse sombrer. Mais être homo, avait-il compris plus tard, c'était de la gnognote comparé à ce que subissent ceux qui sont étiquetés « malades mentaux ».

Il referma le journal d'un geste vif, décida d'aller voir où en était Bonnie Franer et de prévenir les psys qu'il valait mieux ne pas laisser traîner l'*Union-Tribune*. Si elle le voyait, cela ne ferait que bouleverser davantage la mère tourmentée qu'elle était.

Dans le salon, quelques personnes regardaient un télé-film qui mettait en scène des pirates chantants. Un homme en jean et chapeau de cow-boy, admis dans le service la veille avec un diagnostic provisoire de troubles obsessionnels compulsifs, parlait avec animation au téléphone mural près de la fontaine. Il semblait être en train de négocier la vente d'un tracteur.

– Comment va madame Franer ? demanda Rombo à la psy qui sortait du bureau des infirmières avec un bloc-notes, un thermomètre à piles et un brassard pour prendre la tension.

– Elle allait bien il y a vingt minutes, répondit la femme. Groggy, mais calme. Je vais retourner voir.

Sur l'ordre du médecin qui l'avait admise, Bonnie Franer était placée sous une surveillance qui s'effectuait toutes les vingt minutes. Les résultats des contrôles essentiels et son état mental étaient notés, et ces renseignements reportés sur sa feuille de jour. Si elle devenait agitée, on lui administrerait des médicaments supplémentaires. On n'utilisait plus les camisoles de force depuis un quart de siècle.

– Je vais m'en occuper, proposa Rombo. Vous pouvez vous occuper des autres.

La porte était légèrement entrouverte et la pièce faiblement éclairée par une veilleuse de quinze watts qu'on ne pouvait éteindre. Rombo poussa doucement le battant et murmura :

– Madame Franer ? C'est monsieur Perry, de l'aide sociale. Comment vous sentez-vous ?

Le lit défait était vide et la première hypothèse de Rombo fut qu'elle s'était réveillée et qu'elle avait quitté sa chambre à la recherche des toilettes ou d'une fontaine. Mais même s'il avait, au cours de ses études, été parfaitement entraîné à l'analyse de cette possibilité, et s'il avait participé à d'innombrables ateliers pour sa prévention, il eut le souffle coupé et se figea devant la réalité.

Le corps de Bonnie Franer était accroché, dans une immobilité qui n'avait rien de naturel, devant la fenêtre grillagée, dans un cadre de lumière jaune venant de la rue. Un drap de l'hôpital, qui enserrait son cou, était coincé par la lisière à l'un des barreaux supérieurs de la fenêtre. L'angle accentué que faisait sa tête retombant sur sa poitrine creuse indiqua à Rombo qu'elle avait le cou brisé. Instinctivement, il courut malgré tout alléger le poids du corps et arracha le drap de son ancrage sur le barreau vertical.

– Venez ! cria-t-il par-dessus son épaule.

Un bruit de course lui répondit immédiatement. Et vainement.

Bonnie Franer, sous calmants et dépouillée de ceinture, lacets, objets pointus ou tranchants, enfermée dans un espace ne contenant pas de verre cassable, de miroir, de circuit électrique accessible, de cordon de lampe ou d'objet qui puisse supporter un certain poids à plus d'un mètre du sol, avait réussi à s'ôter la vie. Rombo allongea le corps inerte sur le lit et sa peau fut parcourue d'un frisson en plusieurs endroits. La femme fragile qui s'était balancée sur sa chaise dans son bureau n'était plus là. La personne qu'elle était, n'existait plus, qu'elle qu'ait été sa vie. Le frisson courut autour de son mollet droit puis se reproduisit sur chacune de ses oreilles. Le mot « suicide » se dessinait à répétition dans son esprit et il était trop faible. Ce mot ne pouvait pas même commencer à signifier la complexité allongée devant lui.

Tandis que deux infirmières, un psy et le patient en bottes de cow-boy se penchaient sur le lit, Rombo essaya de comprendre ce qui s'était passé. Elle était apparemment montée sur le radiateur qui ne servait que rarement, et avait poussé l'écran de grillage du haut de la fenêtre. Puis elle avait essayé de nouer le drap autour de l'un des barreaux verticaux qui protégeaient la fenêtre de l'extérieur mais le nœud n'avait pas tenu. Sous son poids, il s'était défait, mais un pli du tissu passé par-dessus le barreau s'était coincé et déchiré jusqu'à la lisière au tissage serré. Cela avait été suffisant pour supporter ses quarante-six kilos. Le patient en bottes de cow-boy commençait à se tordre les mains et à arpenter la pièce en décrivant un losange précis à côté du lit.

– Venez, dit Rombo en posant un bras sur les épaules de l'homme, on va aller boire un jus de fruits et essayer de se calmer, hein ? Ceci n'a rien à voir avec vous. Rien du tout.

Tout tremblant, l'homme acquiesça.

– Martin, je me sens vraiment bizarre, balbutia Rombo une heure plus tard au téléphone, une fois que Bonnie Franer eut été déclarée morte et rapidement emmenée sur un lit à roulettes recouvert d'un drap. Je n'arrive pas à comprendre pourquoi cette femme a fait ça...

– Tu travailles dans un hôpital psychiatrique, répondit la voix familière. Ce sont des choses qui arrivent.

– Je sais, dit Rombo qui sentit un autre frisson amibien sous son bras gauche. Mais Martin, j'ai dit à un des patients que ça n'avait rien à voir avec lui. Je crois qu'en fait, c'était à moi que je m'adressais, Martin, et je ne comprends pas. Toute ma vie, on m'a traité de « pédé » et j'y ai survécu, mon père m'a haï jusqu'à sa mort, et puis l'alcool... Je suis resté en vie et ça va maintenant, Martin. Je suis tiré d'affaire. Et la fille de cette femme a été assassinée, mais elle aurait pu se tirer d'affaire aussi. Pourquoi j'ai réussi, et pas elle ?

Il y eut un bref silence.

– Je ne sais pas, entendit-il finalement en réponse à sa question. Personne ne le sait. Mais je vais faire une bisque de crevettes et je vais te mettre au frais une bouteille de ce breuvage pétillant que tu aimes tant. On en parlera quand tu rentreras.

Chapitre 12

Les lilas président Lincoln jouissaient d'une popularité sans précédent dans les jardins bien entretenus du village de Night Heron. Leur arôme entêtant emplissait la petite chambre de motel de Bo lorsqu'elle se réveilla au coup frappé à la porte à cinq heures du matin. N'étant jamais rhapsodique aux premières heures du jour, elle parvint à émettre une unique syllabe vaguement dirigée vers l'endroit d'où venait le bruit.

– Ouai-ai-ais ? dit-elle d'un ton voilé.

– Votre interprète, répondit une voix de baryton.

Celui qui s'exprimait de la sorte présentait toutes les caractéristiques de quelqu'un qui ne dort pas. Bo soupira.

– Mais c'est pas vrai ! hurla-t-elle en direction de la porte. Il est 5 heures du matin !

– J'ai eu votre message, lui expliqua Andrew LaMarche avec un enthousiasme qui lui fit grincer les dents. J'ai sauté dans un vol de lève-tôt à JFK à destination d'Albany et j'ai loué une voiture. Mais avant, j'ai acheté des bagels tout frais et j'ai un thermos de café. Je me suis dit qu'on pourrait faire un pique-nique...

Bo enfilait déjà le pantalon bleu marine de marque quelque peu froissé qu'elle portait la veille. Il lui avait coûté aussi cher qu'un couvert en argent, mais sa coupe seyante lui donnait l'impression d'être mince. Avec son pull à col roulé écru tout propre jeté dans son sac de voyage, elle aurait l'air d'une girl-scout s'apprêtant à recevoir la médaille attestant de ses capacités à briquer un voilier. Bo aurait aimé avoir un body en soie ou au moins quelque chose de plus sensuel qu'un pull à col roulé pour ouvrir la porte de sa chambre. Cette pensée se déroula paresseusement, presque sournoisement, mais elle la rattrapa avant qu'elle ne sombre dans l'inconscient. Un body en soie ? Mais elle n'en avait *même pas*, de body en soie !

– Je serai habillée dans une minute, dit-elle d'un ton brusque.

– Bien sûr, fit LaMarche d'une voix qui suggérait qu'il n'avait rien d'autre en tête.

Dans la salle de bains, Bo s'adressa une grimace à travers la mousse de dentifrice. La séduction à 5 heures du matin n'était pas dans ses cordes. Les yeux vert petit pois qui la regardaient, reflétés dans un miroir mal éclairé, ne lui paraissaient pas être ceux d'une névrosée en phase maniaque. Ils avaient juste l'air endormi. Mais qui sait ? Une sexualité hors de propos pouvait s'imposer sans crier gare n'importe quand. Et le lithium devait être complètement éliminé maintenant. Un médecin sympathique de style Belle Époque pouvait se transformer, ne fusse que brièvement, en objet de désir épique.

Expertement, elle souligna ses yeux d'une couleur identifiée par la marque sous le nom de « Fumée Perse » tout en s'obligeant à reconnaître pourquoi elle avait fait appel à Andrew LaMarche. Pourquoi elle l'avait arraché à sa conférence de New York avec un appel au secours auquel elle savait pertinemment qu'il allait répondre. Elle n'avait pas vraiment besoin de son aide. Un coup de téléphone aux autorités locales lui aurait fourni tout le soutien qui lui était nécessaire pour soustraire Hannah Franer à un nid de cinglés francophones. Seulement elle ne voulait pas s'y prendre de cette manière-là. Elle voulait franchir la barrière qui entourait la secte, découvrir de quoi il retournait. Elle voulait savoir si sa propre approche de la situation ne pourrait pas être utile pour déterminer le sort d'Hannah Franer, plutôt que de soumettre l'enfant sans réfléchir à tout un règlement déjà en place. Madge Aldenhoven n'apprécierait pas une curiosité aussi vaine. Mais Andrew LaMarche, oui. C'était un collègue dans cette affaire, qui se trouvait fort à propos dans les parages. Puisqu'il parlait français, il était logique de faire appel à ses services. Parfaitement logique.

Le fantôme d'un body en soie, se dit Bo, n'était qu'un vestige mental. Peut-être quelque chose qu'elle avait rêvé. Très certainement une esquisse qu'il valait mieux oublier, émanant d'un passé où chaque phase maniaque comprenait au moins un amant fascinant et rapidement rejeté. Cela ne pouvait absolument pas être lié à Andrew LaMarche. Bo était presque sûre qu'elle n'allait pas de nouveau traverser une telle phase et, par ailleurs, elle l'aimait vraiment bien, lui. Et une règle cardinale de survie consiste à séparer ceux qui sont sympathiques de ceux qui ne sont que désirables. Une frontière nette, confortable.

– Je suis heureux que vous m'ayez appelé, Bo, lui dit-il lorsqu'elle sortit. Cette affaire, effectivement, m'intéresse tout particulièrement, et la conférence était franchement ennuyeuse. Allez, dites-moi ce qui se passe.

Avec son pantalon kaki et son épais pull irlandais enfilé sur sa chemise de soirée, Andrew LaMarche paraissait quelque peu hors de son élément dans cette aube glaciale des Adirondacks. Il avait l'air enjoué du gamin de la ville qui part camper. Bo ne put s'empêcher de rire quand il l'aida à monter dans une Lincoln avec des sièges en fourrure et des vitres teintées.

– La seule voiture qui leur restait, à l'agence, soupira-t-il.

– Je veux que vous voyiez cet endroit, ce repaire, comme dit Madge, commença Bo. Tout le monde parle français, ou du moins ils font semblant de ne pas connaître l'anglais. Ce n'est pas loin et, au fait, vous n'avez pas parlé de café ?

Elle savait que son discours serait incohérent tant que des molécules de caféine ne se mêleraient pas à la paresseuse soupe rouge qui coulait dans ses veines. Sans cet apport chimique, toute conversation avant dix heures du matin s'était traditionnellement avérée futile.

En quelques minutes, Andrew LaMarche, au volant de l'énorme voiture, avait quitté la ville et suivi le chemin de terre jusqu'à un endroit situé en bordure du lac Night Heron. Les abris à bateaux de la propriété se serraient contre la rive à dix mètres de la voiture.

– Regardez, fit-il en tendant le doigt.

Elle ne vit rien d'autre qu'une salamandre rouge qui avançait pensivement sur une souche couverte de lichen. Cette créature paraissait presque humaine sous ses airs de lézard orange. Bo avait découvert le journal intime de Samuel Pepys grâce à un professeur d'université anglais qui avait le même corps sans cou et les mêmes bras maigres comme des crayons.

– Je vais vous faire une conférence sur Charles II si vous ne sortez pas ce café, menaça-t-elle. Regarder quoi ?

LaMarche désignait une rangée de canoës le nez tourné vers la rive. Bo ne se souvenait pas l'avoir jamais vu présenter un sourire aussi rayonnant. Ce doit être, pensa-t-elle avec la terrible certitude de ce qui allait suivre, parce qu'il se souvient de ces étés d'enfance avec Oncle Gus dans les bayous de Louisiane.

– Un roi anglais qui n'est pas réputé pour son amour de la nature ? Que diriez-vous d'un petit déjeuner sur l'eau ? fit-il, déjà hors de la voiture, réalisant la prémonition qu'elle avait eue. Vos Québécois ne vont pas se lever avant une heure, de toute façon.

Bo ne put se forcer à lui expliquer que l'idée de boire du café à l'aube dans un canoë était pour elle l'image même de l'enfer sur la terre.

– Génial, murmura-t-elle tandis que la salamandre disparaissait derrière un érable argenté couvert de bourgeons.

C'était le moins qu'elle pouvait faire, après l'avoir arraché à New York.

Installée dos à la proue sur le siège avant du canoë, Bo respira la vapeur fleurant le café qui montait du couvercle du thermos que lui tendait Andrew LaMarche. Le café était excellent. Elle allait peut-être survivre.

– Je n'ai pas encore la moindre idée de ce que fait cette secte, commença-t-elle pendant que LaMarche pagayait en expert, faisant glisser le bateau en aluminium sur l'eau lisse comme du verre.

Dans la lumière encore faible, des brumes changeantes prenaient brièvement une teinte dorée avant de disparaître. Bo s'aperçut qu'elle parlait à voix basse.

– Mais ils parlent tous français, ou font semblant, continua-t-elle. Je n'ai abouti à rien.

LaMarche, sans faire de bruit tout en plongeant la pagaie ruisselante d'un côté puis de l'autre du bateau, la regardait avec une attitude à la fois ambivalente et interdite. Un regard qui n'avait rien à voir avec les sectes.

– Vous avez froid, remarqua-t-il.

Il laissa le canoë dériver près de la rive d'une petite île encore drapée dans la brume, posa la pagaie sur le fond du bateau et ôta son pull. Il se pencha en avant, à genoux, et le tendit à Bo puis se redressa. Le soleil qui, à l'est, parait d'or l'horizon, révéla un sourire songeur sous la moustache soigneusement coupée. Il semblait avoir pris une décision. Bo était sûre à quatre-vingt-dix-sept pour cent de la teneur de cette décision.

– Merci, lui dit-elle en coinçant le café entre ses pieds tandis qu'elle enfilait le pull avec difficulté.

Après tout, pourquoi pas ? Leur amitié, évidemment, n'y survivrait pas. Mais quelle importance ? Il était très attirant, dans son style rigide. Il allait la draguer. Elle allait réagir comme le ferait n'importe quelle femme saine expérimentée qui n'a pas eu d'amant depuis deux ans. Elle considéra les planches rugueuses du canoë et réfléchit à la logistique. D'un sac en papier qui se trouvait sous son siège, Andrew LaMarche sortit un bagel au sésame.

– Ce n'est sûrement pas le moment idéal, Bo, commença-t-il, mais je veux vous dire quelque chose.

Elle comprit qu'il allait lui donner le bagel. Elle se rappela sa gentillesse l'année précédente quand elle était en pleine phase maniaque, avant que le lithium ne fasse son effet. Il l'avait soutenue par sa présence comme jamais personne ne l'avait fait. Ce n'était pas bien de penser à ça. Ce souvenir se perdrait lorsque leur relation ne serait plus que sexuelle. Il vint à l'esprit de Bo qu'elle tenait davantage à ce souvenir qu'à une relation sexuelle.

– Ce n'est pas ainsi que j'avais imaginé les choses, dit-il en lui tendant le bagel, mais, Bo, je veux vous épouser.

Il avait prononcé ces mots doucement, avec une trace de rire gêné visible dans ses yeux gris.

– Vous voulez quoi ?

Elle s'empara du bagel comme si le cercle de pâte croustillante pouvait tout expliquer. Ce geste la déséquilibra et LaMarche tendit instinctivement les bras vers elle pour l'aider. Dans la demi-seconde où le canoë bascula irrémédiablement à tribord, Bo le regarda droit dans les yeux et vit qu'il ne plaisantait pas vraiment. Après, il devint difficile de voir quoi que ce soit. Elle nageait dans une eau glacée, portant un pull en laine trempé qui semblait peser cent cinquante kilos. Heureusement, ils n'étaient qu'à cinq ou six mètres de l'île.

– J'ai le canoë, cria LaMarche. Avancez jusqu'à la rive, je vais le tirer.

Bo fit basculer dans l'eau ses pieds engourdis et sentit le fond du lac. Ses yeux et ses dents étaient brûlés par le froid tandis qu'un Andrew LaMarche dégoulinant et légèrement bleu hissait l'embarcation à terre d'un seul élan et la retournait.

– Vous êtes fou, haleta Bo en sautant sur place sur la rive rocheuse pour maintenir ce qui lui restait de circulation, et ce n'est pas un terme que j'utilise à la légère.

– Non. Je viens de trouver la femme que j'aime à la folie et que je veux épouser, affirma Andrew LaMarche avec un sourire sur ses lèvres lavande. Mais pour le moment je veux éviter de mourir de froid.

Il enleva sa chemise et son pantalon, remit ses chaussures mouillées et fit une série de sauts sur le roc. Bo fut stupéfiée de voir un caleçon à taille basse en soie noire moulante. Ce vêtement lui paraissait en total décalage avec le personnage et fit entrevoir un aspect d'Andrew LaMarche pour lequel, en comparaison, le sacrifice de leur amitié paraîtrait bien pâle.

– Arrêtez de me regarder avec des yeux ronds et essorez ce pull, dit-il en riant. Ensuite remettez-le et continuez de sauter. La laine va conserver la chaleur du corps, même si elle est mouillée. Dès que je serai sec, nous retournerons à la propriété. Ce n'est pas loin.

Bo essora les vêtements d'Andrew LaMarche,

puis le pull qu'elle remit et elle reprit ses sauts. En quelques instants, son torse revêtu de laine fut vraiment au chaud et elle enfouit ses poings douloureux contre son ventre. Une immense confusion semblait battre là, causant des nausées désagréables.

– J'avais bien pensé à quelque chose sans aller jusqu'au mariage, dit Bo entre ses dents qui claquaient tandis que LaMarche, ayant remis ses vêtements, pagayait énergiquement vers la rive.

– Vous voyez bien que ce serait impossible à bord d'un canoë, répondit-il, le visage impassible. Cela met la vie en danger. Par comparaison, le mariage semble un choix des plus attrayants.

– Ce n'est pas un choix que je peux faire. Je l'ai déjà fait.

Ses mots lui paraissaient lourds comme du plomb, chargés d'une trop longue histoire et d'une surprenante vague de désir. Elle avait l'impression de se retrouver soudain dans une dramatique dont le script n'était pas encore écrit. Andrew LaMarche ne suivait pas la règle du jeu.

– Nous verrons, dit-il d'un ton songeur en dirigeant le canoë vers son emplacement près des autres. J'ai l'intention de vous faire une cour impitoyable.

Bo se demanda si le mot « cour » avait été utilisé dans ce sens depuis la guerre que s'étaient livrées l'Espagne et l'Amérique.

– Contentez-vous de me sortir de ce fichu lac avant qu'il faille m'amputer des deux pieds, suggéra-t-elle.

Elle espérait que le ton corrosif de sa voix parvenait à dissimuler le bouleversement et la confusion qui lui faisaient perdre contenance.

En quelques minutes, le canoë vint crisser contre la rive.

Napoléon Pigeon remplissait une mangeoire pour oiseaux sur la pelouse lorsqu'ils vinrent garer la voiture et en sortirent, trempés.

– Monsieur Pigeon, dit Bo, je vous présente le docteur LaMarche.

Après ce qui parut être une conversation désopilante en français, le géant en robe de bure les conduisit dans la maison, jeta de nouvelles bûches sur un feu mourant, puis les laissa là et monta l'escalier en toute hâte. Courant avec une agilité rien moins qu'étonnante, il tenait les plis de son vêtement tissé à la main comme une jeune fille. Au bout de quelques minutes, il revint accompagné d'une Indienne maigre qui avait des cheveux blancs coupés très court et des yeux noirs capables, songea Bo, d'hypnotiser un serpent. Toujours parfait gentleman, LaMarche se leva pour la saluer, laissant une marque humide sur l'âtre où il se réchauffait près de Bo. L'Indienne ne put dissimuler son effort pour réprimer un sourire.

Après un quart d'heure d'une conversation animée en français au cours de laquelle Bo entendit le nom d'Hannah Franer mentionné plusieurs fois, LaMarche se tourna vers elle et l'aida à se lever.

– J'aimerais vous présenter madame Bradley, des Services de Protection de l'Enfance de San Diego, annonça-t-il. Bo, je vous présente le docteur Eva Blindhawk Broussard, fondatrice et directrice des Chercheurs de Shadow Mountain, un groupe dont les membres ont vu ou espèrent voir des visiteurs venus d'une autre dimension.

Bo tendit la main et sentit celle d'Eva, ferme, accueillante, puis elle attendit.

– Êtes-vous prête à nous aider ? demanda directement la femme, en anglais.

Ses yeux plongeaient dans ceux de Bo comme s'ils y cherchaient quelque chose.

Bo savait exactement ce que signifiait ce regard, et elle le lui rendit. Un regard qui la sondait sans idées préconçues et qui ne laissait rien passer. En quête des petites crispations du visage qui cachent des mensonges, masquent les tromperies. Bo savait faire cela naturellement. Eva Broussard avait appris. Les deux femmes se dévisageaient, les yeux bleus dans les yeux noirs ; une bûche roula dans le feu, déclenchant une gerbe d'étincelles. Bo avait pensé que le chef de cet étrange assemblage de personnes serait un individu marginal, un peu innocent, un peu halluciné. Au lieu de cela, elle se trouvait face à une intelligence vive et à une ouverture d'esprit étonnante.

– Je ne sais pas si je peux vous aider ; mon travail est d'aider Hannah Franer. Mais j'aimerais connaître sa vie, son univers... (dit-elle en lançant un bref coup d'œil en direction de LaMarche) avant de prendre des décisions la concernant. Vous voulez bien me mener jusqu'à elle ?

La réponse fut une confirmation de leur estime mutuelle.

– Oui, répondit Eva Broussard. Venez avec moi.

Deuxième événement peu ordinaire dans la même journée, songea Bo. Cette femme lui avait fait immédiatement confiance. Maintenant, si Andrew LaMarche voulait bien s'adapter à l'aube du vingt et unième siècle...

– Je vais appeler mon service, dit celui-ci. Allez voir comment va Hannah.

Tandis qu'elle suivait Eva Broussard qui montait les marches en érable, Bo ne fut pas surprise en entendant la remarque qu'elle lui adressa :

– Vous pensiez avoir affaire à une folle, n'est-ce pas ?

– Oui, répondit Bo, mais ce n'est pas le cas.

– Et vous, vous l'auriez su tout de suite, n'est-ce pas ?

– Oui. Je souffre d'un trouble mental bipolaire, et...

– Et donc rien ne vous échappe.

Eva Broussard se retourna et sourit.

– Une qualité remarquable, enviable en bien des points. Inhabituelle chez une assistante sociale. Comment en êtes-vous arrivée à faire ce travail, Bo Bradley ?

– C'est une longue histoire, dit Bo comme elles entraient dans une grande chambre où dormait encore la petite fille sur une couchette près d'un grand lit en osier.

Les yeux noirs d'Eva Broussard brillaient.

– J'aimerais beaucoup l'entendre tout à l'heure, dit-elle en riant doucement. Voici votre proie.

Bo avait l'impression de connaître cette femme depuis toujours, d'avoir trouvé une amie.

Pendant quelques instants, elles regardèrent toutes deux l'enfant endormie dont les cheveux blonds raides s'étalaient en éventail sur l'oreiller. Une fine poussière de taches de rousseur ponctuait ses joues rosies par le sommeil et ses sourcils à l'arc parfait avaient la couleur de la poussière. Une immense chemise de nuit avait glissé de son épaule, laissant voir une stature maigre comme celle de sa mère. Épinglées sur le devant du vêtement se trouvaient trois étranges bandelettes de paille tressée avec des perles violettes. Tandis qu'Eva lui sortait des vêtements secs d'une commode, Bo se dit qu'il lui faudrait s'informer à leur sujet.

– Changez-vous là, dit Eva en lui indiquant une salle de bains dans le couloir. Ensuite, rejoignez-moi en bas et nous vous remplirons de café bouillant en discutant.

Quelques minutes plus tard, Bo descendait l'escalier vêtue d'un caftan chaud et de pantoufles-chaussettes en laine, pour se retrouver face à LaMarche et à l'Indienne qui levait les yeux avec solennité, l'attendant.

– Qu'est-ce qui se passe ? demanda-t-elle depuis le palier.

LaMarche tendit la main.

– Bonnie Franer s'est suicidée hier soir, Bo. Ce salaud a tué deux personnes, maintenant.

D'en haut, une petite voix s'éleva, aiguë, prise de panique.

– Eva ! Où t'es, Eva ? J'ai peu-eu-eu-eur !

– Ces deux personnes viennent de Californie, expliqua Eva à Hannah Franer qui était recroquevillée sur le grand lit, assise en tailleur. Ce monsieur est le docteur LaMarche, qui a essayé d'aider Samantha, et là, c'est madame Bradley qui veut t'aider.

Les yeux noisette très écartés les regardaient comme si la petite fille les voyait de très loin. Ils portaient le poids de la douleur, l'absence d'intérêt qui accompagne un sentiment de défaite.

– Oh, Hannah, soupira Bo en rejoignant l'enfant sur le lit, ça ne sera pas toujours comme ça ! Les choses vont s'arranger, tu vas voir...

Eva lança un coup d'œil vers Bo.

– Tu traverses un moment terrible, Hannah, commença-t-elle, et malheureusement une autre chose terrible est arrivée.

Hannah dessinait des figures sur le drap avec son poing.

– Où est Paul ? demanda-t-elle doucement. Je veux Paul et Maman. Je veux rentrer à la maison.

Ses yeux pâles et arrondis fixaient sur Bo un regard accusateur :

– Où y sont, Paul et ma maman ?

L'agréable chambre au charme suranné parut soudain coupée du reste de la propriété, du reste du monde. Bo pouvait presque humer la rage et le désespoir de l'enfant. Une odeur de renfermé, métallique, signe de danger. Elle lança un coup d'œil vers Eva Broussard pour en avoir confirmation et la vit hocher gravement la tête. Hannah Franer avait hérité de la fragilité de sa mère. Si elle n'était qu'abattue et muette quand elle était soumise à des tensions nerveuses normales, l'enfant pouvait s'écrouler complètement maintenant. Bo fut prise d'un sentiment de panique : chaque seconde comptait.

– Paul va bien, mais on l'a remmené en Californie, dit-elle très lentement à la petite fille. La police croit que c'est lui qui a fait du mal à Samantha...

– Nooon ! souffla Hannah en tremblant. Paul a pas fait mal à Sammi. C'est Goody. C'est Goody qui lui a fait mal. Elle a dit que c'était Goody qui lui avait fait mal là (elle indiqua son entrejambe sous l'immense chemise de nuit).

Bo sentit son pouls s'accélérer.

– Hannah, qui est Goody ?

– Sammi a dit que maman mourrait si elle le disait. Que Goody tuerait maman.

Les yeux noisette étaient secs, écarquillés sous l'effet de la frayeur.

– Où est maman ? C'est Sammi qui me l'a dit ! Il a fait mourir Sammi parce qu'elle a raconté ! Il a tué maman ? Maman est morte aussi ? Où est ma maman ?

Elle était assise bien droite au milieu des couvertures, comme une sculpture fine, toute en tension.

– Ta maman est en Californie, intervint Eva Broussard en évitant de lui répondre directement, les paupières bronze baissées comme si elle était plongée dans ses pensées.

– Elle est morte, hein ? fit Hannah en s'adressant à Eva sur un ton si direct que Bo en tressaillit. Elle est en Californie, mais elle est morte. Goody l'a trouvée et il l'a tuée !

– Goody n'a pas tué ta maman, dit Eva lentement, clairement.

Puis, parce que tout ce qui pourrait suivre allait s'articuler autour de la confiance qu'Hannah aurait en elle, Eva Broussard ne mentit pas.

– Mais c'est vrai, ta maman est morte elle aussi.

Bo, assise sur le lit à quelques centimètres d'Hannah, sentit l'esprit de l'enfant se fermer. Se tourner vers l'intérieur, vers un paysage plat, tranquille, où rien ne bougeait, où il n'y avait pas un bruit, où rien ne faisait mal. Comme une marionnette dont on lâche soudain les ficelles, la petite fille s'enroula sur elle-même et bascula de côté sur le lit. Une tache sombre apparut sous ses hanches lorsqu'elle perdit le contrôle de sa vessie. Bo vit les yeux noisette s'éteindre, comme si la personne qui habitait ce corps l'avait déserté, avait disparu.

– *Mon Dieu**, s'exclama Andrew LaMarche qui se tenait sur le seuil. Elle est en état de choc !

– Quelque chose comme ça, dit l'Indienne en prenant l'enfant dans ses bras et en se dirigeant d'un pas décidé vers la salle de bains. Bo, je vais avoir besoin de votre aide.

Plaçant adroitement Hannah dans l'ancienne et profonde baignoire, Eva fit couler l'eau et ajusta la température, assez tiède pour rafraîchir la peau de l'enfant et stimuler doucement son rythme cardiaque.

– Maintenez-là assise pendant que je lui enlève la chemise de nuit, ordonna Eva.

Bo sentit les muscles vibrer sur les petits os. Hannah était toujours avec elles.

– Bo et moi allons te masser avec ces gants, expliqua Eva Broussard. Cela va t'aider à chasser une partie de la douleur, Hannah. L'eau est là pour l'enlever.

Bo regarda Eva pétrir la chair blême d'Hannah avec le tissu-éponge rugueux et l'imita. Petit à petit, la peau de l'enfant devint rose, mais les yeux noisette restaient vides.

– Je suis ta grand-mère, maintenant, Hannah, continuait Eva avec une nuance d'autorité dans la voix. Et ceci est notre voie. Samantha et ta mère sont parties, et ta douleur est terrible. Il faut que tu laisses sortir une partie de cette douleur, sinon tu seras très malade. L'eau est là pour emporter ta douleur... maintenant.

Bo regarda Hannah tourner la tête pour faire

face à l'Indienne. Lentement, les petites mains se crispèrent, s'ouvrirent, et se replièrent en deux poings serrés. Le visage de l'enfant se déforma tandis que les larmes jaillissaient et qu'un sifflement rauque s'échappait de ses dents découvertes.

– Tenez-la, dit Eva à Bo. Ne la laissez pas se faire mal.

Hannah commença à battre l'eau de ses poings, puis elle donna des coups de pieds. Au bout de quelques secondes, elle se débattait violemment, envoyant des litres d'eau qui giclaient comme du feu liquide hors de la baignoire.

– C'est bien, c'est très bien, l'encouragea Eva jusqu'à ce que, prise d'épuisement, elle se détendît et sanglotât doucement.

Alors seulement Bo remarqua tous les gens qui se tenaient silencieusement dans le couloir.

– Nous avons eu peur que les incantations la dérangent, expliqua à Eva Broussard une jeune femme en sweat-shirt SUNY Albany, alors on n'a pas encore fait les incantations du matin. Ça va aller ?

– Ça va beaucoup mieux, répondit Eva en prenant une pile de vêtements propres des bras de la vieille femme que Bo avait vue la veille sur la véranda. N'est-ce pas, Hannah ?

Cela se voyait à la position des épaules de l'enfant. Bo s'en rendit compte avant que les ramifications qui en découlaient ne soient évidentes. Hannah laissa Bo l'aider à enfiler une culotte blanche propre et son sweat-shirt Minnie, puis elle tendit le doigt vers les perles toujours épinglées à la chemise de nuit posée par terre. Bo récupéra les amulettes et les accrocha au sweat-shirt sous le regard de l'enfant qui ne disait rien.

– Hannah ? répéta Eva.

Les larges lèvres de la fillette se figèrent un instant sur ses dents, puis elles se détendirent. Dans ses yeux une peur intense luttait avec le besoin de rester reliée au monde. Eva et Bo échangèrent un regard de résignation et de malaise. En la pressant de parler maintenant, elles provoqueraient un désastre.

– Ce n'est pas un problème si tu ne veux pas parler, dit Bo qui souriait pour cacher sa déception. Nous savons que tu as très peur. Tant que tu auras aussi peur, tu ne seras pas obligée de parler.

La seule personne qui pouvait les mener jusqu'à l'assassin de Samantha venait d'être arrachée à l'état de choc dû au chagrin pour tomber dans le mutisme. Hannah Franer avait choisi de ne plus parler, une décision qui n'émanait pas d'une pensée rationnelle mais d'une terreur paralysante qui opérait sur les circuits les plus profonds de son esprit. Quelqu'un qui s'appelait Goody avait dit à Samantha que sa maman mourrait si elle révélait ce qu'il lui avait fait. Mais Samantha en avait parlé à sa grande sœur, Hannah. Bo pouvait presque voir les deux enfants pelotonnées dans leurs draps Raggedy Ann, l'une avec une hémorragie interne, malade, terrorisée. Sammi avait dit à sa grande sœur ce que l'homme lui avait fait et après Sammi était morte. Ensuite Bonnie Franer s'était écroulée sous le poids intolérable de la douleur qui la torturait et elle s'était ôté la vie. Et cela laissait à Hannah la preuve irréfutable que parler, c'était mourir.

– Nous allons aller en bas un petit moment, lui dit Eva après l'avoir installée dans un lit propre et avoir demandé à l'un des membres du groupe de lui lire des poèmes de Robert Louis Stevenson.

Hannah ne sembla pas entendre.

– Les rimes et la scansion régulière apportent un réconfort aux enfants, expliqua l'Indienne en précédant Bo et LaMarche vers une alcôve près de l'une des cheminées. Le cerveau d'un enfant n'est pas comme celui d'un adulte. Il semblerait que nous oubliions tout le temps cela.

Bo remarqua que les mains de la femme tremblaient quand Napoléon Pigeon vint poser un service à thé en grès verni sur une table basse avant de s'éloigner dans des bruits de pas étouffés.

LaMarche le remarqua également et versa le thé avec une nonchalance délibérée. Cette ruse donna à Eva le temps de reprendre contenance et fournit à Bo l'occasion de songer au sens qu'avait le terme « gentleman » quand il en avait encore. Sa grand-mère, pensa-t-elle tout en admirant le fauteuil en osier qu'Eva occupait, aurait suivi Andrew LaMarche à l'autel quelques instants après sa demande en mariage. N'importe quel autel. Mais l'attirance qu'éprouvait Bridget O'Reilly pour « les jeunes gens » était légendaire. Bo surveillait chez elle-même une propension similaire comme si c'était un isotope radioactif. Dangereux si on ne le maintenait pas en lieu sûr.

– Le mutisme délibéré chez les enfants est assez rare de nos jours, dit-il sur le ton de la conversation. Compréhensible dans le cas de Hannah, mais il faudra qu'elle soit examinée dès que possible par un psychiatre pour enfants. Bo, je ne crois pas que vous ayez d'autre choix...

– Je suis psychiatre, interrompit Eva Broussard. Je ne suis pas spécialisée dans les enfants, mais je suis le dernier adulte disponible que cette enfant connaît et en qui elle a confiance. Elle doit rester avec moi. Les jours et les semaines qui viennent vont être critiques. Je suis sûre que vous en avez bien conscience.

LaMarche lissa sa moustache du bout du pouce et fixa le liquide dans sa tasse de thé.

– Docteur Broussard, pourriez-vous nous expliquer exactement ce que ces gens, y compris Paul Massieu, font ici ? Et pourriez-vous expliciter les raisons que vous avez de choisir de croire que Massieu est innocent des blessures et de la mort de Samantha ?

– Andy ! s'exclama Bo en posant bruyamment sa tasse dans sa soucoupe, créant des remous d'air parfumé à la girofle dans l'alcôve. Vous le croyez innocent depuis le début. Le suicide de la mère vous a-t-il fait changer d'avis ? Et avez-vous oublié qu'il s'agit de *mon* enquête ?

Eva Broussard se leva et souffla sur la vapeur qui montait de son thé.

– Le docteur LaMarche pose les questions évidentes. Voici les réponses. En deux années d'association professionnelle étroite avec Paul Massieu, je n'ai rien vu qui puisse suggérer qu'il soit capable de violences sexuelles d'aucune sorte, particulièrement sur un enfant. Il avait avec Bonnie Franer une relation saine, malgré des différences de milieu et d'éducation. Paul n'est pas un homme ordinaire, surtout d'après les critères américains. Il est plutôt européen. Il ne ressent pas le besoin de se conformer à un modèle qui ne lui correspond pas. C'est un universitaire qui enseigne l'anthropologie et les cultures à McGill, consacre ses loisirs à faire du camping et à satisfaire de nombreuses curiosités toutes centrées sur la préservation d'objets ayant un intérêt culturel...

– Quels objets ? demanda Bo avec l'intuition que les magazines de pornographie enfantine pouvaient très bien faire partie de cette catégorie.

Eva Broussard s'adossa contre le mur en pierre, un pied chaussé d'un mocassin appuyé derrière elle.

– Des bateaux de trappeurs des Adirondacks, d'anciens livres de cuisine huguenots en français, et des histoires de fantômes du dix-huitième siècle d'origine catholique qui parlent des nombreux monastères et couvents de Montréal. Paul collectionne les étiquettes de vin, appartient à une organisation internationale dont le but est de conserver les noms de rues et de routes les plus anciens, et a même perdu un doigt en essayant de sauver de la destruction une roue de moulin dans le Vermont. En plus de cela...

– Nous comprenons, reconnut Andrew LaMarche profondément enfoncé en face d'elle dans un fauteuil trop rembourré tendu de tissu écossais. Et aucun des intérêts de Paul, pour autant que vous le sachiez, n'a inclu les habituels passe-temps des pédophiles ?

– Non. Paul n'a aucun passe-temps qui puisse être utilisé pour attirer les enfants. Pas de jeux vidéo, pas de sport ni d'ustensiles pour faire des glaces, pas de jouets ni d'animaux domestiques. En dehors de Samantha et de Hannah, je peux affirmer que Paul n'a qu'une conscience minimum de l'existence des enfants.

Bo ne put se contenir plus longtemps.

– Qu'est-ce qu'il avait l'intention de faire d'une *roue de moulin* ? demanda-t-elle.

– Je ne sais pas, répondit Eva. C'était il y a des années. Avant qu'il ne s'adresse à moi pour que je l'aide face à l'expérience qui a donné naissance à cette communauté.

– La police de San Diego dit que Paul fait partie d'une secte, dit Bo en saisissant sa chance. Cette communauté est-elle une secte ?

Elle ne parvenait pas à se défaire de l'idée que tout cet interrogatoire était inutile. Qu'ils auraient aussi bien pu obtenir des airs de musique en soufflant dans des pailles pendant que quelque chose de terrible prenait des proportions plus dramatiques, sans le moindre contrôle.

– Paul et plusieurs des autres membres qui sont ici disent avoir vu des êtres argentés, des humanoïdes, dans ces montagnes, la nuit. Paul et trois autres se souviennent avoir subi un examen médical mené par eux. Ceux qui ont fait cette expérience l'attribuent généralement à un contact avec des formes de vie extra-terrestre. C'est une expérience qui a été intense et qui les a transformés. Ces personnes, et ceux qui croient en cette expérience, se regroupent ici. C'est tout. Nous sommes loin d'une secte, dans le sens où l'on emploie couramment ce terme.

– Et Paul n'a pas d'hallucinations ? articula Bo sans y croire, d'une voix rauque

– J'aurais également posé cette question, dit Andrew LaMarche en écho.

– Paul aussi, continua Eva en s'asseyant pour verser du thé. Quand il est venu me voir, il avait peur d'être en train de devenir fou. Vous allez devoir vous fier à mon diagnostic ; il ne présente aucun signe du moindre trouble mental. Je ne peux pas expliquer ce qui lui est arrivé. Mais mon but en créant cette communauté est d'étudier cette expérience.

Un bruit de pas les avertit de la présence de Hannah, petit elfe tout en jambes vêtu d'un sweat-shirt et d'une culotte. Les yeux rivés sur LaMarche, l'enfant posa ensuite un regard interrogateur sur Bo puis se jeta dans les bras d'Eva. La peau assombrie autour de ses yeux lui donnait l'air d'être maquillée, comme une danseuse orientale classique. L'effet était troublant.

– Je suis là, Hannah, la rassura Eva. Et je suis heureuse de te voir. Pourquoi ne mets-tu pas ton jean et tes chaussures, maintenant, et après nous irons voir ce qu'il y a à boire dans le réfrigérateur.

Quand Hannah s'éloigna à petits pas précipités, Eva se tourna vers Bo.

– Je vais venir en Californie, dit-elle. Je veillerai à ce qu'Hannah soit dans la juridiction de vos services. Cela vaudra mieux pour elle de voir que Paul est vivant, de toute façon. Mais elle doit rester avec moi.

– Qu'allez-vous faire ? demanda Andrew LaMarche lorsque Eva eut suffisamment cajolé Hannah pour qu'elle accepte de boire du jus d'orange et d'aller faire une promenade près du lac.

– Il y a plusieurs possibilités, soupira Bo. La Californie n'est peut-être pas la meilleure. Eva pourrait emmener Hannah au Canada quelque temps. Il faudrait des semaines, voire des mois, avant que la paperasse nécessaire soit réunie pour les extrader et les ramener en Californie. Hannah doit rester avec Eva si on veut qu'elle s'en sorte indemne. Elle est comme sa mère...

– Je le sais bien, fit LaMarche en hochant la

tête et en boutonnant ses poignets de chemise tout juste sortie du sèche-linge électrique de la propriété. C'est une enfant nerveuse, délicate...

Bo secoua ses cheveux, qui n'étaient qu'un enchevêtrement humide inextricable.

– Elle n'est pas délicate, bon sang, Andy, c'est plus grave que ça. Tout de même, elle est drôlement solide pour avoir déjà traversé tout ça. Quand les gens cesseront-ils de broder ces jolis petits mots pour désigner des situations qui mettent la vie en danger ?

Le regard étonné de LaMarche alerta Bo sur l'intensité de ses paroles.

– On dirait que je suis sur une estrade, hein ? J'en fais trop. Ce n'est qu'une enfant qui a subi plusieurs deuils. Mais Andy, fit-elle en tapant sur la table où le thé refroidissait, c'est beaucoup plus que ça. La mère s'est suicidée. Ça n'arrive pas aux gens normaux, quelle que soit la tension. Il faut un certain... déséquilibre. Hannah a ce problème, elle aussi. Ça se voit. Ma sœur...

Bo s'interrompit et joua avec l'ourlet du caftan qu'elle portait.

– J'avais oublié, dit doucement LaMarche. Elle n'a pas... ?

Bo leva les yeux.

– Ce n'est pas un mot facile, n'est-ce pas ? Pour ce qui est de la psychose maniaco-dépressive, j'ai eu de la chance. J'avais des phases maniaques, essentiellement. Laurie avait les phases dépressives. Et effectivement, elle s'est suicidée à l'âge de vingt ans.

Les yeux gris exprimèrent la douleur.

– Je suis désolé, Bo. Rien d'étonnant à ce que vous soyez bouleversée.

Bo se leva et alla à la fenêtre qui donnait sur une petite rivière. Son eau vive remplissait le silence.

– Faites-moi confiance, Andy. Il va falloir que je fasse quelque chose d'un peu illégal.

– Illégal ? Que voulez-vous dire ?

– Eva veut ramener Hannah en Californie, pour qu'elle soit près de Paul. Elle a raison quand elle dit que cela l'aidera à retrouver un sentiment de sécurité. Cette enfant a perdu sa sœur et sa mère en l'espace de vingt-quatre heures. Paul Massieu a été un père pour elle. Il est tout ce qui lui reste.

– Mais Paul est en prison.

– Il va y avoir une libération sous caution. Eva va sûrement la payer. Paul sera libre jusqu'à son jugement, si le vrai coupable n'est pas arrêté avant.

– Alors quel est le problème ?

Bo remonta les manches du caftan puis elle les redescendit. Ses mains étaient encore froides.

– Le problème, c'est le système. Mon système. Celui qui m'a envoyée ici pour ramener Hannah.

LaMarche se recula dans son fauteuil et croisa les bras. Le langage du corps pour exprimer la méfiance. Bo s'y attendait.

– Je peux me porter garante d'Eva Broussard en tant que parent adoptif provisoire, d'autant plus qu'elle a déjà établi un lien de parenté avec Hannah en la faisant adopter par les Iroquois. Ce lien de parenté a une valeur réelle. C'est légal. Du moins, je le crois bien. Le problème, c'est que même si je peux me porter garante d'Eva et même si, techniquement, elle est maintenant la grand-mère de Hannah, les Services de Protection de l'Enfance ne laisseront jamais Hannah rester avec elle.

LaMarche secoua la tête.

– Pourquoi pas ?

– Parce que ce n'est pas comme ça que le système fonctionne. Et surtout, ce n'est pas comme ça que mon chef fonctionne. Madge applique le règlement à la lettre. Les parents provisoires, on n'y a recours que dans des situations d'urgence quand un proche parent ou un ami de la famille se présente pour éviter qu'un enfant aille chez des inconnus. Et si moi je considère qu'Eva correspond a ce profil, Madge ne le verra pas de cet œil-là. Si je ramène Hannah en disant que c'est la petite-fille d'Eva, il faudra qu'elle aille passer des semaines, peut-être des mois, chez des parents adoptifs indiens, pendant qu'Eva établira qu'elle a une résidence fixe et passera tous les obstacles avant d'obtenir un certificat d'adoption. L'état mental de Hannah est trop fragile pour ça, ou pour n'importe quelle famille d'adoption. Ça la détruirait.

– Vous êtes peut-être en pleine projection, Bo. Les enfants ont des ressources. Ils rebondissent plus facilement que...

Bo empoigna un exemplaire du magazine *Adirondack* et le lança contre le fauteuil en osier.

– Pourquoi aurais-je juré que je pouvais compter sur vous pour rester sourd comme un pot à ce que je dis ? Hannah n'est pas une simple gamine, c'est une gamine spéciale qui vient de perdre son *univers*, pour citer un pédiatre que j'ai connu dans le temps. Elle doit rester aux soins de l'unique personne avec laquelle elle se sente en sécurité. Si on l'arrache pour l'envoyer chez des inconnus, on pourrait la perdre.

– Vous ne suggérez pas, dit-il d'un ton distant et professionnel, que Hannah pourrait essayer de... s'auto-agresser, n'est-ce pas ?

– Les enfants de huit ans, même perturbés, essayent rarement de se suicider, dit Bo, les dents serrées. Mais en revanche, ils apprennent à vivre dans l'irréel, ils ne peuvent pas faire face. Si on sépare Hannah de la dernière personne qu'elle a sur terre, et si on la force à vivre avec des inconnus tout de suite, elle peut très bien disparaître dans un monde qu'elle aura entièrement fabriqué. Un monde obscur qui n'existera que dans sa tête. On ne peut pas permettre que cela se produise.

– Cette petite fille n'est pas vous, Bo. Plus exactement, elle n'est pas votre sœur. Vous perdez votre objectivité, dit LaMarche avec une compassion impersonnelle. Peut-être devriez-vous reconsidérer votre décision d'arrêter le lithium. Vous vous impliquez trop.

Bo sentit le rouge lui monter aux joues, ses cheveux se dresser imperceptiblement sur son crâne où le sang battait.

– Voici ce que nous allons faire, dit-elle sur un ton délibérément monocorde. Je repars seule aujourd'hui. Je vais dire qu'Eva s'est enfuie au Canada avec Hannah. Elles prendront secrètement l'avion plus tard et elles loueront un logement en Californie. Nous allons obtenir la mise en liberté de Paul Massieu et Hannah pourra passer quelque temps avec lui. Je suis convaincue que ce plan est celui qui sert le mieux les intérêts de Hannah. Je vous demande seulement votre silence. Vous acceptez de faire ça ?

Les sourcils épais du pédiatre ne formaient plus qu'une ligne ébouriffée au-dessus de ses yeux.

– Vous me demandez de mettre en jeu toute ma carrière en omettant de transmettre des renseignements à la police et aux Services de Protection de l'Enfance, tout cela en me fiant à la parole d'une...

Il se mordit la lèvre et regarda par terre.

– D'une folle ? C'est ce que vous alliez dire, n'est-ce pas ? En oubliant, bien sûr, que vous avez *déjà* omis de transmettre des renseignements à la police...

Bo se tenait droite et se sentait d'un calme étonnant en dépit de la rage qui l'étreignait. Pourquoi ne s'était-elle pas attendue à ça de sa part ? Elle s'y serait assurément attendue de la part de n'importe qui d'autre. Des larmes lui embuèrent les yeux mais elle les chassa d'un clignement de paupières.

– Oui, je vous demande d'enfreindre le règlement en vous fiant aux paroles d'une folle. Les paroles d'une femme qui est passée par les hôpitaux psychiatriques, où on l'a même privée de sa liberté de mouvement. Une femme qui doit suivre des traitements pour troubles mentaux par périodes, et qui ne prend rien pour l'instant. Comprenons-nous bien clairement ce que je demande ?

Andrew LaMarche ne soutint pas son regard direct, mais il se leva et alla jusqu'à la porte.

– Je me tairai si vous acceptez que j'examine Hannah au moins une fois par semaine. C'est la seule façon pour moi d'envisager cela. Mais Bo, dit-il en se tournant pour lancer un coup d'œil en direction de l'escalier d'où parvenait un chant grégorien, personne ne va vous croire.

– Oh, si, on va me croire, murmura Bo en direction de la porte qui se refermait derrière lui.

Sur une table basse, près du fauteuil écossais, il y avait un téléphone. Après avoir composé le 619 et le numéro des renseignements, Bo prit une profonde respiration.

– Pourrais-je avoir un nouvel abonné à San Diego, il s'agit d'une psychologue qui s'appelle Cynthia Ganage ? demanda-t-elle.

Puis elle nota le numéro sur une pochette d'allumettes arborant une publicité pour des raquettes de neige.

Chapitre 13

Dans son petit bureau d'où il voyait des bambous qui masquaient les poubelles du club des garçons, John D. Litten apposait soigneusement une signature sur chacun des documents de la pile qui se trouvait devant lui. L'imprimé du contrôle-qualité envoyé par retour à un fournisseur de filets de volley-ball. Une demande de travaux auprès des services de maintenance pour le contrat de juin, identique à la demande envoyée en mai. Un texte pour les petites annonces qui avertirait les chercheurs d'emploi que le Club des Jeunes de Bayview avait besoin d'un chauffeur de car pour les week-ends, et d'un cuisinier pour assurer la restauration en semaine entre seize et dix-huit heures. Le nom dont il se servait pour signer était « James Brenner », un demi qui était mort à quinze ans d'une malformation de valvule cardiaque non diagnostiquée au cours d'un match de football américain entre écoles secondaires à Dalton, en Géorgie, il y avait quatorze ans de cela. La signature de John Litten, griffonnée avec talent de manière à ressembler à celle d'un médecin, ne livrait aucun indice sur Jonny Dale Litten d'Estherville, en Caroline du Sud. Jonny Dale avait vécu avec sa Mamie dans une caravane de « Crade Zone », juste au-dessus de la décharge municipale. John D. vivait au centre ville dans un ancien grenier aménagé en appartement donnant sur la baie de San Diego. Un appartement dans un immeuble transformé et rénové avec poutres apparentes et portes en chrome brossé pour attirer architectes, photographes et stylistes. La moitié des appartements de cet immeuble étaient des bureaux, vides la nuit. Personne alentour pour entendre quoi que ce soit. Et John D. Litten était très, très prudent.

Au moindre signe d'ennuis, il déménageait, suivait le vent et allait dans une autre grande ville où il pouvait être invisible et faire exactement ce qu'il voulait. Et il était temps de repartir. Le souvenir de la veille se mit à battre dans sa queue. L'enfant délicieuse, fraîche comme un bouton de rose quand elle riait et se trémoussait sur ses genoux. Il avait perdu le contrôle de lui-même, mais c'était si bon ! Dommage que la gamine soit morte. Il n'avait pas voulu aller si loin, mais c'était trop bon pour arrêter. Et la cassette vidéo, qui montrait un clown masqué nommé Goody se livrant à des jeux érotiques avec un angelot nu, vaudrait une belle poignée de dollars par la suite. Des gros dollars.

Sous le bureau en Formica, John Litten sentit son pénis durcir dans le pantalon en worsted gris qu'il portait toujours avec son blazer bleu marine. Un blazer bleu marine identique à l'un de ceux que portait le directeur de United Way. Et le président du conseil consultatif du club. Et le prêtre méthodiste d'une opulente église de banlieue qui venait deux mercredis par mois pour prodiguer son enseignement de la Bible. John Litten savait exactement comment faire pour se fondre dans une communauté, pour ressembler à ce que les gens voulaient voir. Hormis le fait que son blazer à lui portait la griffe de Pierre Cardin et que sa cravate grise à fins pois couleur marine était en pure soie et venait de chez Saks. Sous la surface, il n'était identique en rien ; il était mieux. Il avait plus de classe. Et plus d'intelligence.

Les oreilles en feuilles de chou, caractéristiques des Litten, avaient été arrangées par la chirurgie, et redessinées de façon à être esthétiquement plaquées contre son crâne. Les cheveux, fins comme ceux d'un enfant, teints en gris souris, bénéficiaient d'une coupe au rasoir et avaient du volume grâce à un produit capillaire importé. Ses dents pourries et déchaussées avaient été recouvertes de couronnes par la Marine des États-Unis qui lui avait également appris à commander et à distribuer des fournitures. John Litten pouvait trouver du travail presque n'importe où.

Il traversa le bureau pour fermer la porte à clef, défit sa braguette et se masturba rapidement, éjaculant dans un prospectus qui présentait des tapis de sol. Le prospectus montrait une jeune fille en justaucorps qui faisait la roue. Il jouit presque dès l'instant où il se saisit de son pénis, en pensant à la veille. Puis il referma sa braguette, dissimula le prospectus au fond de la corbeille à papier et alla rouvrir la porte. Cette petite était la meilleure qu'il ait jamais eue, mieux que tout, dans toute sa vie. Il était superman, il était roi. Il se demanda si c'était en partie parce qu'il s'était enfoncé violemment au plus profond d'elle, avait vaincu une barrière et atteint la mort. Il n'avait encore jamais tué par erreur. John Litten ne commettait pas d'erreurs. Il se demanda si tuer avec sa queue était une sorte de clef donnant accès à un autre monde. Mais ce n'était peut-être que tuer, point final.

Dans tous les journaux, on lisait partout qu'une psychologue accusait des adorateurs du diable d'être les auteurs de ce qui était arrivé à l'enfant. Un adorateur du diable qui vivait avec la mère de la gamine et une sœur. John Litten réfléchissait à cela, tout en observant les reflets brillants de ses chaussures noires cousues à la main. Cette psychologue était loin d'être bête. Les gens étaient friands de ce genre de conneries. Les gens pouvaient accepter n'importe quoi sauf la vérité. Il le savait depuis l'âge de quatre ans quand sa Mamie avait vu ce qu'il avait fait à son vieux chat borgne appelé Scoot. Elle avait simplement creusé un trou au milieu des tournesols près de la clôture et avait enterré Scoot, la corde toujours autour de son cou décharné. Et elle avait dit :

– Je sais que c'est un accident, Jonny. Je sais que tu ne voulais pas faire de mal à Scoot. Tu jouais juste là-haut, dans cet arbre, là.

Tout le monde, à Estherville, disait que Jonny Dale était un menteur, exactement comme sa bonne à rien de putain de mère. Ils disaient qu'elle avait lâché son bâtard comme une petite merde braillante et qu'elle s'était tirée. Johnny savait que ce bâtard, c'était lui. Et au bout d'un moment, il avait compris que bâtard voulait dire intelligent.

Deux ans plus tard, on avait retrouvé Dewey

Ray Clyde, l'ancien combattant de la guerre de Corée revenu avec une commotion cérébrale, calciné dans la cabine de camion rouillée abandonnée dans la décharge où il aimait boire jusqu'à tomber ivre mort. On avait dit qu'il s'était lui-même propulsé au ciel en laissant tomber une cigarette allumée dans sa bonbonne d'alcool. Sa Mamie l'avait cru aussi, quand bien même Jonny n'avait fait aucun effort pour dissimuler le bidon d'essence. Depuis cette époque-là, Jonny savait exactement à quel point les gens pouvaient être stupides. À quel point les gens ne voyaient que ce qu'ils voulaient voir. C'était facile à savoir. En général, ils le disaient d'eux-mêmes.

« Jonny, je tiens à ce que tu rentres à l'heure de l'école et à ce que tu fasses tes devoirs. »

C'était madame Myer, qui avait un timbre en caoutchouc en forme de tête de clown et des tampons encreurs de différentes couleurs. Jonny Dale aimait bien la tête de clown qu'elle imprimait sur son cahier d'orthographe à l'école primaire quand il avait bien écrit tous les mots.

« Goody », disait madame Myer en déambulant entre les rangs avec son tampon encreur. « Tu as droit à Goody. »

En général, Jonny n'arrivait pas à bien écrire tous les mots, seulement presque tous.

Par la suite, il avait entendu :

« Litten ! Les résultats de vos tests vous donnent accès à la formation pour les services d'approvisionnement de la Marine. Présentez-vous au centre de formation lundi à huit heures. Si vous êtes dans les premiers dix pour cent, vous monterez en grade. »

Il suffisait de faire ce qu'ils disaient, et après,

quand ils avaient le dos tourné, on pouvait faire ce qu'on voulait.

Mais la psychologue lui avait donné une idée. Il n'allait peut-être pas partir tout de suite. San Diego était une assez grande ville pour s'y cacher un moment avant d'aller s'installer ailleurs. Ce serait amusant de rester dans le coin et de mettre cette ville stupide sur les dents avant de partir pour Seattle, Tucson ou autre. Ce serait amusant de montrer aux gens, pour une fois, l'étendue réelle de leur bêtise.

John Litten rajusta sa cravate sur le coton blanc de sa chemise et se dirigea vers le salon des employés du club. La jeune femme qu'il faisait semblant de poursuivre de ses assiduités depuis des mois déjeunait toujours à une heure. Aujourd'hui encore, il allait flirter avec elle, ajoutant une touche à l'image qu'il cultivait, celle du jeune comptable récemment divorcé et en manque, qui ne cherchait qu'à tirer son coup, comme tous les autres. Les femmes qui travaillaient dans les bureaux du club, qui s'étendaient sur trois pâtés de maisons, le trouvaient inoffensif, plutôt mignon avec ses yeux bleus pâles et son accent traînant du Sud. C'était ce qu'il voulait qu'elles pensent, au cas où on les interrogerait. Il voulait qu'elles pensent que John Litten, connu ici sous le nom de James Brenner, n'était qu'un jeune homme du Sud, petit et maigre, qui ne ferait pas de mal à une mouche.

– Hé, Brenner ! Comment ça va ?

C'était Ben Skiff, un collègue qui avait invité John Litten à dîner chez lui plusieurs fois. Lisa, la femme de Ben, essayait tout le temps de caser John avec l'une ou l'autre de ses amies divorcées.

– Comme ci, comme ça, fit John avec un sourire sympathique en accordant son pas sur celui de Skiff. Je vais voir une ancienne connaissance à Phoenix ce week-end. Qui sait ? La flamme va peut-être se raviver.

Le plan se mettait facilement en place. Et il allait bien s'amuser.

Chapitre 14

Bo regagna Albany en traversant les ombres des Adirondacks, assaillie par le doute et par une douleur métallique derrière le nez. Elle finit par quitter la route étroite pour s'arrêter sur une aire de pique-nique près de la Saranac. Large et peu profonde, la rivière avait des murmures de flûte tout en courant sur son lit de cailloux arrondis. Sur des kilomètres, des fougères encadraient l'eau d'une double bande de verdure. Dans l'esprit de Bo, les fougères étaient liées aux enterrements. Il y en avait autour du cercueil de Laurie dans le salon mortuaire Sullivan, douze ans plus tôt. Et du cercueil de Grand-mère Bridget, puis de ceux de ses parents, quand un poêle mural défectueux leur avait coûté la vie au Mexique. Bo regardait ce paysage de carte postale qui s'estompait et elle se rendit compte qu'elle pleurait. Ça couvait depuis des heures et ça n'avait rien à voir avec les fougères.

– J'ai passé l'âge, pour ça ! hurla-t-elle au-dessus du lit de la rivière. Les femmes mûres ne pleurnichent pas dans la nature.

Dans l'eau vive, Bo entendit l'accent bavarois de Lois Bittner qui ricanait.

« Qui a dit que la vie était facile ? Mais protégez-vous, Bo. Faites attention. » Bo inspira ce qui, elle en était sûre, était de l'oxygène pur, étant donné le nombre de plantes alentour, et elle soupira.

– J'en ai marre que les gens me disent que je suis folle ; je ne suis pas folle, fit-elle en reniflant la tête baissée vers l'eau. Dès que les gens savent que je suis maniaco-dépressive, ils se sentent obligés de me considérer comme un virus mutant et de m'abreuver d'avis que je ne leur demande pas sur la façon de me soigner, ça ne traîne pas. Quoi que je fasse, c'est suspect. Ras le bol !

La rivière continuait de murmurer et de gazouiller dans un langage qui lui semblait presque compréhensible. Bo lança au moins vingt petits cailloux sur un rocher au milieu de l'eau. Les douze derniers firent mouche.

As-tu fini de te laisser aller et de t'apitoyer sur toi-même, Bradley ? C'est écœurant. Bon. Oublie le docteur Beaugosse, souviens-toi que ça fait deux décennies que tu te bats avec ça, rentre chez toi et trouve qui a vraiment tué Samantha Franer.

Elle sourit de son propre sermon tacite et se précipita dans la voiture de location. Andrew LaMarche avait déjà repris l'avion pour New York pour sa conférence. Pendant le reste du trajet jusqu'à Albany, elle s'amusa d'un fantasme le représentant en sous-vêtements dans le hall du Ritz Carlton, bataillant pour ôter un bagel au sésame qu'il avait autour du cou.

Le mariage ! Ne voyait-il pas à quel point cette idée était saugrenue ? Démodée ? Le mariage, c'était pour des gens comme Estrella et son mari Henry. Des gens jeunes. Des gens normaux qui achèteraient des meubles de jardin assortis, qui parleraient de placements de fonds communs, qui auraient des bébés peut-être. Le mariage, ce n'était pas pour des artistes à l'esprit indépendant affligés de dépression dont le travail exigeait de nombreuses heures supplémentaires. Tout de même, il était séduisant. Alors pourquoi ne pouvait-il se contenter d'une liaison sympa et revigorante comme n'importe quel autre homme de la planète ?

La réponse la tourmenta pendant tout le vol de retour qui la ramenait à San Diego. Andrew LaMarche n'était pas comme n'importe quel homme de la planète. Loin de là.

Madge Aldenhoven était un mur d'indignation bureaucratique lorsque, ayant traversé le continent, Bo entra dans le bureau à 15 h 15.

– Comment avez-vous pu laisser une telle chose se produire ? demanda Madge qui bouillonnait en désignant un journal sur le bureau de Bo. Il suffisait d'aller trouver la police locale, d'entrer, et de vous emparer de l'enfant. Et au lieu de cela, vous les laissez fuir.

Bo jeta un coup d'œil sur le titre de l'article : « Une secte enlève un enfant à New York. Le gourou évince l'agent officiel des services de l'enfance maltraitée. » Inutile de lire l'article. Elle savait exactement ce qu'il disait. Il disait que le docteur Cynthia Ganage, grâce à une source confidentielle, avait appris les nouveaux développements de l'effroyable affaire Franer. Il disait qu'une mystérieuse femme à la peau cuivrée, chef de la secte dont Paul Massieu, accusé de viol et de meurtre, était membre, s'était enfuie avec la sœur de la fillette assassinée vers une destination inconnue au Canada.

– Je suis épuisée, Madge, dit Bo en se laissant tomber dans son fauteuil de bureau. Il y a un décalage horaire de trois heures et je n'ai pas beaucoup dormi...

– Je vous ai mise en sursis, Bo, coupa Aldenhoven. Votre incompétence fait de nos services la risée de tous et alimente une hystérie publique déjà dangereuse. Si vous vous étiez donné la peine de lire les directives de nos services sur la marche à suivre en cas d'affaires sataniques...

Bo ressentit un manque de patience qui demandait à s'exprimer.

– Il n'y a *pas* d'affaires sataniques, commença-t-elle tandis que ses yeux verts s'élargissaient. J'ai vérifié auprès des services spécialisés du FBI ce qui se passe au niveau de la criminalité liée à des sectes. Il n'y a pas un seul cas avéré de tortures rituelles infligées à un enfant, ni de meurtre, nulle part aux États-Unis. C'est du battage médiatique, Madge, rien de plus. Il y a des gens qui violent, qui tuent des femmes et des enfants. Parfois ils se déguisent en diables, en curés ou en soldats de l'armée confédérée. Il y a des fétichistes du costume, ce qui a, de plus, l'avantage fort pratique d'empêcher leurs victimes de les identifier. Mais ça n'a rien à voir avec des pratiques sataniques ni rien d'autre en *ique*, et tous ceux qui avalent ces conneries s'intéressent plus aux gros titres étalés dans les magazines qu'à la protection des enfants. S'il y a quelqu'un qui fait de nos services la risée de tous, c'est vous et ceux qui ont payé ce requin magouilleur qu'est la dénommée Ganage pour qu'elle colporte ses petites brochures à San Diego.

Le visage d'Aldenhoven, dont la carnation était pâle dans des circonstances normales, avait pris un ton blanc verdâtre qui rappela à Bo la teinte des choux-navets. Une veine qui battait dans son cou donnait une note de couleur. Bo se demanda si son chef allait la frapper. Elle n'avait pas pris part à une vraie bagarre depuis qu'elle avait mis en sang le nez de Mary Margaret Fagin pendant la messe quand elle était en troisième année d'école primaire parce que Mary Margaret avait dit que les chiens ne pouvaient pas aller au paradis. Le conflit actuel, se dit Bo, prenait ses origines dans la boue de la même fosse conceptuelle. Le besoin d'imposer un ordre rationnel à une souffrance irrationnelle. Pour beaucoup, un Satan de livre d'images était rassurant quand un comportement humain indicible émergeait des profondeurs.

– Vous êtes renvoyée, siffla Aldenhoven entre ses longues dents fines.

– Vous ne pouvez pas me renvoyer sans suivre la procédure normale avec enquête et appel, contra Bo, fatiguée. J'appartiens au syndicat, vous vous souvenez ? Ça va prendre des mois et vous le savez bien. D'ici là, nous aurons peut-être trouvé celui qui a violé et tué Samantha Franer. Pour moi, c'est tout ce qui compte.

– Votre travail était de protéger la sœur de Samantha, fit Madge qui partit dans un tourbillon de parfum Youth Dew d'Estée Lauder et de polyester tout droit sorti du pressing.

– Exactement ! répliqua Bo à la porte du bureau qui claqua.

Que ferait Madge Aldenhoven, se demanda-t-elle, si jamais elle voyait vraiment l'une des petites vies effrayées que ses services étaient censés protéger ? C'était une question rhétorique. Madge ferait exactement ce que dictait le manuel de procédures, même si ça consistait à précipiter l'enfant du haut d'une falaise.

Avec un soupir, Bo jeta un coup d'œil à l'article tout en composant le numéro de téléphone d'une agence immobilière pour effectuer une location dans la banlieue de San Diego appelée Del Mar, le long de la côte. L'agent avait l'endroit idéal : un studio calme, donnant sur la mer. La saison d'été ne commençait pas avant fin juin. Il n'y aurait pas trop de monde. Et les touristes du début de saison qui étaient là (professeurs en retraite, écrivains, artistes) ne recherchaient pas la compagnie et ne prêteraient pas attention à une Iroquoise accompagnée d'une enfant blonde et muette. Mais il y avait quelque chose qui n'allait pas dans cet article de journal. Il en disait plus que Bo ne s'y était attendue.

« La police dément tout lien entre les enfants Franer, martyrisées, et la profanation de statues et d'une tombe en ce site historique de la ville qu'est la Mission San Diego de Alcala », rapportait l'un des journalistes. Apparemment, quelqu'un s'était introduit par effraction dans la sainte église de la mission, l'une des vingt et une qui constituent la fabuleuse chaîne de missions franciscaines de Californie, et avait peint à la bombe sur le sol, les murs et les inestimables statues anciennes, des organes génitaux grossiers et tracé les mots : « Satan règne ». Comme il s'agissait d'une laque à l'huile, les dégâts étaient estimés à plus d'un million de dollars. La tombe du Padre Luis Jayme, le premier martyr chrétien de Californie, qui avait été tué en 1775 quand les Indiens de la région avaient brûlé la mission, avait également été profanée. L'article se terminait par un démenti tiède émanant d'un représentant du Conseil intertribal du comté de San Diego disant que les activistes indiens de cette région n'avaient rien à voir avec ces profanations. Bo eut le sentiment qu'il le regrettait.

Cet article la tourmentait. Quelque chose de nouveau et d'effroyable semblait avoir pris forme avec la publication de ces informations. Quelque chose qui n'était pas ordinaire, même pour quelqu'un dont le travail n'était pas ordinaire. Et si la police se trompait, si l'assassin de Samantha avait réellement vandalisé la mission ? Fier symbole de l'histoire de la ville, sa profanation ne pouvait qu'alimenter l'hystérie orchestrée par Cynthia Ganage. Mais pourquoi l'assassin voudrait-il encore attirer l'attention ? Les pédophiles étaient invariablement discrets, préférant se livrer aux plaisirs de leurs activités en secret. Bo en avait rencontré beaucoup, et pas un d'entre eux n'aurait cherché à avoir de la publicité, même pour brouiller les pistes d'une enquête judiciaire. Si l'assassin de Samantha avait pris une bombe et peint des pénis sur des statues religieuses juste pour s'amuser, alors c'était un individu totalement différent des pédophiles qui figuraient dans les dossiers des SPE.

– Tu es fatiguée, se dit-elle ; tu deviens paranoïaque.

Mais ce soupçon qui la rongeait ne disparaissait pas.

Un coup de téléphone à Dar Reinert lui fut d'un certain secours.

– C'est sûrement des jeunes, grommela-t-il. La ville est pleine de gangs qui traînent dans les entrepôts et qui rêvent d'exploits heavy metal. Je parie que c'est eux, ils espèrent que ça va leur faire de la publicité. Ils adorent ces trucs avec Satan. Ça fout la trouille à leurs parents.

Ses affirmations bourrues étaient rassurantes.

– Mais si ce n'était pas des jeunes, Dar, histoire de tout envisager. Si c'était bien le même type que celui qui a tué Samantha ?

– Alors Ganage aurait raison, et on se retrouve avec un adorateur de Satan, répondit-il en bâillant. Sauf que le nôtre, il est déjà en prison, alors il peut pas avoir profané la mission hier soir, donc c'est des jeunes. Qu'est-ce qui vous arrive, Bradley ? C'est le décalage horaire ?

– Dar, ces histoires de violences sexuelles rituelles sataniques, c'est des bêtises et vous le savez parfaitement ! Le FBI a mené une énorme enquête et n'a absolument rien trouvé. Comment pouvez-vous...

– Ça fait combien de temps que vous travaillez aux SPE ? l'interrompit le policier. Deux, trois ans, hein ? Et quand vous ne pourrez plus supporter ce boulot, vous demanderez à être transférée aux services pour l'emploi, ou vous vous trouverez un poste à la Croix-Rouge, dans une église ou dans les services sociaux d'une entreprise. Vous êtes dans les services sociaux. Moi, je suis flic.

Bo se demanda quel sac de nœuds elle avait ouvert.

– Et alors ?

Un long silence suivit.

– Alors les flics ne peuvent pas aller faire le flic dans le monde réel. Les flics ne peuvent que patauger dans les flaques de sperme de la veille où chacun reste en vie en bouffant le reste de l'humanité. Vous saviez que pas plus tard qu'hier, j'ai chopé un gars qui gardait sa sœur, une attardée mentale, enchaînée dans un placard pendant qu'il encaissait sa pension d'invalidité ? Le problème, c'est que sa sœur, elle est morte depuis au moins quatre ans, mais il l'a laissée enchaînée dans le placard et il a continué à encaisser les chèques de pension. Il s'est acheté une dame en plastique avec une touffe en poils de chat véritables et la plus grande collection de matériel porno hard de tout le quartier. Quelqu'un nous a appelés quand il a commencé à inviter les garçons du voisinage pour leur montrer. Je crois que c'est la mère du gosse de cinq ans. Je suis tombé sur le corps par hasard, parce qu'un des mômes a dit qu'il avait entendu dire qu'il y avait une *vraie* dame en plastique dans le placard. Est-ce que j'ai besoin de vous dire qu'il y avait une bonne livre de sperme séché dans...

– Dar ! l'interrompit Bo qui sentait la colère monter en elle. Je parlais du rapport du FBI sur le satanisme.

– Les flics voient ce genre de trucs tout au long de leur vie, c'est comme d'essayer d'endiguer une rivière de merde qui n'arrête pas de couler. Y a plein de flics que ça dérange pas que le Mal puisse avoir un nom. Qu'il vienne de quelque part. Ça rend les choses plus faciles à comprendre. Y a plein de gens dans la vie qui sont comme les flics... Satan, c'est pas plus mal qu'autre chose, comme nom.

– Alors, y a-t-il des éléments nouveaux dans cette affaire ? demanda Bo qui essayait avec ferveur de changer de sujet.

En trois ans d'association professionnelle, elle n'avait jamais entendu Dar Reinert parler autant.

– Y a juste que vous avez déconné en ne ramenant pas la sœur, dit le policier d'une voix sinistre, et que cette saloperie d'AALC flirte avec Massieu, ce qui nous arrange autant que d'avoir la gratte.

– L'Association Américaine pour les Libertés du Citoyen ? Pourquoi ?

Bo passa la main gauche dans ses cheveux et songea à se faire une de ces coupes en brosse à la mode. Elle se sentait alourdie par cette chevelure agressive de bande dessinée.

– Ils prétendent qu'on le persécute en raison de ses croyances religieuses, parce qu'il est dans cette secte. Ils pleurnichent, même, pour qu'on le remette immédiatement en liberté, faute de preuves. Une poignée d'individus style new age manifestent pour lui devant la prison en ce moment même, face à une poignée un peu plus importante d'intégristes de droite, avec des panneaux exigeant la peine de mort pour ce disciple de Satan. J'ai déposé une demande de congés. Cette histoire, ça tourne au cirque.

Bo entendit son estomac gargouiller et essaya de ne pas se souvenir du minable sandwich à la volaille trop froid servi dans l'avion en guise de déjeuner. Il était accompagné d'un chocolat à la menthe miniature, complètement gelé.

– Quel est le nom de l'avocat ? demanda-t-elle.

– Gentzler. Solon Gentzler. Il a un cabinet à L.A. mais il passe la majeure partie de son temps à parcourir l'État, il intervient dans des procès pour le compte de l'AALC dans des affaires de défense de la liberté de culte. C'est lui qui s'est occupé de la Sorcière de l'Autoroute il y a deux ans, vous vous souvenez ?

Bo fit une grimace. La Sorcière de l'Autoroute n'était autre qu'une étudiante de troisième cycle faisant une thèse sur la condition féminine qui, à Noël, avait écrit « Marie a été exploitée » en lumières clignotantes sur une clôture bordant une propriété qu'elle louait avec trois autres étudiantes de troisième cycle. Cette clôture était visible à deux kilomètres de distance dans les deux directions sur l'I-805 et avait ulcéré les membres d'un groupe d'intégristes voisin, au point qu'ils avaient déposé une pétition auprès du conseil municipal afin que les lumières soient retirées, car elles violaient les normes de décence de la communauté. Gentzler avait engendré une publicité sans bornes au nom de la liberté d'expression en faisant connaître à la presse des systèmes de défense élaborés, qui, en fait, n'allaient jamais être utilisés, puisque l'étudiante devait réussir sa thèse et partir travailler en Amérique du Sud dans les mois qui avaient suivi, et la pétition avait été oubliée. Un avocat radical dans cette affaire pourrait s'avérer être une menace, Bo en avait bien conscience. Il pouvait noyer l'enjeu essentiel, qui était tout simplement la préservation de la raison d'Hannah Franer.

– Je vais avoir besoin de voir Gentzler, dit-elle au policier. À quel numéro peut-on le joindre ici ?

Perplexe, Reinert lui donna le numéro.

– Pourquoi avez-vous besoin de le voir ?

– Oh, juste pour avoir une idée de ce qu'il

pense de Massieu, répondit-elle vaguement. D'un point de vue administratif, il va falloir que je m'occupe de cette affaire jusqu'à ce qu'Hannah Franer soit retrouvée. Elle ne peut être ni transférée ni classée avant cela. Je dois joindre au dossier tout ce que je peux concernant le présumé coupable afin que, si Hannah est retrouvée et rendue...

– Ouais, ouais, l'interrompit Reinert. À part que grâce à vous, la pauvre gosse a été embarquée au Canada par une espèce de folle. Bien joué, Bradley.

– Merci, Dar. Ça fait plaisir de savoir que je peux compter sur votre soutien.

Gentzler n'allait pas manquer de faire échouer le plan élaboré avec Eva Broussard. Il allait opérer en suivant un programme où figuraient les droits d'un accusé, et non les droits de guérir, non reconnus par le code, d'une enfant vulnérable et blessée. Bo posa la tête sur son bureau et gémit. À ce rythme-là, elle risquait fort de se retrouver serveuse dans un relais routier en plein désert avant la fin du mois, et pour rien. Mais elle pouvait peut-être convaincre Solon Gentzler de faire machine arrière, de réduire l'intérêt que portaient les médias à Paul Massieu, d'attendre que la police en sache davantage et trouve le vrai meurtrier. Peut-être.

– Tu es revenue ! s'exclama Estrella qui passa la porte en coup de vent, chargée de dossiers, d'une mallette et d'un sac en papier blanc d'où montait l'odeur de l'interdit.

– Des frites, répondit Bo. Je paierai n'importe quel prix. Je laverai ta voiture avec du shampooing d'importation, j'apprendrai à Mildred à chanter « Cielito Lindo » sous ta fenêtre, je ferai un portrait de Henry songeur pour que tu le mettes sur le manteau de la cheminée...

– Ma voiture est propre. Je n'ai que mépris pour « Cielito Lindo », tout comme Mildred, et Henry n'est jamais songeur, fit Estrella.

Elle sourit puis continua :

– Tu oublies que les frites font grossir. Alors, qu'est-ce qui s'est passé à New York ? Madge a été tellement furieuse quand elle a appris que tu avais échoué, qu'elle a menacé publiquement de mettre une charge de plastique dans ton bureau. Elle a aussi parlé de fourmis rouges. Et il a été question d'une cabane en métal en plein soleil...

– Madge regarde trop de vieux films à la télé, dit Bo en hochant la tête. Et ce qu'elle a fait, en réalité, c'est me mettre en sursis et menacer de résilier mon contrat. Mais je vais te raconter tout ce qui s'est réellement passé en échange du contenu intégral de ce petit sac.

– Tope là !

Au fur et à mesure que se déroulait son récit, Bo observa que les expressions d'Estrella passaient par toutes les nuances allant du simple intérêt à une désapprobation quasi presbytérienne. Cette dernière lui parut si incongrue qu'elle ne put s'empêcher de rire.

– Tu vois ? répliqua Estrella en secouant un crayon en direction de l'espace qui séparait son bureau de celui de Bo. Ça te fait rire. Mais ce n'est pas drôle. Tu es complice d'un délit de fuite après injonction du tribunal. Tu es allée trop loin, cette fois, Bo, et si tu n'es pas complètement folle, tu vas aller chercher cette Broussard et Hannah à l'arrivée de leur avion ce soir et emmener Hannah directement au foyer d'accueil pour les enfants. C'est toi en personne qui a demandé la mise sous tutelle. Tu ne peux pas faire volte-face en décrétant qu'il ne faut pas qu'elle entre dans notre système. Elle y est déjà, dans le système, et toi, tu es déjà dans le pétrin ! C'est dangereux, Bo. Tu ne ferais pas ça si tu étais...

– Si j'étais quoi ? Encore sous lithium ?

Bo ressentit une amertume qui lui paraissait maintenant poussiéreuse, millénaire. Combien de fois en une seule journée lui faudrait-il défendre une décision qui, bien que peu orthodoxe, était évidemment la bonne ?

– Mettons les choses au point, commença-t-elle en se levant pour s'appuyer contre son bureau, les bras croisés sur son estomac qui protestait déjà contre la nourriture grasse qu'elle venait d'engloutir. Il ne fait pas l'ombre d'un doute que même la meilleure famille d'accueil serait néfaste pour Hannah dans l'état actuel des choses. Madge serait capable de se ronger le poing droit plutôt que d'enfreindre assez le règlement pour laisser Hannah aux soins d'Eva. Notre travail est, au vu et au su de tout le monde, de protéger les enfants. Et lithium ou pas, la seule manière de protéger cette enfant, c'est d'enfreindre le règlement. J'en ai ma claque de m'entendre dire que je devrais prendre des médicaments chaque fois que je fais preuve du plus simple bon sens. Ce n'est pas ma faute si cette organisation est une usine et tu n'es pas chargée de juger chacune des décisions que je prends comme étant des symptômes de folie. Soit tu es mon amie et tu me fais confiance, soit tu ne l'es pas, et tu me juges. Alors ?

– Eh ben dis donc ! souffla Estrella en haussant

les sourcils. Bon, bon, d'accord. Nous sommes amies. Je te fais confiance. Et d'après ce que tu dis, tu as raison en ce qui concerne Hannah. Mais Bo, si cela vient à se savoir, non seulement tu n'auras plus de travail, mais tu pourrais bien te retrouver en prison pour outrage à magistrat !

Bo sentit ses lèvres se retrousser pour former une moue espiègle.

– J'ai un as dans la manche. Pas de problème.

– Quel as ?

– Une demande en mariage. Un type assez aisé mais un peu étriqué pour mon goût. Mais bon, ça peut servir en cas de menace de prison.

Estrella avait l'air de quelqu'un qui venait d'avaler une balle de ping-pong.

– LaMarche ? Tu veux rire !

– Je te raconterai ça plus tard quand je viendrai chez toi reprendre Mildred. Pour le moment, il faut que j'appelle un avocat, que j'aille voir Massieu en prison et que je retrouve Eva et Hannah à l'arrivée de leur avion à 5 h 56.

Quand Bo eut conclu avec Solon Gentzler de discuter en prenant le petit déjeuner le samedi suivant, et qu'au bout de sept coups de téléphone il devint clair que Paul Massieu avait été transféré par erreur à la prison d'État et non à la prison municipale comme cela aurait dû être le cas, elle inspecta son bureau pour s'assurer qu'il ne s'y trouvait rien qui ne pût attendre jusqu'au lundi matin. Dans la pile de messages téléphoniques sur petits papiers roses il y en avait six qui démentaient l'existence du père de Jonas Lee Crowley, onze qui pouvaient attendre, et un qui ne mentionnait pas de numéro à contacter.

– Satan a appelé, disait ce dernier message. Il rappellera.

Sans doute une farce, se dit-elle. Sûrement une plaisanterie d'un employé du standard téléphonique. Très drôle. Elle chiffonna ce message et lança la petite boule rose qui alla ricocher contre le mur avant d'atterrir dans la corbeille à papier.

– Joli coup, fit remarquer Estrella.

– Je l'espère, répondit Bo.

Devant la fenêtre du bureau, un eucalyptus frissonnait dans l'après-midi qui entamait sa descente vers les ténèbres.

Chapitre 15

John D. Litten partit du club à 17 h 10, par une porte proche de la sortie qu'empruntaient les employés en quittant leurs bureaux le vendredi après-midi. La plupart s'en allaient tôt le vendredi. Litten veillait bien à ce que tout le monde voie qu'il respectait scrupuleusement les horaires exigés par son travail. Toujours.

Il aurait aimé traîner un peu, aller regarder un moment des gamins qui s'amusaient dans les salles de jeux. Mais il l'avait fait la semaine précédente sous prétexte de vérifier l'état d'un bac à sable qui avait peut-être besoin d'être remplacé. Un petit garçon vêtu d'un short en nylon avait à plusieurs reprises effleuré la cuisse de Litten en poussant un alligator en plastique dans le sable. Litten était parti en ôtant sa veste pour la porter nonchalamment à la main de façon à dissimuler le renflement sur le devant de son pantalon. Il avait tout juste réussi à atteindre les toilettes. C'était trop dangereux pour le moment de s'amuser à ça. Il était même probablement trop dangereux de rester en ville.

Sur le parking de l'hôpital, il fit un signe de la main à Ben Skiff et envisagea de mettre un terme à ses activités à San Diego. Il avait été facile de s'y installer, il ne serait donc pas dur d'en partir. Dans ces villes frontières, c'était vraiment ridiculement simple de trouver la femme idéale, celle qui avait désespérément besoin d'argent et se montrait tout à fait disposée à ne rien voir pourvu qu'on lui en donne assez. Une femme aussi bête et aussi cupide que Mamie. Tout ce qu'il y avait à faire, c'était choisir l'endroit, embaucher la femme, la laisser s'en occuper puis venir de temps en temps pour prendre un petit plaisir à l'heure du déjeuner. Si les choses prenaient une tournure dangereuse, il suffisait de partir. Impossible de retrouver celui qui avait fait une location au nom d'un mort originaire d'un autre État.

C'était aussi dans la Marine qu'il avait appris à faire ça. Quand John Litten s'était aperçu qu'il manquait du matériel pour une valeur avoisinant les dix mille dollars et qu'il était remonté jusqu'à un sous-officier de carrière nommé Verlen Piva, ce dernier lui avait proposé un marché. Il lui avait appris comment mettre de côté un beau pécule en prévision de sa retraite de la Marine à trente-cinq ans, et en échange Litten avait oublié ce qu'il avait découvert. À en croire Piva, il n'y avait rien de plus simple que d'arriver dans n'importe quelle ville, de lire les annonces de décès des vieux journaux pour y trouver le nom d'un type ayant à peu près le même âge que soi qui avait cassé sa pipe quand il était tout môme. Après on pouvait se fournir des certificats de naissance du mort, ce qui permettait de se faire établir une carte de sécurité sociale et un permis de conduire, d'ouvrir des comptes en banque au Mexique, là où les contributions ne pouvaient pas vous toucher. Identité immédiate. Pas de piste.

Le reste de la leçon de Piva, fourguer du matériel militaire à des magasins de surplus et à une centaine d'organisations comme le Ku Klux Klan, était tombé dans l'oreille d'un sourd. John Litten avait une meilleure idée et des besoins entièrement différents. Dès qu'il était sorti de l'armée, il avait essayé. Avec succès.

Il avait foiré son coup une fois à Gulfport, dans le Mississippi, et il avait bien failli se faire coffrer. Mais il avait endossé son vieil uniforme, marmonné une histoire à la gare routière pour raconter qu'il essayait de rentrer chez lui, à Montgomery, en Alabama, avant que sa maman ne meure du cancer à l'hôpital, et il avait filé. À Mobile, il était descendu du bus et avait fait de l'auto-stop pour se rendre à Miami où il n'avait eu aucun mal à tout recommencer. C'était toujours facile. John Litten se demandait parfois qui était son père, parce qu'à eux tous, les membres de la famille de sa mère n'avaient pas plus de cervelle qu'il n'en avait dans le petit doigt. En attendant, il avait soin d'avoir toujours deux uniformes militaires impeccables et prêts à mettre. Les gens adorent penser que les hommes en uniforme sont honnêtes. Et il n'était plus allé s'installer dans des petites villes. Seulement dans des grandes agglomérations où personne ne connaît la vie des autres. Ou ne s'y intéresse.

Revenu dans son appartement, John Litten mit un plat surgelé au micro-ondes et l'accompagna d'un peu de cocaïne et de deux boîtes de Yoo-

Hoo glacé. Cette boisson lactée avait exactement le même goût que ce qu'on appelait du Soldat Chocolat quand il était petit. John Dale n'y avait pas droit très souvent, au Soldat Chocolat. Il n'avait que du lait en poudre avec beaucoup d'eau, que Mamie prenait dans de grosses boîtes distribuées par le comté. Maintenant, John D. pouvait en boire autant qu'il voulait. Il pouvait avoir tout ce qu'il voulait.

Il choisit une cassette vidéo scandinave dans sa collection, dissimulée sous un faux plancher dans un placard de cuisine, et regarda un petit garçon blond tout maigre sucer un gros type qui n'était vêtu que d'un boa et d'un casque de Viking. C'était une vieille cassette. Ennuyeuse. Il ne l'avait achetée que pour la scène où les enfants nus se jettent de la pâte à gâteaux les uns sur les autres dans une cuisine. C'était classique. Mais le gros était déprimant. Litten ne se donna même pas la peine de se branler. Il avait autre chose en tête. Quelque chose de différent et de bien plus excitant que n'importe quelle vidéo. Et ce quelque chose, c'était la vengeance.

La veille au soir, il avait pris des risques en forçant la porte de cette église. Et après, quand il avait trébuché contre un podium ou une estrade à gauche de l'autel, quand tout d'un coup le chant religieux qu'on appelle la doxologie avait retenti, résonnant dans le vide, il avait lâché sa bombe de peinture et avait détalé comme un fou dans la nuit. Quelle trouille il avait eue. La musique l'avait suivi jusque dehors dans l'obscurité où il était resté recroquevillé contre un énorme bougainvillier pendant qu'un gardien et deux nonnes accouraient, sortaient et allumaient les lumières.

Puis la musique s'était arrêtée, mais il savait que c'était la doxologie. Mamie l'avait parfois emmené dans une église baptiste d'Estherville. Là aussi, ils chantaient ça. Il se demanda si cette musique était un message de Mamie pour lui dire qu'elle était contente de voir qu'il prenait sa revanche sur la stupidité. À part que Mamie était stupide, elle aussi. Alors, ça ne voulait peut-être rien dire du tout.

Mais aujourd'hui, ce n'était pas le cas. Aujourd'hui, au travail, quand les journaux étaient arrivés et que tout le monde les avaient lus en buvant le café et en faisant des commentaires sur les adorateurs de Satan qui avaient peint l'église, John Litten avait ressenti quelque chose d'encore meilleur que ce qu'il ressentait avec les enfants. Une sensation de pouvoir. Un immense contrôle qui s'étendait sur toute une ville comme une main invisible. Sa main. Il les tenait tous dans sa main. Tous ces pauvres cons qui croyaient savoir quelque chose. La police, les journaux, les églises. Et cette femme appelée Ganage qui avait tout déclenché avec ses idioties sur Satan. Ils voulaient un Satan ? Il allait leur en donner un. Et leur presser le cerveau jusqu'à ce qu'ils se voient dans leur réalité. Stupides. Inférieurs.

Il avait commencé aujourd'hui. Il avait juste passé quelques coups de téléphone. À l'officier de police dénommé Reinert, à cette idiote d'espèce d'assistante sociale qui n'avait pas réussi à récupérer la sœur de la gamine qui était morte, à la psychologue, Cynthia Ganage. Ils étaient tous stupides. Les messages étaient tous identiques.

John Litten, en chaussettes Gold-Toe, regagna la cuisine où il replaça la cassette vidéo dans sa cachette, s'assura qu'il avait assez de coke pour un joint ou deux un peu plus tard et jeta les deux boîtes de Yoo-Hoo et la barquette de surgelé dans le compacteur à ordures. Il était Superman, il était roi, il était quelqu'un qui pouvait dire à Superman et à tous les rois du monde exactement ce qu'ils avaient à faire. Il était quelqu'un qui pouvait *tuer* Superman et tous les rois s'il le voulait. Et il le voulait. Ils étaient tous tellement bêtes qu'il voulait les tuer, mais ils étaient trop nombreux.

Il se changea, enfila une chemise hawaïenne et un bermuda pour ressembler à un touriste, puis il se rendit dans le quartier des prostituées les plus jeunes. Il allait peut-être en ramener une et la garder un moment. L'habiller avec le costume d'ange. Mais cette perspective ne l'excitait pas tellement.

Ce qui l'excitait, c'était le jeu auquel il jouait avec toute une ville de demeurés. Et le fait que le moment venu, il allait en tuer un uniquement à cause de sa bêtise. Il se demandait lequel ce serait.

Chapitre 16

Ça n'avait pas été facile de pénétrer dans la prison mal entretenue du comté de San Diego pour voir Paul Massieu. Bo se réjouissait du fait que les adjoints chargés de le ramener de New York l'avaient par erreur laissé dans la même prison que l'autre homme ramassé lors du même voyage, dont le crime présumé s'était déroulé en dehors des limites de la ville. Grâce à cette confusion, elle avait réussi à débiter un discours qui lui avait permis d'obtenir une visite théoriquement illégale, ce qui était également théoriquement une enfreinte à la loi, si quelqu'un s'en apercevait. Mais personne ne s'en apercevrait.

Derrière la grille dont la laque noire s'écaillait, dans la salle d'attente nue de la prison, seule une femme était assise au milieu de piles de dossiers graisseux en papier kraft. Un flacon de dissolvant pour vernis à ongles, ouvert sur un roman à l'eau de rose posé à l'envers, révélait que Bo avait interrompu des recherches méditatives qui ne s'accommodaient que de la solitude. Les autres employés étaient partis et ne reviendraient pas de la journée. Venant d'une radio poussiéreuse, la voix de Willie Nelson, sinon ses mots, était reconnaissable.

– Ouais, qu'est-ce que vous voulez ? fit la femme avec un manque de gaieté né, Bo en eut la certitude, d'innombrables conversations désagréables avec les précédents visiteurs de la prison.

Bo détacha de son chemisier le badge d'identité des Services de Protection de l'Enfance et le glissa sous la grille.

– J'ai l'autorisation de voir un prisonnier nommé Paul Massieu, dit-elle.

– C'est pas les heures de visite.

– Je sais. Mais il y a des circonstances particulières dont j'ai déjà parlé avec le gardien responsable. J'ai accepté de voir monsieur Massieu dans le parloir normal pour simplifier les choses. Vous devriez avoir un ordre à cet effet.

– Ah ouais ! Attendez.

Il n'y avait pas d'endroit où s'asseoir. Bo arpenta le couloir vide, lisant et relisant un écriteau qui expliquait en anglais et en espagnol qu'il était illégal d'introduire de la drogue ou de l'alcool dans la prison. Cet écriteau faisait pendant à celui qui se trouvait à l'extérieur, spécifiant qu'il était également illégal d'avoir des conversations avec les prisonniers sans permission préalable. L'illégalité était partout. Enfin la femme beugla « Bradley » dans le couloir vide comme si sa voix devait couvrir le bruit d'une foule. Un gardien apparut par une porte métallique en mauvais état et désigna sans un mot une autre porte métallique en mauvais état qu'il ouvrit à l'aide de sa clef avant de faire signe à Bo d'entrer.

À l'intérieur, une dizaine de tabourets fixés

d'une part dans le sol en ciment, d'autre part dans le mur, faisaient face à dix petites fenêtres encadrées de métal. Sous chacune des fenêtres, à gauche, il y avait un téléphone mural qui avait sa réplique exacte dans une pièce identique de l'autre côté du mur. Enfin, pas tout à fait identique, remarqua Bo. Les murs du côté des visiteurs avaient récemment été repeints. Bleu layette et blanc sale. Les murs du côté des prisonniers étaient en béton nu. Tandis que Bo restait debout et respirait l'odeur de pamplemousse pourri de la laque, une porte s'ouvrit de l'autre côté et un prisonnier en uniforme bleu s'approcha de l'une des minuscules fenêtres, s'assit et prit le téléphone. Bo s'assit en face de lui et prit le sien.

– Allo ? dit-il doucement. Qui êtes-vous ?

Il avait un accent qui ressemblait à celui d'Eva Broussard, mais amplifié. Sa voix laissait entendre un trémolo de peur.

– Je m'appelle Bo Bradley. Je travaille pour les Services de Protection de l'Enfance du comté de San Diego et Hannah Franer est l'une des personnes dont je m'occupe, dit-elle dans le téléphone en observant son visage à travers la vitre. Vous êtes l'unique suspect du viol suivi de meurtre de la sœur d'Hannah, Samantha. Ce sont des accusations graves, monsieur Massieu. Êtes-vous coupable de ces actes ?

L'approche frontale. La plus susceptible de produire une réaction révélatrice, à défaut d'une réponse directe. Bo l'observa : sa main droite se crispa sur le téléphone en plastique tenu contre une impressionnante mâchoire supérieure. Cette main était marquée d'un réseau de cicatrices et était privée de son petit doigt. Solidement charpenté, Paul Massieu aurait pu paraître simiesque sans une sorte de raffinement intellectuel qui semblait le nimber comme d'une lumière diffuse. Il soutint son regard interrogateur, de ses yeux noirs profondément enfoncés. Indignation, douleur, incompréhension. Mais pas de menace. Pas la moindre trace du mépris dissimulé que Bo avait vu dans les yeux de nombreux hommes dont les victimes étaient des femmes et des enfants.

– Quand j'ai rencontré Bonnie, commença-t-il en s'efforçant d'être précis dans une langue où il ne se sentait pas à l'aise, Sammi était toute petite. Elle ne connaissait pas son vrai père. Hannah s'en souvenait, mais pas Sammi. Je suis devenu comme un père pour Sammi.

Il respira profondément avant de continuer :

– Avoir la confiance d'enfants c'est... un honneur, oui ?

Bo ne put que hocher la tête pour montrer son accord.

– Je ne briserai jamais cet honneur. Ou bien vous me croirez, ou bien vous ne me croirez pas... Je ne pourrais jamais faire de mal à un petit enfant. En aucune façon.

Derrière la fenêtre miniature rivetée, il soupira. Il avait répondu à la question. Et Bo le croyait.

L'aéroport du centre ville de San Diego se trouvait fort commodément situé à quelques rues de la prison du comté et, après avoir quitté Massieu, Bo eut largement le temps de s'y rendre pour accueillir Eva et Hannah qui arrivaient d'Albany. Tout en mangeant des chips près de la porte des arrivées, elle se demanda pourquoi un homme comme Massieu, apparemment sain, intelligent, cultivé, s'imaginait voir des extraterrestres sur un flanc de montagne de l'État de New York. Elle savait ce qu'étaient les fantasmes, les choses qui semblent prendre un sens qu'elles n'ont pas d'ordinaire. Le corps en décomposition d'un opossum sur le bas-côté de l'autoroute, illuminé par les phares, terrible, devenait le symbole de l'invasion irréfléchie des hommes et du massacre de la nature. Dans un restaurant italien, une bougie de rien du tout qui vacillait dans un verre rouge avait mis les larmes aux yeux de Bo avec son message sur la fragilité de la vie et la valeur de la persévérance. Des images chargées d'émotion. Les mécanismes de base de la psychose maniaco-dépressive. Toujours présents.

Mais Paul Massieu n'avait pas seulement vu un rocher ou un buisson qui *donnait l'impression* d'être un message de l'univers ; il avait réellement observé une manifestation physique qui n'aurait pas dû se trouver là. Une hallucination, donc. Certes, mais Eva avait dit que Paul ne prenait aucune drogue, n'avait aucune lésion cérébrale ni aucune autre anomalie susceptible de favoriser des hallucinations. Alors qu'était-il arrivé à Paul Massieu sur cette montagne ? Et d'ailleurs, pour commencer, comment se faisait-il qu'apparemment il arrivait toujours des choses extraordinaires aux gens qui traînaient seuls la nuit dans les montagnes ? Surtout, d'après la grand-mère de Bo, en Irlande.

Elle se souvint de l'histoire d'un parent maintenant défunt nommé Paddy Danaher qui, un soir où il faisait déjà nuit, avait lancé une pierre de la taille d'une miche de pain dans un Pouleduve, ou trou des fées, sur une montagne appelée Knockfierna, et elle lui était aussitôt revenue en pleine figure. Le nez de Paddy Danaher, racontait la grand-mère de Bo en souriant, était resté de travers toute sa vie. Ce que l'on gagne à douter de la présence de créatures brillantes dans les montagnes. Bo frottait l'arête de son nez quand l'avion vint se ranger devant sa porte de débarquement.

– Les personnages argentés des montagnes ne pourraient-ils pas être tout simplement des fées ? demanda-t-elle en accueillant Eva Broussard et Hannah, fatiguée et muette.

– Vous avez eu une rude journée, Bo, non ? répondit Eva avec un accent aussi prononcé que celui de Paul sous l'effet de l'épuisement. Et votre nom de jeune fille doit être quelque chose comme O'Rourke, je me trompe ?

– O'Reilly, confirma Bo en rougissant. Oui, ça a été une journée interminable. Partons d'ici avant qu'on ne nous reconnaisse. Emmenons notre jeune demoiselle en sécurité dans son château sur la plage où vous pourrez vous reposer toutes les deux.

En se penchant pour rencontrer le regard d'Hannah, elle ajouta :

– Je viens d'aller voir Paul. Il va bien. Et il est très impatient de te voir.

L'enfant détourna brusquement son visage parsemé de taches de rousseur, mais un sourire nerveux tordit les coins de sa bouche. Bo mit un genou à terre et tira doucement Hannah vers elle.

– Regarde-moi, Hannah. Je sais que tu m'en veux beaucoup et c'est normal. Tu n'as que huit ans, tu es fatiguée, tu souffres et tu as peur. Ta mère et ta sœur sont parties, tu as survolé le pays deux fois en deux jours et tu trouves que tout est vraiment affreux. Moi aussi, je serais en colère. Alors si tu me regardes et si je vois que tu m'en veux, moi je ne t'en voudrai pas parce que je sais pourquoi c'est comme ça. Après, on pourra peut-être devenir amies. Pour le moment, c'est normal que tu montres ce que tu ressens.

Hannah referma la main sur les perles épinglées à sa veste en toile et sa lèvre inférieure avança dans une moue puérile. Puis elle tourna la tête et fixa sur Bo un regard mauvais avec des yeux plissés à demi-fermés.

– C'est bien, dit Bo en hochant la tête. C'est bien d'être en colère. Peut-être que demain tu pourras aller marcher sur la plage et jeter des cailloux dans l'eau de toutes tes forces. C'est ce que je fais, moi, des fois, quand je suis comme toi en ce moment. Qu'est-ce que tu en penses ?

Un relâchement des muscles autour des yeux de la fillette révéla qu'elle envisageait cette possibilité.

– Bon, dit Bo en se levant.

Eva Broussard ôta son ample manteau en laine doublé qui lui frôlait les mollets et sourit.

– Vous avez eu une excellente formation, dit-elle à Bo en suivant la foule dans le terminal. Tout le monde ne pourrait pas montrer une telle sensibilité...

– Tout le monde n'a pas reçu l'ordre d'arrêter de ressentir, répondit Bo.

– Ah ! La psychose maniaco-dépressive ?

– Ouais, fit Bo en soupirant. Ça tend à donner un point de vue différent sur les choses.

– Votre point de vue est vital pour Hannah, dit pensivement Eva Broussard. Sans vous...

– Sans moi, elle serait dans une famille nourricière de San Diego maintcnant, avec des inconnus. Au lieu de cela, elle est recherchée par la loi et se trouve entre les mains de quelqu'un que je ne connais pas vraiment. Je vous ai fait intuitivement confiance, docteur Broussard, mais...

– Je sais que vous prenez des risques énormes en protégeant Hannah comme vous le faites. Je ferai tout ce qui est en mon pouvoir pour prouver la validité de cette intuition.

Comme si elle s'était attendue à avoir cette conversation, Eva Broussard glissa la main dans une mallette en cuir noir suspendue à une bandoulière assortie et en sortit une grande enveloppe.

– Bien consciente des difficultés juridiques que vous pourriez avoir si les choses ne se passent pas comme prévu, j'ai préparé à votre intention les documents officiels attestant de mes diplômes universitaires, le détail de ma carrière professionnelle, les noms, les adresses et les numéros de téléphone d'une trentaine de personnes qui peuvent vous fournir des références. Parmi elles se trouvent un archevêque, des personnes qui font autorité en matière de psychiatrie infantile aux États-Unis, au Canada et dans trois pays européens, ainsi que le chef actuel de la Nation des Iroquois et un ancien président des États-Unis qui admire depuis longtemps mes ouvrages de vulgarisation de psychologie. Chacun d'eux soutiendra votre décision de confier Hannah à mes soins, par écrit ou en personne s'il faut en arriver là. (Elle sourit.) Et je vous en prie, arrêtez de m'appeler docteur Broussard. Vous savez parfaitement que ça ressemble au nom du méchant dans un roman français qui parle de physiciens nucléaires qui n'ont pas le moindre sens éthique.

Bo prit l'enveloppe avec un grand sourire.

– Et nous qui croyions tous que le messie à venir serait encore un *homme*.

En entendant les deux femmes rire près d'elle, Hannah leva des yeux écarquillés et bâilla. Exactement comme n'importe quel enfant fatigué. Bo se dit que ce bâillement était la plus belle chose qu'elle ait vu depuis des années.

Après avoir installé Eva et Hannah à Del Mar, Bo prit le volant pour couvrir le long trajet qui la séparait de chez Estrella, dans la péninsule urbaine de Point Loma, pour aller chercher Mildred. Garée le long du trottoir, elle se rappela qu'elle ne devait rien dire si le fox-terrier avait grossi au cours des deux jours passés chez les Benedict. Estrella et Henry s'étaient déjà montrés capables de confectionner des biscuits pour chien faits spécialement pour Mildred. Bo avait la conviction secrète qu'il était temps qu'Estrella et Henry fondent une famille. Un événement qui augmenterait finalement le risque de gâteaux au chocolat à la place des biscuits pour chien.

Estrella ouvrit la porte avant même que Bo n'ait pu sonner.

– J'avais peur que tu ne viennes pas à temps, dit-elle, mais tu arrives à pic. Mildred ! Maman est là. Bo, viens au salon. Tu ne vas pas en croire tes oreilles.

Bo prit dans ses bras un vieux chien qui se comportait comme si sa maîtresse venait de rentrer après des années passées dans un camp de prisonniers.

– Je ne vais pas croire quoi ? demanda-t-elle au milieu de baisers canins des plus sincères.

– KTOU a programmé un de ses débats spéciaux. Et devine le sujet de ce soir.

– Des adolescentes enceintes, membres de gangs, qui parlent de l'impact du commerce international sur la réforme budgétaire à long terme ? Des nudistes républicains en faveur de restrictions plus sévères à l'égard de la florissante industrie de l'escargot ? Je suis trop fatiguée pour regarder la télé, Es. Je vais remmener Mildred et me pieuter.

– Non, pas du tout. Regarde.

Quand le logo de la chaîne de télévision KTOU disparut en fondu sur un décor de plateau intime, Bo reconnut l'une des participantes, vêtue d'un tailleur d'un rouge éclatant auprès duquel les trois autres invités et le décor lui-même semblaient uniformément sans couleur. Cynthia Ganage. Son rouge à lèvres était assorti à son ensemble avec précision. Bo s'effondra dans un canapé trop rembourré tandis qu'Estrella posait un plateau de légumes et de sauces sur la table basse.

– Ganage ? fit Bo en tendant la main vers une branche de céleri.

– *Si, amiga.* Et elle n'est pas là pour parler de la pluie et du beau temps.

– Nos invités ce soir, annonça le présentateur face à la caméra avec sa voix de basse professionnelle, sont le docteur Cynthia Ganage, psychologue spécialisée dans la maltraitance liée aux pratiques sataniques, le révérend Clyde T. Cleveland du tabernacle de la foi de San Diego, madame Brenda Hines-Gilroy, qui a une histoire incroyable à nous raconter, et le révérend docteur

Sandra Rae Harvey de la première église unitaire de San Diego. Notre sujet ce soir...

La caméra s'approcha pour un gros plan lorsqu'il annonça :

– Satan à San Diego. À tout de suite.

– Je t'avais dit que tu n'irais nulle part, dit Estrella en se laissant tomber près de Bo et en appuyant sur un bouton de la télécommande. J'enregistre pour Henry. Il avait une réunion à la base. Je me demande pourquoi ils ont invité deux révérends.

– L'église unitaire est là pour une approche rationnelle, elle n'a pas la réputation de savoir gérer les problèmes irrationnels. Regarde. Ils vont la manger toute crue.

– Récemment un cas de maltraitance a fait sensation à San Diego où l'on a été amené à penser à un ancien symbole du mal, commença le présentateur après quatre spots publicitaires. Mais un cas isolé, dans lequel il y a apparemment un lien effectif avec une secte, bien que ce soit un groupe qui s'occupe d'extra-terrestres plutôt que de Satan, signifie-t-il que La Plus Belle Ville des États-Unis soit infestée d'adorateurs de Satan ? Docteur Ganage ?

– Cela revient au même. Il n'y a pas de fumée sans feu, déclara le docteur Ganage en fixant intensément la caméra. Mais cela va bien plus loin que ça.

Bo n'arrivait pas à trouver de terme pour qualifier le fatras sans queue ni tête, le mélange de métaphores et autre charabia que Ganage utilisait en lieu et place d'un discours cohérent. Le révérend Cleveland et Brenda Machin-chose n'en opinaient pas moins du bonnet, comme si Cynthia Ganage avait réellement dit quelque chose.

– Hier, l'une des employées de nos propres services qui s'occupent des cas de maltraitance, une femme appelée Bo Bradley, a été jouée par ces gens, sur les lieux où ils ont leur repaire dans l'État de New York. Il ne fait aucun doute qu'il s'agit là d'un complot, un complot d'envergure nationale, continua Ganage en secouant ses cheveux laqués. Et la sœur de l'enfant sacrifiée ici, à San Diego, a maintenant été enlevée, elle est au Canada. Si ce n'est pas un réseau satanique, qu'est-ce que c'est ?

– Un super moyen de faire du fric ? répondit Bo.

Le révérend Clyde Cleveland, transpirant sous les projecteurs du studio, épongea son front rose et étroit avec un mouchoir roulé en boule et parla d'une voix qui n'était qu'un murmure rempli de crainte. La Bible, disait-il, annonçait un temps où Satan règnerait sur la terre. Selon lui, les récits de plus en plus terribles qui relataient des activités sataniques dans tout le pays suggéraient que ce temps était proche. Il pensait qu'il n'était pas impossible que le quartier général de Satan soit à San Diego. C'est pourquoi, expliquait-il, la mission avait été profanée. N'était-ce pas là l'une des plus anciennes églises du pays ?

Ganage et la femme nommée Brenda opinèrent comme si cela aussi était un discours sensé.

– Qu'en pensez-vous, révérend Harvey ? dit l'animateur avec un sourire avenant. Peut-on tirer des conclusions de tout cela ?

Sandra Harvey, une minuscule femme noire avec une mèche de cheveux blancs et d'énormes lunettes rondes, croisa les mains et pencha la tête en direction de la caméra.

– Bien sûr qu'il faut en tirer des conclusions. Enlevez la fin du mot Malin, et vous obtenez le mal, non ?

Tout le monde hochait la tête. Bo aussi.

– Maintenant, vas-y, fit-elle à l'adresse de la personne qui apparaissait sur l'écran de la télévision d'Estrella. Ils sont tout ouïe.

– Et le viol suivi de meurtre d'une petite fille dont on a tant parlé nous fait tous penser au mal, à son origine, au moyen de l'empêcher, continuait Sandra Harvey d'une voix rythmée par un accent des États du Sud. C'est peut-être un peu plus facile d'y penser si on lui donne un nom comme Satan et de nous convaincre que c'est extérieur à nous, extérieur à nos systèmes sociaux, à nos livres et à nos idées, à notre histoire collective en tant qu'espèce. Mais en l'extériorisant...

– Il y a des gens qui vouent un culte à Satan, interrompit la femme du nom de Brenda d'une voix aiguë. Ils adorent Satan avec des rites où ils vous font boire du sang et d'autres... choses. Ils m'y ont obligée quand j'étais petite. Après ils vous font oublier. C'est de la folie de croire que Satan n'existe pas !

Le regard éperdu, égaré, des yeux bleus de Brenda fit tressaillir Bo.

– Nous avons été prévenus... coassa le révérend Cleveland tandis que Cynthia Ganage brandissait un exemplaire de son livre sur les violences rituelles devant la caméra.

– Nous vous retrouverons tout de suite après ces importants messages, annonça le présentateur comme l'émission s'interrompait pour laisser la place à une publicité vantant les qualités d'une litière pour chat.

– Alors, qu'est-ce que tu en penses ? demanda Estrella en s'étirant d'un air ensommeillé, vêtue d'un sweat violet que Bo avait décoré à la main de symboles aztèques dorés.

– Je pense que le violet te va décidément très bien et que je vais rentrer chez moi.

– Et rater les passionnantes conclusions ?

– Il n'y aura pas de conclusions, dit Bo qui s'efforçait de soulever Mildred endormie sur le canapé. Il n'y en a jamais. Mais ta petite sauce à l'oignon et aux clams est une merveille et je te remercie de t'être occupée de Mildred. Bonsoir, Es.

Pendant le court trajet qui la ramenait à son appartement d'Ocean Beach, Bo essaya d'imaginer un tableau qui représenterait toutes les réactions découlant de la mort de Samantha Franer. Des poupées en papier métallique dans une pénombre angoissante fuyant devant des religieux puritains vengeurs en soutane au-dessus d'un enfer poussiéreux, déserté, où rien ne bougeait sinon le fantôme de Dante Alighieri qui passait l'éternité à admirer sa création. Une pendue sur une carte de tarot, sur fond de ciel ruisselant de larmes. Un petit cadavre avec des cheveux cristallins. Un patchwork composé de milliers de rectangles noirs, des brillants, des plats, des opaques, réfléchissant la lumière, créant des motifs sans créer de sens. Ce tableau serait la vérité, se dit-elle. La représentation du mal. Insondable et indéracinable. C'était exactement ça.

Chapitre 17

– Où peut-on trouver du saumon correct dans cette ville ? beugla Solon Gentzler dans le téléphone de Bo à 6 h 45 du matin.

Avec une telle voix, pensa Bo en s'efforçant de lever la tête de l'oreiller, il aurait dû être orateur. Mais peut-être qu'en étant avocat, c'était déjà le cas. Il avait la voix d'un homme de deux mètres qui déborde affreusement d'énergie.

– Ça doit vouloir dire qu'on est samedi matin, parvint-elle à articuler.

Ces mots définissaient une réalité d'une grande tristesse, qui frisait la tragédie. Elle allait devoir se réveiller :

– Il y a deux endroits pour le saumon. Un à La Jolla et l'autre du côté de l'université. Où êtes-vous descendu ?

C'était Lois Bittner qui lui avait fait découvrir le saumon fumé salé, des années auparavant, à Saint Louis. Elle avait soigneusement replié le poisson orange humide sur un petit pain recouvert d'une généreuse quantité de crème. Cette première rencontre avait suffi.

– Au Travelodge de Hotel Circle. Et j'y meurs de faim.

– Je viens vous chercher dans une heure, dit Bo dans la taie d'oreiller qui déployait d'énormes roses d'opérette sur lesquelles ses cheveux ressemblaient à une perruque au néon.

Elle avait acheté cette parure de lit en raison de son prix incroyablement raisonnable lors d'une braderie deux ans plus tôt alors qu'elle était en phase maniaque. Bo la détestait et s'en servait régulièrement, espérant que la couleur passerait ou que les coutures lâcheraient, ce qui justifierait un don à un organisme caritatif. Au bout de cinquante lavages, elle avait toujours l'air flambant neuf.

Ayant reposé le téléphone sur son socle, elle enleva les draps et les remplaça par une parure à fines rayures beiges et écrues. Mais elle la replia et la rangea dans l'armoire, préférant un motif du Sud-Ouest qui ressemblait à des montagnes du désert dans un coucher de soleil embrumé. Ocre, lavande, mauve. Le message était clair.

– Les autres femmes sont-elles soumises à ces sentiments de manière aussi imprévisible, ou est-ce que ça ne concerne que celles qui sont maniaco-dépressives ? demanda-t-elle à Mildred qui faisait toujours semblant de dormir dans son panier près du lit de Bo.

Le fox-terrier leva un sourcil marron grisonnant.

– Enfin, même toi, tu as eu une liaison tout à fait déplacée avec ce caniche miniature malpropre du bout de la rue. Il avait des *puces,* Mil. Et un comportement insupportable. Qu'est-ce qui t'a poussée à faire ça ?

La chienne étira ses longues pattes blanches et bâilla. Puis elle poussa hors de son panier et sur le tapis une balle de tennis couleur chartreuse et regarda Bo avec une expression pleine d'espoir. La confusion engendrée par Andrew LaMarche, dont les intentions victoriennes paraissaient en contradiction avec ses sous-vêtements, s'atténua mais ne disparut pas totalement.

– On va sortir quand j'aurai pris ma douche, dit Bo en s'adressant au chien.

Un quart d'heure plus tard, vêtue d'un pantalon en coton blanc et d'un sweat-shirt blanc sur lequel elle avait tracé au stencil « Aardvark Power » avec une peinture acrylique d'un bleu-vert profond, Bo laissait ses cheveux sécher au vent marin tout en promenant Mildred. La visite de la veille à Paul Massieu, dans la vieille prison surchargée du comté de San Diego, avait renforcé l'opinion qu'Eva Broussard lui avait donnée de cet homme. Il était innocent. Bo en était sûre, même si elle n'aurait pu expliquer pourquoi. Il avait l'air tellement abattu et perdu, sanglotant dans un anglais haché derrière la cloison en plastique qui séparait les prisonniers des visiteurs, la main droite noueuse amputée d'un doigt, serrée sur le téléphone qui leur permettait de parler à travers l'écran. Un Canadien français perdu dans un cauchemar américain dont les origines, ainsi que Bo l'avait appris en lisant une thèse à l'université, remontaient au Boston du dix-septième siècle et à un gouverneur assoiffé de pouvoir nommé John Winthrop.

« Comment peuvent-ils penser que j'ai violé

une enfant parce que je crois à ce que j'ai vu ? Parce que j'ai vu ces gens comme du *papier d'argent**, ces personnes argentées, dans la montagne ? Pourquoi cela doit-il signifier que je pourrais tuer un enfant par le sexe ? *C'est fou**, insensé ! »

« Oui », avait convenu Bo sans discuter, ne sachant pas ce qu'elle pouvait dire d'autre. Que quelqu'un avait dessiné un visage jaune sur l'abdomen de Samantha ? Que cinq ans après l'arrivée du *Mayflower* une femme du nom de Anne Hutchinson avait été exilée, ce qui la condamnait inéluctablement à être massacrée par les Indiens, parce qu'elle était plus intelligente, plus charismatique, qu'elle menait les gens avec plus de générosité, et était d'un autre sexe que le gouverneur de la colonie de Boston ? Qu'en son absence une culture profondément méfiante à l'égard de dessins jaunes et de créatures argentées s'était développée ?

« Il n'y a pas de créatures argentées dans la Bible », avait-elle dit à Paul Massieu, « par conséquent, votre foi en leur existence vous place en dehors du système religieux normal de ce pays. Aux yeux de beaucoup de gens, cela fait automatiquement de vous quelqu'un de mauvais, et il est donc logique pour eux que vous commettiez de mauvaises actions, comme violer des enfants. Vous comprenez ? »

« Non », avait répondu Massieu, les yeux grands ouverts. « Je ne comprends pas. »

« L'AALC non plus », lui avait dit Bo. « Ne vous inquiétez pas, ils vont vous aider. En attendant », avait-elle continué en baissant la voix pour que le gardien ne l'entende pas, « je dois vous dire qu'Eva et Hannah sont ici, dans un endroit secret, si bien que dès que vous sortirez de prison, Hannah pourra être près de vous. Vous ne devez dire cela à personne. Elle a désespérément besoin de vous, Paul. Vous êtes tout ce qui lui reste maintenant. Nous ne sommes pas sûres qu'elle puisse se sortir de tout ça sans être perturbée à vie. Elle ne parle plus et... »

Il avait redressé ses énormes épaules et s'était calmé en entendant ces paroles.

« Elle est comme Bonnie. Je le sais. Elle doit avoir de la gentillesse et de la force autour d'elle. Elle est comme sa mère... comme sa mère était. Je ne manquerai pas à mon devoir. Je protègerai Hannah. »

Lorsque la chienne vieillissante fut fatiguée de courir après sa balle de tennis, Bo la prit dans ses bras et la porta jusqu'à l'appartement.

– Tu es trop vieille pour faire autant d'exercice, dit-elle au fox-terrier lové sur le lit qu'elle venait de faire, et moi aussi. Si un pédiatre avec un accent français appelle, dis-lui que j'ai fait vœu de chasteté et que cela exclut tout, y compris le mariage.

Sur le trajet, en allant chercher Gentzler, Bo se félicita de ce qu'elle avait fait pour Hannah. La veille au soir, l'enfant et Eva Broussard s'étaient tranquillement installées dans le confortable studio donnant sur la plage, et Hannah s'était endormie presque immédiatement, bercée par le bruit des vagues. Bo et Eva avaient discuté à voix basse sur le patio qui surplombait l'arc liquide de la planète.

« Qu'est-ce que c'est que cet endroit ? » avait demandé Eva Broussard en riant. « Où sommes-nous ? »

« Au bord d'un continent », avait répondu Bo. « Et dans un sacré pétrin. »

« Vous ne pensez pas vraiment ce que vous dites, n'est-ce pas ? Vous ne vous sentez pas dépassée et incapable de faire face. Vous savez que vous pouvez aider cette enfant, que vous pouvez agir avec bon sens. »

« Je suis tout le temps en hypomanie », avait avoué Bo en hochant la tête. « Même quand je vais bien, je ne suis pas comme tout le monde. J'ai trop d'énergie, trop d'arrogance. Le lithium règle ça, me calme. Je n'en prends pas en ce moment. Et, oui, je suis sûre que ce que nous faisons est ce qu'il y a de mieux pour Hannah même si j'enfreins le règlement et risque de perdre mon travail. Ça m'est égal. C'est une question de bon sens. Mais il y a autre chose... »

« Oui ? » avait interrogé Eva Broussard installée dans une chaise longue où elle buvait du cognac dans un gobelet décoré d'un motif en relief représentant une conque. Il émanait d'elle une impression de tolérance, d'intérêt pour autrui. « Quoi d'autre ? »

Bo avait rejeté ses cheveux en arrière d'un mouvement de tête, allumé une cigarette et observé cette femme. Une inconnue, mais déjà une amie. Elle avait pris conscience qu'en dehors d'Estrella, elle n'avait pas d'amis. Pas de mari ni d'amant, pas d'enfant, pas de famille encore en vie. Elle était seule depuis des années, mais cela lui convenait. Mildred était une bonne compagne. Mais ce serait bon d'avoir à nouveau quelqu'un à qui parler, comme Lois Bittner. Quelqu'un de sage et de différent. Quelqu'un qui serait capable de distinguer, au-delà des symptômes d'ordre psychiatriques, ce qu'ils recouvraient.

« Je suis un peu lente en ce moment », avait-elle commencé, « pas du tout en phase maniaque, alors j'ai du mal à avoir une vue d'ensemble. Mais depuis le début, dans cette affaire, j'ai l'impression que rien ne se passe normalement. Tout le monde a tiré des conclusions hâtives. Cette femme, Cynthia Ganage, se fait une réputation professionnelle de chasseur du diable, la police considère que tout ce qui ne lui convient pas est forcément criminel, tout d'un coup quelqu'un décide de profaner une église, et l'AALC met une étiquette " cas-jurisprudence " sur Paul Massieu, qui en réalité se trouve en prison parce qu'il croit avoir vu des petits hommes venus de l'espace dans l'État de New York. Quel méli-mélo. A-t-il vraiment vu quelque chose là-bas, Eva ? Avez-*vous* vu quelque chose ? »

Eva Broussard avait gracieusement déplié son corps, s'était levée de la chaise longue et étirée.

« Oui, il a vu quelque chose, et non, moi, je n'ai rien vu. Ce que j'ai vu, c'est ma propre mortalité reflétée dans l'aspiration que ressentent les gens pour quelque chose qui génère de nouvelles idées, qui génère une issue. Mais leur expérience réelle m'échappe. Je ne fais que l'archiver et il est tout à fait possible que je ne la comprenne jamais. Qu'y a-t-il d'autre qui vous gêne dans cette affaire, Bo ? »

Dans le clair de lune, ses cheveux blancs coupés court ressemblaient à un casque. Au-dessus du Pacifique, Orion s'élevait, avec une ceinture d'étoiles.

« Des tas de choses. Des fragments. Le fait que quelqu'un a tué, demeure impuni et que tout le monde s'en fiche. Les morceaux qui ne s'articulent dans rien, comme le visage dessiné sur le ventre de Samantha et... »

Derrière la porte-moustiquaire, sur la gauche du patio, un petit bruit, une inspiration saccadée, avait été audible sous un dais de vigne.

« Tu peux venir avec nous, Hannah », avait dit tranquillement Eva. « Nous ne faisons pas de secrets. Si nous parlions à voix basse, c'est parce que croyions que tu dormais et nous ne voulions pas te réveiller. »

L'enfant s'était précipitée dans les bras d'Eva, en pleurs. Bo avait remarqué les trois assemblages de perles maintenant épinglés sur un sweat bordeaux avec des lisérés écrus. Hannah agrippait les perles de ses doigts nerveux.

« Tu es au courant de ce dessin jaune sur le ventre de Samantha ? » avait demandé Eva comme si ce sujet n'était pas chargé d'horreur.

La tête blonde comme la paille avait fait un mouvement de haut en bas. Bo avait soufflé la fumée et s'était forcée à rester absolument immobile.

« Tu as vu ce dessin sur Samantha ? » avait interrogé la voix d'Eva Broussard comme une corde en soie, tirant doucement.

Un hochement de tête.

« Tu sais qui a dessiné une figure jaune sur le ventre de Samantha, Hannah ? »

Le visage rond s'était levé vers Eva, convulsé sous l'effet de quelque chose que Bo avait reconnu comme étant de la culpabilité.

« Oh, Hannah », avait dit l'Indienne dont les

yeux montraient qu'elle venait de comprendre, « c'est *toi* qui as peint le masque sur Samantha pour la soulager là elle avait mal, n'est-ce pas ? »

Un hochement de tête dans un frisson, puis des sanglots.

Eva avait enveloppé la petite fille tremblante dans ses bras et s'était assise sur une chaise longue en caressant les cheveux de l'enfant. Au bout d'un moment, elle avait fourni des explications à Bo.

« C'est une tradition iroquoise, assez complexe. Les filles ont vu ces rites qui se tiennent au milieu de l'hiver. C'est moi qui les ai emmenées. Les masques, les « visages faux », représentent des choses vues en rêve. Au milieu de l'hiver, si quelqu'un est malade de tristesse, il fouille ses rêves pour y découvrir ces visages des esprits, qui sont ce qui est indispensable à chacun afin de survivre. Quand il a trouvé, il le dit à la tribu et la tribu fournit ce qui est nécessaire. Un compagnon, ou un savoir-faire, ou quelque chose comme le pardon d'une mauvaise action. Lors de toutes les cérémonies, des gens apparaissent dans la foule et ils portent ces masques en écorce. Ils servent à comprendre, à guérir. Hannah a essayé de guérir sa sœur en dessinant un masque guérisseur sur sa douleur. »

Bo avait imaginé la scène. Les deux petites filles dans leurs draps Raggedy Ann, la plus jeune en proie à la souffrance, terrifiée à l'idée que Goody tue sa mère si elle parlait. La plus âgée essayant de maîtriser cette situation. La plus âgée portant toujours le poids d'un savoir juste suffisamment supérieur pour se sentir responsable.

Doucement Bo était venue s'agenouiller près

d'Hannah et avait plongé ses yeux dans ceux de l'enfant. Un regard clair, franc, qui n'avait rien de mensonger.

« Moi aussi, j'avais une petite sœur », avait-elle dit. « Elle s'appelait Laurie et elle est morte, comme ta sœur Samantha. Et puis ma mère est morte, comme ta mère. Et moi j'avais peur et j'étais malade. Mais finalement j'ai vite réussi à aller mieux. Toi aussi, tu vas aller mieux, Hannah. Je te le promets. »

Les yeux écartés l'avaient fixée, un sourire fragile avait tordu les lèvres. Puis les doigts d'Hannah s'étaient agités sur l'épingle de sûreté qui maintenait les trois morceaux de paille avec les perles sur son sweat. Lentement, elle avait retiré l'un des brins que retenait l'épingle et l'avait donné à Bo.

« Ce sont des perles de deuil », avait murmuré Eva. « Elles représentent un don de paroles à quelqu'un dont les sens sont émoussés par la tristesse. Hannah vous offre ces perles pour soulager votre tristesse. »

Sous l'obscurité en voûte au-dessus du Pacifique, Bo se sentait parfaitement isolée, enfermée dans la durée d'un moment qui représentait des vérités trop vastes pour qu'elle les comprenne.

« Merci, Hannah », avait-elle répondu doucement en prenant les perles données par une main à la fois enfantine et venue de la nuit des temps. « Merci pour tes paroles. »

Au Travelodge, Bo parcourut le hall du regard pour y repérer un immense avocat dont la voix portait jusqu'à Tijuana. Quelqu'un qui ressemblait à un lutteur sumo, ou peut-être à un bûcheron. Que dalle. La seule personne qui attendait était un type de petite taille avec un torse comme un tonneau, portant un polo, orné d'un alligator, qui avait été blanc avant d'être lavé en même temps que quelque chose de bleu. Probablement le jean qu'il avait sur lui, trop long et effrangé aux endroits où il raclait le sol, aux talons.

– Emmenez-moi là où il y a votre saumon fumé ! tonna-t-il avec entrain. Du moins, si vous vous appelez Bo Bradley.

– Je m'attendais à me trouver face à Démosthène, lui dit Bo en le conduisant au restaurant.

– Mes parents voulaient que je sois chanteur d'opéra, expliqua Solon Gentzler. Grosse déception : je ne suis même pas capable de chanter juste dans mon bain. Il n'y avait plus qu'à accepter la défaite et à faire du droit. Attendez, je vais vous montrer.

Rejetant la tête en arrière, il entonna le refrain de « Sunrise, Sunset » du *Violon sur le toit.* Mildred elle-même, se dit Bo par-devers elle, aurait pu reproduire cet air avec plus de fidélité.

– Ce qu'a perdu le Met n'est pas perdu pour le bar, concéda-t-elle. Alors, que fabriquez-vous avec Paul Massieu ?

Devant un petit déjeuner impressionnant par sa débauche de calories, il explicita sa stratégie.

– Ce type n'est pas coupable de ce dont on l'accuse, mais ce n'est pas notre ligne de défense. Notre argument, c'est que les indices qui ont justifié l'arrestation incluent des références à des aspects rituels de cette affaire, comme le symbole dessiné sur la victime et le fait que Massieu reconnaît être membre d'un groupe qui voit des vaisseaux spaciaux et des êtres de métal. Même si ce type était coupablc, son arrestation ne tient pas. Il a le droit, garanti par la constitution, d'avoir toutes les croyances qu'il veut. On ne peut pas arrêter les gens en se fondant sur leurs croyances. Pas dans notre pays.

– Alors, qu'est-ce qui va se passer ? Quand pouvez-vous le faire sortir de prison ?

Bo décida de ne pas divulguer ce qu'elle savait, concernant le curieux dessin sur le ventre de Samantha Franer, avant de savoir jusqu'à quel point elle pouvait faire confiance à Solon Gentzler. Jusqu'à maintenant, il avait l'air correct.

– Ils ne peuvent pas le garder plus longtemps que jusqu'à lundi. C'est la loi. J'ai signé en tant que conseiller avec l'avocat désigné d'office pour le défendre. Je serai présent à l'audience préliminaire de lundi. C'est à ce moment-là que nous le ferons sortir de prison, mais évidemment il faudra qu'il reste dans le coin en cas de procès. Mais quel rôle jouez-vous là-dedans ?

Bo regarda sa montre et se demanda pourquoi elle se sentait si nerveuse. Comme si elle aurait mieux fait de s'occuper de quarante autres choses que de siroter une troisième tasse de café devant les ruines d'un petit déjeuner épique. Cette agitation ne lui disait rien qui vaille. Cela pouvait annoncer des problèmes. Mentalement, elle nota qu'elle devait y faire attention.

– Je dois faire un rapport auprès du tribunal pour enfants sur la manière dont l'affaire avance, dit-elle tranquillement. Le statut du présumé coupable aux yeux du système judiciaire sera crucial quand il s'agira de placer Hannah une fois qu'on l'aura retrouvée.

Cette dernière phrase sonnait, soit froidement professionnelle, soit désespérement faux. Bo n'était pas sûre de l'effet produit.

– Vous me racontez des conneries, dit Gentzler avec un grand sourire en découvrant des dents rénovées avec succès par un orthodontiste. Qu'est-ce que vous manigancez ? Quelque chose que j'ai besoin de savoir ?

Désespérément faux.

– Je n'en suis pas encore sûre, répondit Bo. J'en saurai plus par la suite, je pense.

– Super. Vous me tiendrez au courant pendant le dîner. Un restaurant de poissons. Je ne mange pas de coquillages, mais j'adore le mahi mahi. En attendant, je vais vous donner une copie de tout ce que j'ai sur Massieu, histoire de vous aider à en savoir davantage. Pensez-vous qu'il y ait un rapport entre cette affaire et la profanation de l'église ?

– Oui, répondit Bo. Mais pas quelque chose d'évident. Est-ce que vous avez des enfants, Solon ?

On pouvait jouer à deux à ce jeu-là.

– Je ne suis pas marié, répondit-il. Je n'ai pas trouvé de femme qui attende de la vie la même chose que moi. Quelqu'un qui soit juif, de tradition, et plus intelligent que moi. Rien de bien original. Elle est quelque part, pourtant. En attendant, je suis libre pour le dîner.

Bo n'allait pas en rester là.

– Est-ce que les enfants vous intéressent, ce qui leur arrive quand les adultes se trouvent pris dans la machine judiciaire ?

Solon Gentzler regardait sans ciller le parking qu'on voyait depuis la fenêtre du restaurant.

– Ce qui m'intéresse, c'est d'empêcher ce pays de devenir un État policier, dit-il. C'est le travail de ma vie.

Bo ramassa ses clefs et se leva.

– C'est bien ce que je pensais.

Chapitre 18

Bo déposa Solon Gentzler à son hôtel et glissa une cassette du deuxième concerto pour deux chœurs de Händel dans le lecteur de la BMW. L'introduction, songea-t-elle, pourrait être une musique de fond provocante dans une pub pour un collant. On y verrait une mère de trois enfants élancée qui adore son travail d'ingénieur moléculaire mais se débarrasse néanmoins à temps de sa blouse de laboratoire pour aller boire du champagne avec son mari en smoking près de la fraîcheur d'une fontaine à l'Italienne. Le mari a choisi ce moment pour lui offrir un collier de perles parce que ses yeux lui rappellent l'infini. Dans le plan final, son collant, dont le prix est raisonnable, n'a pas encore filé.

« Longue vie au roi ! » chantèrent deux chœurs au moment où Bo venait miraculeusement de repérer une place de parking dans Narragansett à quelques portes seulement de son immeuble. Elle se demanda si elle pourrait trouver du travail dans la pub si Madge réussissait à la faire renvoyer à cause de cette affaire. Les réclames d'aliments pour chiens, ce devait être amusant à faire. Ou alors les annonccs pour les services téléphoniques où l'on peut trouver l'amour et se faire lire les lignes de la main. Bizarre, mais pas plus que cette affaire qui semblait faire vibrer une corde de tribalisme primitif dans le public. Tout le monde choisissait son camp pour défendre son opinion, et dans chaque camp il semblait manquer quelque chose. Mais quoi ?

Mise à part la soudaine accumulation d'hommes dans sa vie, Bo n'avait rien pour la distraire et pouvait réfléchir clairement. Pas de phase maniaque, pas de signe de dépression. Tout ce qu'elle avait fait jusqu'à présent, concernant Hannah Franer, était, du point de vue de la raison, parfaitement cohérent. L'enfant était en sécurité avec Eva Broussard qui veillait sur elle, et semblait avoir déjà commencé son voyage hors du chagrin. Que Madge Aldenhoven ne reconnaisse jamais la sagesse de ce que Bo avait fait, était sans importance. De même, qu'elle l'ait mise en sursis et qu'elle soit sans doute en ce moment même en train de concocter un avenir où Bo Bradley ne serait plus qu'un mauvais souvenir. Ce qui n'était pas sans importance, c'était le manque de compréhension général quant à ce qui se passait réellement.

– Alors, qu'est-ce qui se passe réellement ? demanda-t-elle aux musiciens de l'orchestre symphonique de Londres.

Les dernières mesures étaient exclusivement instrumentales.

Dans son appartement, Bo ne s'occupa ni de la toile blanche qui lui faisait signe sur son chevalet dans le salon ensoleillé, ni du répondeur qui clignotait. Au lieu de cela, elle emmena Mildred dans un parc verdoyant et s'absorba dans un dossier rempli d'informations que Gentzler lui avait donné. Une description clinique des blessures qui avaient causé la mort de Samantha Franer, signée par Andrew LaMarche, médecin légiste. Des duplicatas de mandats d'arrêt contre Paul Luc Massieu, trente-six ans, citoyen canadien et Bonnie Corman Franer, vingt-neuf ans. Le mandat de Bonnie Franer portait la mention « Décédée ». Des documents officiels exprimant l'opinion de l'Association Américaine des Libertés du Citoyen qu'un tribunal du comté de San Diego avait royalement bafouée. Des procès qui avaient opposé les États-Unis à des personnes nommées Seeger et Ballard étaient cités comme ayant valeur de précédents, de même qu'une affaire qui s'était déroulée en Californie, où des « personnes » non identifiées s'étaient opposées à quelqu'un du nom de Woody. Bo essaya de ne pas laisser se former l'image d'un pic-vert [1] au banc des accusés, mais elle échoua. Il y avait également des coupures de journaux.

Pendant que Mildred se roulait dans l'herbe, Bo lut les articles les plus récents. Cynthia Ganage avait suggéré que Paul Massieu donnait peut-être des ordres depuis la prison pour créer une escalade dans les activités sataniques de San Diego afin de protester contre son incarcération. Elle suggérait aux habitants de la ville d'acheter le livre *Comment protéger vos enfants contre les pratiques sataniques*, qu'elle avait récemment publié à compte d'auteur, disponible sur commande. Dar

1. Woody Woodpecker : pic-vert, personnage de dessin animé. *(N.d.T.)*

Reinert était cité : il espérait que l'effervescence engendrée dans le public allait s'apaiser et demandait aux citoyens de ne pas appeler le 911 pour signaler des graffiti sataniques dans des lieux publics, ceux-ci étant à son avis l'œuvre d'adolescents désœuvrés cherchant à attirer l'attention. Un service religieux à la mémoire de Bonnie et de Samantha était mentionné : il devait se tenir le lendemain après-midi en l'église Sainte-Thérèse. Le Père Frank Goodman dirait la messe.

Bo gratta le poitrail blanc du fox-terrier et envisagea d'enregistrer le service religieux pour que Hannah puisse l'écouter plus tard. Elle espérait que Frank Goodman allait chanter quelque chose. Ce type-là avait une voix formidable. Comme un ténor irlandais, mais avec un nom comme Goodman, il n'était sûrement pas irlandais.

Goodman.

Cette prise de conscience la frappa sur le dos de la langue. Le réflexe du bâillon.

– Non, dit-elle à Mildred. Ce n'est pas possible. Pas lui. Pas un prêtre.

Mais ses pensées couraient. Bonnie avait emmené les petites filles dans cette église. C'était pour cela qu'il était venu à l'hôpital. Est-ce qu'un enfant de trois ans appellerait « Goody » quelqu'un dont le nom était Goodman ? Ce n'était pas impossible.

Vingt minutes plus tard, Bo, accompagnée d'un fox-terrier exubérant, frappait à la porte du presbytère de Sainte-Thérèse.

– Je voudrais voir le père Goodman, dit-elle à la gouvernante.

Il était sur l'arrière, dehors, où il jouait au basket avec un prêtre plus âgé que lui qui portait une soutane. En tee-shirt et pantalon de survêtement, Frank Goodman paraissait encore plus jeune qu'à l'hôpital Sainte-Marie.

– Bonjour, fit-il en souriant et en lançant le ballon avec adresse à l'autre prêtre avant de trottiner vers Bo. Vous ne seriez pas la personne des SPE chargée de l'affaire Franer ? Vous êtes venue à l'hôpital.

– Effectivement, répondit Bo.

Elle avait le regard ouvert et neutre en dépit du sinistre soupçon qui l'amenait. Il fallait mener cela rondement. Mildred, sentant la nervosité de Bo, commença à grogner.

– Et vous, vous êtes Goody, articula Bo.

Elle avait parfaitement calculé sa réplique, malgré la nausée âcre qui montait dans sa gorge. Un calcul de reptile. Rapide et net. Il n'avait pas eu le temps de se préparer à cette attaque et allait sans le vouloir laisser transparaître de minuscules signes de réaction s'il reconnaissait ce sobriquet qui le damnait. Une ombre dans le regard, l'espace d'une seconde, ou un tressaillement du muscle qui relie la mâchoire au crâne. Et Bo ne manquerait pas de le voir. Elle saurait. Mais il n'y eut rien.

– Hein ? dit-il en penchant la tête vers Mildred. En général, les chiens m'aiment bien. Comment s'appelle-t-elle ?

Bo se laissa tomber assise sur l'herbe.

– Mildred, soupira-t-elle. Je suis désolée, je vous testais pour savoir si vous aviez un potentiel d'archi-déviant. Vous êtes recalé.

Frank Goodman s'assit en tailleur près de Bo et gratta la tête de Mildred. De ses boucles de cheveux foncées montait l'odeur bien reconnaissable de l'encens. Se rendant compte que ce choix de s'asseoir dans l'herbe allait inévitablement laisser des taches vertes sur son pantalon blanc, Bo se dit que c'était une rétribution divine. Rien qu'un petit prix à payer.

– Vous pensiez que c'était moi qui avait maltraité Samantha, dit Frank Goodman comme s'il venait de résoudre une énigme. La police a déjà mené son enquête là-dessus. J'étais à une réunion du diocèse pendant toute la journée où elle a été... blessée. Puis je suis revenu ici en voiture avec le père Karolak.

Il fit un signe de tête en direction du prêtre qui continuait à faire des tirs impressionnants pour démontrer son adresse. Goodman poursuivit :

– J'ai lu l'Office dans le jardin, bien visible aux yeux de deux prêtres et de la cuisinière, j'ai dîné avec ces mêmes prêtres et un homme d'affaires de la paroisse qui va payer le ravalement des bâtiments où nous dispensons notre enseignement religieux, et j'ai regardé une rediffusion d'Agatha Christie sur PBS, toujours avec le père Karolak, qui a beaucoup à dire sur sa préférence qui va à Dorothy Sayers. Après je suis allé me coucher. La police ne vous l'a pas dit ?

Pour un homme qui venait d'être accusé de l'un des comportements les plus répugnants qu'on puisse imaginer, il paraissait remarquablement calme.

– Non, dit Bo la tête baissée vers ses genoux, mais je ne leur ai pas demandé. Cela ne m'avait pas encore traversé l'esprit. Pas avant de me dire que vous pourriez être un ténor irlandais, sauf que vous n'êtes pas irlandais.

Sa grand-mère, songea Bo contrite, aurait fait

vingt neuvaines et un pélerinage à la croix de Muiredach pour racheter le mauvais esprit de sa petite-fille.

– Écoutez, je suis vraiment désolée, mais...

– Ne vous excusez pas, dit Frank Goodman. Cela arrive. Il est de notoriété publique que des prêtres ont abusé d'enfants. L'Église l'admet enfin et éloigne ces types-là des enfants. Mais pourquoi m'avez-vous appelé Goody ?

– Hannah Franer, avant de s'arrêter complètement de parler quand elle a su que sa mère était morte, nous a raconté, à moi et à une femme du nom d'Eva Broussard, que Samantha avait dit que c'était Goody qui lui avait fait mal.

Le prêtre fit une grimace et secoua la tête.

– La pauvre petite. Je comprends que vous m'ayez soupçonné, avec le nom et tout. J'aimerais pouvoir faire quelque chose pour Hannah. J'ai lu dans les journaux que vous n'aviez pas réussi...

Bo attira Mildred et la prit dans ses bras puis se tourna vers Frank Goodman.

– Pouvez-vous garder un secret ? demanda-t-elle.

– Ça fait partie du boulot. Vous voulez vous confesser ?

Bo réfléchit à la possibilité qu'il était peut-être dangereux de confier trop d'informations à Frank Goodman.

– Oui, fit-elle avec un signe de tête. Mais seulement si c'est bien réel, comme dans une communication protégée par le secret. Faut-il aller dans un confessionnal pour cela ?

– Nan, répondit-il, mais il me faut une étole pour que cela soit officiel. Attendez-moi ici.

Il revint en quelques minutes, ayant revêtu la

bande de satin violet traditionnelle sur son tee-shirt.

– Alors ?

– Je confesse que j'ai raconté cette histoire pour égarer Cynthia Ganage et soustraire Hannah au système dans lequel je l'avais entraînée. Pour empêcher qu'elle soit placée dans une famille. Je savais que Ganage allait déblatérer dans tous les journaux et qu'en dix minutes tout le monde saurait tout. Hannah est ici, père Goodman. Elle est extrêmement fragilisée, mais elle est avec Eva qui l'a adoptée dans la tribu iroquoise, comme une grand-mère, et comme Eva est également psy, je sais qu'elle peut prendre soin d'Hannah. Ça ira mieux quand Paul sortira de prison et quand Hannah pourra le voir. Pour l'instant, elles se cachent dans un studio sur la plage, à Del Mar. Elles attendent.

– Je peux aller voir Hannah à n'importe quel moment si cela peut être utile à quelque chose, proposa Goodman. Elle me connaît. Leur mère amenait ses filles à l'église ici de temps en temps. Hannah, c'était la calme, toujours avec un petit air triste. Ce doit être atroce pour elle.

– Elle est comme le château de cartes du proverbe, dit Bo en jetant des petites branches à Mildred. Un choc de plus, même la moindre secousse avec ce qui lui reste comme sentiment de sécurité, et elle peut nous échapper pour un monde qui lui est propre. Nous sommes sur la corde raide en ce moment. C'est dangereux. Mais je vais demander à Eva si elle pense que votre visite serait utile.

Bo permit au jeune prêtre de l'aider à se relever.

– La meilleure chose qui pourrait se produire,

ce serait l'arrestation du malade qui a réellement fait ça, soupira-t-elle. Mais il ne semble pas y avoir de piste valable.

– Et la crèche ? demanda Goodman. J'ai dit à la police que Samantha était dans une crèche pendant que Bonnie travaillait à temps partiel et que Hannah était à l'école. Paul était souvent parti, à la recherche d'un terrain dans le désert. Bonnie avait trouvé un endroit où mettre Samantha. Vous n'avez pas ce renseignement dans vos rapports ?

Bo se rendit compte, tandis que Mildred laissait tomber une brindille humide sur le pied de Frank Goodman, que son dossier sur l'affaire Franer n'avait pas été remis à jour depuis son retour de New York. Mais tous les nouveaux renseignements avaient dû être transmis à Madge Aldenhoven. Et rester dans son bureau. Madge se couvrait, s'assurait que Bo n'allait pas saboter cette affaire davantage qu'elle ne l'avait déjà fait. Pour une fois, elle ne pouvait pas le lui reprocher.

– Vous avez l'adresse de cette crèche ? demanda-t-elle au prêtre.

– Bien sûr. C'est dans Kramer Street, là où elle se termine en cul-de-sac. Mais la police y est déjà allée, je suis sûr.

– Simple curiosité, dit Bo en se dirigeant vers sa voiture. Je vous verrai à la messe du souvenir demain. Et merci.

– Hé ! cria-t-il du bord du trottoir. J'ai oublié votre pénitence.

Bo fit semblant de ne pas avoir entendu.

Une enseigne fabriquée par des professionnels

était apposée au-dessus de la porte et identifiait les lieux sous le nom de CRÊCHE KRAMER. Des barreaux de sécurité gris protégeaient chacune des fenêtres de la maison à bardeaux blancs. Cet endroit ressemblait, se dit Bo, à un pavillon Beaver Cleaver transformé en prison. La maison était longue, rectangulaire, posée brutalement au milieu du cul-de-sac. Derrière, l'un des innombrables petits canyons de San Diego plongeait sur soixante mètres de broussailles et de sauge jusqu'à l'habituelle bande boisée d'eucalyptus et de sycomores qui bordait le cours d'eau. Près de l'allée sur la gauche, plusieurs bougainvilliers adultes créaient une masse de bractées d'un magenta éclatant et d'épines meurtrières le long d'une clôture en grillage de deux mètres de haut. Sur la droite, des lauriers blancs en rangs serrés, également âgés, formaient un mur épais du plus bel effet entre la crèche et la propriété voisine. Une maison moins récente, comme des milliers d'autres construites à San Diego au cours des années soixante, bien entretenue. Et privée. Très privée. Bo, Mildred dans les bras, alla jusqu'à la porte et sonna.

– *Si* ? fit la femme qui était venue ouvrir.

Elle portait un bébé nu et mouillé qui pouvait avoir un an et qui se débattait pour qu'elle le pose. Derrière elle, une petite fille brune qui tenait un chat orange trop gras, dévisageait Bo avec une curiosité empreinte de timidité. Le chat aussi la dévisageait, et sa queue orange se balançait, laconique, sous les bras de la petite fille.

– Je suis Bo Bradley, des Services de Protection de l'Enfance, commença Bo, en serrant fermement contre elle le fox-terrier qui tremblait. Je sais bien que la police est déjà venue...

Mais Mildred, poussée par des siècles d'honneur canin, choisit de ne pas tenir compte du message des bras de Bo. Elle accompagna une série d'aboiements impérieux de moult battements de pattes de terrier qui eurent pour résultat de déchirer la manche du sweat-shirt de Bo. Le chat orange grimpa sur la tête de la petite qui se mit à glousser, heurta la jambe du bébé qui hurla d'indignation. La femme plissa les yeux et regarda Bo comme si elle était là pour lui vendre quelque chose dont elle ne voulait pas.

– Je vais mettre le chien dans la voiture et vous montrer mes papiers, dit Bo.

Elle se dit que cela allait peut-être représenter le pire des interrogatoires qu'elle ait jamais faits. Un fiasco. À l'évidence, cette femme parlait espagnol, langue que Bo ne connaissait pas. Et les présentations ne pouvaient être décrites que comme « peu propices à inspirer la confiance ». Bo se demanda si sa propre approche, gaie et enjouée, pouvait être considérée comme le fait d'une écervelée. Elle devenait peut-être un peu bête, exubérante, trop sûre d'elle. Un peu comme en phase maniaque. Que faisait-elle un samedi, pendant son temps libre, à vérifier des pistes avec des taches d'herbe sur les fesses et un chien dans les bras ? C'était mauvais signe. Ou le contraire ?

Peut-être se retrouvait-elle dans cette situation à la suite d'une série de conversations et faisait-elle preuve d'un dévouement louable pour son travail.

Ça, ce sera quand les poules auront des dents, Bradley. Ton dévouement pour ton travail est exactement aussi conséquent que ton compte en banque. Qu'est-ce que tu fais ici, honnêtement ?

L'image d'une petite fille aux yeux écartés qui lui tendait des perles enfilées sur de la paille se matérialisa puis disparut. Hannah avait réussi à faire un geste depuis la coquille en papier de sa propre survie menacée. À faire un geste et à offrir un réconfort à quelqu'un dont elle comprenait la douleur. Par cet acte, comprit Bo en mettant Mildred dans la BMW fatiguée, l'enfant avait créé un lien humain qui exigeait qu'elle donne le meilleur d'elle-même. Il n'y avait rien de fou là-dedans. Mais elle allait garder un œil sur ses pensées, pour être sûre. Dès l'instant où elle commencerait à se sentir géniale ou envoyée par des forces mystiques, elle battrait en retraite. À la porte, la petite fille sautait d'un pied sur l'autre en expliquant que sa mère avait donné un bain à son petit frère, Jésus, et que maintenant, elle était « en train de lui mettre une culotte ».

Bo interrogea sa réaction à cette information en cherchant à déceler un signe de religiosité sournoise. Il n'y en avait pas. Chez les Latins, il était courant d'appeler les garçons Jésus. La petite fille, se dit Bo en pariant mentalement sa BMW et un an de loyer, devait s'appeler Maria.

– J'arrive tout de suite, lança la voix de la femme depuis l'intérieur de la maison. Luisa, mets papa Chat dans le jardin.

Bo s'en voulut de nourrir de tels clichés sur les minorités ethniques tandis que papa Chat s'échappait des bras de Luisa en sautant sur un poste de télévision et en renversant un cadre en dentelle rouge amidonnée représentant le Sacré-Cœur éclairé par-derrière.

– Qu'est-ce que vous voulez ? demanda la femme en émergeant d'un couloir à droite du salon, le bébé toujours dans les bras.

Jésus, maintenant vêtu d'une couche-culotte jetable et d'une minuscule chemise de cérémonie, sourit à Bo en lui offrant le reste de son biberon. D'après l'odeur qui flotta vers elle, elle déduisit que c'était du jus de raisin. Elle soupira et dut se rappeler que le symbolisme n'existe que dans l'esprit de celui qui le voit.

– Je travaille pour les Services de Protection de l'Enfance, répéta-t-elle en montrant son badge. J'aimerais vous parler de Samantha Franer.

La femme fit une grimace.

– La police, ils sont déjà venus, dit-elle. Je leur ai dit que tous les enfants vont bien ici. C'est moi qui m'en occupe. Et j'ai quelqu'un pour m'aider. Cette chose-là, ça lui est pas arrivé ici, à la petite.

Elle baissa ses yeux noirs sur un point de la porte renforcée, sous la poignée, et ajouta dans un murmure en jetant un coup d'œil vers Luisa qui se roulait maintenant sur le canapé avec le chat :

– Y a pas d'homme qui travaille ici. Pas d'homme.

– Mais pourriez-vous tout de même me dire, commença Bo, si c'est votre maison ? Êtes-vous une crèche agréée ? Comment les enfants sont-ils envoyés...

– Je veux pas vous parler, dit la femme en se détournant de la porte. J'ai déjà parlé à la police.

Le dos de la femme, la position raide de ses larges épaules sous le mince pull bleu, indiquèrent à Bo les signes d'une émotion contrôlée. Mais quelle émotion ? Le chagrin ? La peur ? Quoi qu'il en soit, elle était maîtrisée par une détermination féroce. C'était étrange, inexplicable. Et impénétrable.

Bo regagna sa voiture et remarqua Luisa qui

ouvrait la lourde porte pour lui faire un signe de la main. De sa portière ouverte, Bo répondit d'un geste et quelque chose d'orange se glissa hors de la maison, traversa la cour et fila vers les lauriers. Mildred, dont le somme avait été interrompu par le retour de Bo, était debout sur le siège avant, les pattes appuyées contre le tableau de bord. La chienne ne manqua pas de remarquer le bolide orange. Arborant un air ravi, elle se catapulta par la portière ouverte, contourna le pare-chocs arrière cabossé de la BMW et fonça sous les lauriers. Des cascades d'aboiements dévalèrent le canyon.

– Et puis quoi encore ? interrogea Bo en s'adressant à un ciel sans nuages tout en longeant vingt mètres d'arbustes aux fleurs blanches. Tu es trop vieille pour ça, hurla-t-elle en direction des échos d'aboiements. Attention, avec ton arthrite, et puis tu vas ramasser des saletés dans les poils.

Il n'y eut pas de réponse, ce qui était prévisible.

La cour entourée d'une clôture était pimpante, avec un portique à balançoires, un grand bac à sable et plusieurs petites tables pour les jeux. Au fond du jardin, un portail pratiqué dans la clôture ouvrait sur un étroit sentier qui descendait dans le canyon. Bo se faufila le long de la clôture et commença à suivre le chemin poussiéreux vers la cacophonie d'aboiements maintenant immobile. Mildred avait apparemment acculé papa Chat à se réfugier dans un arbre.

Seulement le bruit venait de la gauche du sentier, à mi-pente, d'un endroit où il n'y avait pas d'arbres. Uniquement des buissons de sauge odorants, des ronces épineuses vert pâle, des broussailles, des rochers. Au-delà du sentier, la paroi du canyon était traître. C'était un relief de concrétions de grès qui se détachaient, agglomérées sous des tonnes d'eau de mer quand San Diego était un fond marin. Bo glissa lorsqu'une motte de terre de la taille d'un ballon de football céda soudain sous son poids et alla finir sa course contre ce qui ressemblait à un bocal de mayonnaise géant rempli d'eau brunâtre. *C'était* un bocal de mayonnaise géant rempli d'eau brunâtre. Bo fixa cet objet tandis que la compréhension émergeait lentement dans son cerveau. Du thé. Quelqu'un faisait chauffer du thé au soleil dans un bocal en un lieu où il ne devait y avoir ni humains, ni bocaux et encore moins du thé. Les aboiements de Mildred, qui commençait à se fatiguer, n'étaient qu'à quelques mètres devant elle. Elle contourna une avancée rocheuse particulièrement instable et trouva le chien en train de japper vers quelque chose sur une saillie qui le surplombait et derrière quoi on avait creusé une caverne grossière. Ce quelque chose n'était pas un chat orange. C'était une gargouille, une silhouette voûtée que Bosch aurait pu peindre si Bosch avait peint des ermites urbains.

– Oh mon Dieu ! non.

Bo retint sa respiration en voyant un visage hâlé dont les yeux hagards la fixaient, surmontés de cheveux d'un blond roux, sales et emmêlés. Les yeux immenses sous des cils décolorés témoignaient d'une peur plus grande que la sienne. Mais elle avait déjà vu des yeux comme ceux-là. Elle savait exactement ce qu'il fallait faire.

Chapitre 19

À vingt heures, Bo se retrouva assise en face de Solon Gentzler à la terrasse d'un restaurant de poisson de La Jolla dont le cuisinier, à en croire les rumeurs, connaissait non seulement le secret de la blanchaille de soles parfaite, mais aussi ceux plus intimes de plusieurs dames de la bonne société de San Diego. D'après les miroitements du clair de lune sur les diamants arborés ici et là qui venaient distraire son attention, Bo se dit que quelques-unes de ces dames étaient venues poser un second regard sur son style culinaire.

– J'adore le haddock, déclara Gentzler avec enthousiasme en ôtant d'un mouvement d'épaules une veste de costume froissée portant une griffe de Beverly Hills, mais je vais prendre la bisque de requin et ensuite un simple filet aux câpres. Comment trouvez-vous le vin ?

Bo suivit du regard son bras couvert de taches de rousseur jusqu'au verre ballon en cristal : dans ses profondeurs, un liquide d'or pâle tenait un discours poétique sur le soleil et la pluie des vallées du nord de la Californie. Elle se rendit compte que ses cheveux reflétaient les lueurs des bougies précisément de la manière voulue par le shampooing. Et ce soupçon de parfum d'importation, posé de façon stratégique, n'était pas la seule raison pour laquelle le regard brillant de Gentzler revenait sans cesse sur le décolleté en V d'un petit chemisier en soie tout simple qui lui avait coûté une fortune et donnait à ses yeux une profondeur marine. Tout en sachant pertinemment où cette soirée allait se terminer si elle choisissait cette direction, Bo décida de ne pas analyser sa présence dans un restaurant éclairé aux chandelles avec un avocat trop jeune pour se rappeler où il était au moment de l'assassinat de Kennedy. Quoi qu'il arrive, Solon Gentzler ne s'embarrasserait pas de considérations déplacées. Comme le mariage.

– Il est délicieux, répondit-elle. Mais je suis troublée par le concept d'une salade au thon qui coûte 27 dollars 50. Vous rendez-vous compte de la quantité de thon qu'on pourrait acheter avec cette somme ? Il y a des gens qui meurent de faim, Sol, et nous...

– C'est parce que c'est du thon rouge frais, expliqua-t-il pour excuser la répréhensible extravagance du restaurant en rougissant légèrement. Et puis c'est Gentzler, Brubaker, Harris et Gentzler qui payent, le cabinet d'avocats familial. À propos, Brubaker est ma sœur. Elle est expert-comptable en plus d'être avocat. Elle vous dirait que ce dîner fait partie des frais.

– Et qui est Harris ? fit Bo avec un sourire. Moi qui croyais que vous travailliez pour l'AALC.

– Harris est ma chère vieille mère, qui a eu son diplôme d'avocat quatre ans avant moi. On l'appelle Harry. Et l'AALC, c'est en prime. Nous nous en occupons tous. C'est une sorte de passe-temps familial.

Il s'appuya contre le dossier de son siège et son regard, dépassant la terrasse, se posa sur l'océan Pacifique qui prenait des teintes sombres.

– Mon *zayde*, poursuivit-il, mon grand-père paternel, a réussi à sortir vivant des camps de la mort. Mais pas sa première femme ni son bébé. Le bébé s'appelait Solon, ce qui explique mon prénom démodé, et la raison pour laquelle nous croyons aussi fort dans l'action de l'AALC... (Il se tourna vers Bo pour lui sourire). Entre autres choses, s'assurer que des gens comme Paul Massieu ne sont pas pendus pour viol uniquement parce qu'ils croient aux petits hommes verts.

– Argentés, soupira Bo. Aux petits hommes argentés. Je crois que je vais prendre un lutjan grillé.

Le contraste était encore vertigineux. L'effroyable découverte, l'après-midi même, d'un homme qui se donnait le nom de Zolar et vivait dans un canyon parce qu'un immense réseau de personnes de San Diego essayaient de contrôler son esprit à l'aide d'ondes radio. Les ondes, disait-il, ne pouvaient pas l'atteindre là. De Zolar au genre de restaurant dont la clientèle était, de notoriété publique, constituée de vedettes de cinéma en week-end. Un fossé monstrueux. Bo pensa au *monde** de LaMarche et poussa un nouveau soupir. Il y avait trop d'univers. Et Zolar lui avait montré le plus terrible qu'elle ait jamais vu. Elle regarda Solon attaquer avec révérence un bol de bisque de la taille d'un enjoliveur. Pouvait-elle lui parler de ce que Zolar lui avait montré dans le canyon ? De sa certitude quant à sa signification ? Solon Gentzler croirait-il la *moindre* de ses paroles lorsqu'elle lui aurait dit pourquoi cela ne la mettait pas mal à l'aise de discuter avec des fous ? Elle s'avoua à contrecœur qu'elle aurait dû rappeler LaMarche après l'un de ses six coups de téléphone, comme Estrella lui avait conseillé de le faire. C'était après tout grâce à ses mots que le décor grotesque que lui avait montré Zolar avait pu avoir un sens.

L'homme du canyon, derrière la crèche Kramer, souffrait de schizophrénie, cela était clair. Bo en connaissait les symptômes pour les avoir vus chez d'autres au cours de ses séjours en milieu psychiatrique et il l'avait reneignée en lui donnant la liste de neuroleptiques qu'on lui avait donnés chez les « dingues ». Thorazine, Haldol plus du Cogentin pour remédier à la langue pâteuse, aux tremblements, aux tics et convulsions musculaires causés par les deux premiers médicaments. Zolar connaissait bien les produits pharmaceutiques utilisés en psychiatrie, et il n'en voulait plus. Bo se demandait quel était son véritable nom. Et depuis combien de temps il avait cessé de se faire aider pour combattre la maladie. Les médicaments qu'il avait mentionnés étaient de vieux classiques, utilisés depuis des décennies, avec des effets secondaires très désagréables, pires encore que les symptômes qu'ils étaient censés combattre. Mais cet individu-là était encore jeune et sa paranoïa complexe était un signe positif, indiquant qu'il réagirait bien à un traitement adapté. Bo estimait qu'il ne pouvait guère avoir plus de vingt-cinq ans. Il ne devait pas être malade depuis plus de sept ou huit ans. Or il existait maintenant de nouveaux traitements qui amélioraient considérablement la schizophrénie, si seulement il acceptait d'essayer.

« Mais alors, pourquoi vous avez amené ce chien ? » avait-il murmuré du fond de sa caverne quand Bo eut désamorcé son angoisse en s'asseyant par terre et en lui faisant le coup de la tête baissée.

Pas de regard direct, il se serait senti menacé. Pas de mouvements agressifs. Pas d'invasion de son sanctuaire psychique fragile et durement gagné. Une courtoisie toute simple, comme chez les primates.

« En général, ils n'envoient pas les chiens. Les chiens sont plus gentils. »

Avec son mètre quatre-vingts et son corps bien musclé, en dépit de son aspect un peu sale, il avait l'air d'un jeune géant en bonne santé, sorti du mythe et inexplicablement retranché au flanc d'une colline californienne. Bo était sûre qu'il avait fait partie de l'équipe de football américain de son école, avant que l'impitoyable chimie de son cerveau ne rende impossible une vie normale.

« C'est vrai que les chiens sont plus gentils », avait-elle reconnu avec conviction tout en regardant le sol. « Et ça, c'est ma chienne, Mildred. Nous ne sommes pas venues ici pour vous voir. Nous étions venues voir quelqu'un, là-haut, pour... pour essayer d'aider une petite fille à qui on a fait du mal. »

Bo n'aurait su dire pourquoi elle avait choisi d'expliquer sa présence de cette façon. C'était la pure vérité. Une chute de petits cailloux et de terre provenant du rebord où se tenait Zolar avait trahi un mouvement soudain. Puis le bruit d'une respiration aussitôt retenue.

« Goody », avait commencé Zolar d'une voix hachée en se mettant à se balancer d'avant en arrière. « Goody, Goody, Goody... »

Bo avait eu le souffle coupé et avait levé les yeux à travers ses cheveux roux emmêlés. Il pleurait. Incroyable. Comment connaissait-il ce nom ? Soit il *était* Goody, soit il savait quelque chose *sur* Goody. Mais elle devait agir vite, sinon il allait se mettre en transe en se balançant avec ses incantations. Un autre univers où personne ne pouvait l'atteindre. Elle s'était levée lentement et éloignée de la silhouette qui oscillait, puis elle s'était emparée de Mildred et avait dit :

« Montrez-nous où vous avez vu Goody. Nous avons besoin de savoir des choses sur Goody. »

Ces paroles, prononcées clairement avec une lenteur terrifiante, allaient, ou n'allaient pas, produire d'effet. Il avait continué à se balancer.

Mais il savait quelque chose. Il connaissait le nom par lequel une enfant assassinée avait identifié son meurtrier. Comment pouvait-il le savoir ? Était-il ce meurtrier ? Le fou classique d'innombrables histoires d'horreur, tapi dans l'ombre comme un cauchemar à moitié oublié ? Bo avait senti ses muscles abdominaux se contracter à cette pensée. Elle ne voulait pas qu'il en fût ainsi. Mais il vivait ici, près de l'espace de jeu de la crèche. Samantha s'était-elle aventurée dans le canyon avant d'être violée par cet homme déséquilibré ?

Ce n'est pas parce que tu ne veux pas de cette vérité-là que ce n'est pas la bonne. Fais attention, là, Bradley. Sers-toi de ta raison.

Tu parles.

Elle avait fait appel à toutes ses facultés et aux

immenses ressources de quelque chose qu'elle n'aurait pu nommer et elle les avait dirigées vers l'homme en loques. Elle devait savoir. Tout de suite.

« Écoutez-moi ! » avait-elle lancé avec ferveur en pensée à travers l'air qui les séparait. « Je vais essayer de vous aider. Mais pour le moment il faut que vous m'écoutiez. »

Difficile de réussir sans le contact du regard. Difficile de renforcer un lien ténu avec un jeune homme dont l'unique désir était de fuir un monde où les gens n'existaient que pour se liguer contre lui.

« Montrez-nous quelque chose sur Goody », avait-elle répété.

L'incantation s'était arrêtée et il était descendu du rebord où il se tenait pour venir se placer à trois mètres d'elle.

« Salut, Mildred », avait-il murmuré en tendant la main vers le fox-terrier. « Viens, je vais t'emmener. »

Bo avait ressenti une peur fulgurante. Une peur identique, avait-elle compris, à celle que d'autres avaient parfois éprouvée devant elle. La peur de quelqu'un qui ne partage pas la réalité reconnue par tout le monde. Qu'entendait-il par : « Je vais t'emmener » ? Et s'il emmenait Mildred ? Bo s'était reproché sa réaction et, s'en remettant par inadvertance à Saint François, protecteur des animaux, elle avait posé à terre le chien vieillissant. Du coin de l'œil droit, elle avait vu l'homme s'accroupir, sortir quelque chose de sa poche de chemise. Mildred s'était avancée, agitant sa queue en l'air. Bo entendait le battement assourdissant de ses propres artères comme si le volume sonore avait été monté. Mais c'était du bœuf séché. Il était simplement en train de donner un morceau de bœuf séché à Mildred.

Tandis qu'un sentiment de soulagement et un remords personnel plein d'amertume envahissaient Bo, elle s'était demandée où il avait trouvé du bœuf séché. Et des sachets de thé pour ses infusions. Un coup d'œil vers le petit abri lui avait révélé un sac de couchage, des emballages de jus de fruits en carton vides, plusieurs sacs de biscuits de riz soufflé, un flacon de vitamines à mâcher, et une boîte familiale de petites serviettes pré-imbibées qui n'avait pas été ouverte. Ce n'était pas le fouillis typique des malades mentaux sans abri. Bo avait soudain compris que quelqu'un lui procurait forcément des choses, essayait de l'aider. Un autre secret parmi tout un réseau qui s'infiltrait dans ce canyon inoffensif.

Quelques secondes après, il s'était levé et avait pris sur la gauche, suivant la pente qui s'éloignait de sa caverne. Bo s'était attendue à ce qu'il les emmène vers le haut, vers la crèche, en tout cas.

« Je suis Zolar », avait-il annoncé comme si ce nom était un secret d'État. « Mais ils ne m'auront pas. »

« Non, bien sûr », avait calmement acquiescé Bo en s'efforçant de le suivre.

Il avançait rapidement dans le canyon au sol inégal, les yeux balayant le terrain comme si toutes les ombres pouvaient dissimuler un danger inconnu. Bo avait ramassé le chien épuisé et foncé en se demandant si cette course n'était pas vaine.

« Là ! »

Il s'était arrêté soudain en tendant le doigt. Sa main sale tremblait.

Bo avait regardé l'endroit qu'il montrait mais n'avait rien vu. Juste des plantes poussiéreuses comme les autres, dc la sauge, d'innombrables pierres, beaucoup de terre beige. Un canyon de San Diego comme il s'en trouve tant. Abritant hiboux, lapins, un coyote de loin en loin, et des gens qui n'ont pas d'autre endroit où aller.

« Où çà ? »

Zolar s'était emparé d'une pierre qu'il avait lancée dans un buisson au port étalé avec des fleurs bleues.

« Là. »

Le buisson faisait plus d'un mètre de haut en son centre et se trouvait à environ six mètres en dessous d'eux. En observant mieux, Bo avait remarqué de curieux tas de pierrailles qui dépassaient de sous ses branches déployées. Un chemin à peine visible menait sur le côté ouest depuis le fond du canyon où un eucalyptus de taille moyenne perdait son écorce près du cours d'eau. Elle avait remarqué que des morceaux de cette écorce jonchaient le chemin. Comment l'écorce pouvait-elle remonter la pente sur vingt mètres depuis l'endroit d'où elle provenait ? À moins qu'on ne l'ait mise là afin de dissimuler le chemin.

Prise de curiosité, Bo était descendue jusqu'au buisson et avait découvert une ouverture de près d'un mètre soutenue à l'aide de poteaux de cinq centimètres sur dix, cachée derrière les branches. Tenant toujours le chien dans ses bras, elle avait écarté ces branches.

– Bo ? Vous êtes sur notre planète ?

C'était Solon Gentzler qui lui tendait un panier de petits pains tout chauds. Ils ne sortaient pas du micro-ondes, il en était certain. Cela se sentait rien qu'au toucher.

– Excusez-moi, je réfléchissais, fit Bo énonçant une évidence.

À une table voisine, une femme qui portait assez de bijoux d'un goût parfait pour financer un petit pays en voie de développement informait son compagnon qu'elle avait dû renvoyer son jardinier parce qu'il n'arrêtait pas de s'absenter en douce pour aller voir sa femme et ses enfants au Mexique. Elle espérait qu'il n'allait pas revenir arroser sa pelouse de sel pour se venger. Bo reluqua la salière sur la table qu'elle partageait avec Gentzler et caressa l'idée d'en ôter le couvercle, de la retourner et d'en déverser le contenu sur les cheveux de cette femme.

– Je deviens irritable, dit-elle à l'adresse du petit pain posé sur l'assiette prévue à cet effet.

– Cette affaire vous mine, fit Gentzler en hochant la tête. Reprenez du vin. Nous irons nous promener sur la plage après le dîner. Nous retirerons nos chaussures et nous parlerons base-ball.

– Ce serait bien, répondit Bo pendant qu'un garçon déposait devant elle une livre et demie de nourriture à l'odeur alléchante.

Elle ne fit pas observer qu'elle n'avait jamais assisté à une seule partie de base-ball de sa vie. Mais Zolar, sûrement. C'était le genre. Des virées dans la benne de camions avec des jolies filles. Une casquette de base-ball Padres qu'il portait probablement à l'envers quand il était jeune. Quand il avait encore une vie. Bo soupira et tailla dans son poisson avec un couteau à manche de pistolet.

Ce qu'elle avait vu dans le canyon était

effroyable et à première vue incompréhensible. Une caverne grossière, creusée à la main comme celle de Zolar mais plus grande. Soigneusement étayée par des planches. Et rose. On en avait peint les murs et le plafond à la bombe en rose vif, et éclairé cet endroit sombre avec au moins trois cents petites lumières blanches clignotantes d'arbre de Noël. Bo avait sans difficulté trouvé le lot de piles qui les alimentait, caché sous un gros rocher rose où on avait peint un visage enjoué. Quand elle avait allumé, un petit magnétophone bas de gamme s'était mis à diffuser le générique de *Rue Sésame*. Des papiers de bonbons et des boîtes vides ayant contenu un soda nommé Yoo-Hoo jonchaient le sol près d'un futon roulé. Le matelas était rouge avec des lisérés blancs et à côté, sur un tapis en grosse laine qui recouvrait la terre, traînait la couverture d'un magazine appelé *Perverses Nymphettes*. Une publication pornographique avec des mineures. Il avait fallu plusieurs secondes à Bo pour comprendre la scène. Puis elle s'était souvenue de l'explication que lui avait donnée Andrew LaMarche concernant le logo de l'hôpital, Mabel le Mammouth. « Les couleurs vives rendent l'étrange attrayant. »

La psychologie qui pouvait aider les enfants à accepter l'environnement inconnu d'un hôpital pouvait produire le même effet dans un canyon. À ceci près qu'on ne cherchait pas ici à réconforter un enfant confronté au domaine étrange de la chirurgie ou des examens médicaux, mais à celui, grotesque et terrifiant, des actes sexuels des adultes. Ce n'était pas Zolar qui avait fait cela, elle en était sûre. C'était l'œuvre d'un esprit capable d'élaborer et d'exécuter des plans compliqués. Mais Zolar avait été témoin de quelque chose et il avait pleuré à ce souvenir. Bo avait expédié un coup de pied dans les piles qui s'étaient éparpillées, puis elle s'était courbée pour repasser la porte basse, les yeux embués de larmes.

Elle avait la certitude que c'était là l'endroit où on avait violé une petite fille dont les cheveux étaient devenus des fils de cristal sous les lumières de la salle d'opération. Quelqu'un qui se donnait le nom de Goody avait créé cet endroit dans ce but. Un endroit qui plairait aux enfants et les amènerait à accepter l'intolérable. Des enfants de la crèche. Des tout-petits, trop jeunes pour expliciter correctement les choses. De jeunes êtres, ne possédant pas le langage, trop immatures pour faire la différence entre peinture bon marché et lumières étincelantes d'une part, amour et sécurité de l'autre. Dans ses moments les pires, Bo n'avait rien imaginé d'aussi malsain. Elle avait envie de hurler et de détruire le canyon, pierre par pierre. Au-dessus d'elle, Zolar arpentait le sol en marmonnant.

« Oh, merde », avait-elle dit dans un souffle contre le flanc de Mildred. « Qu'est-ce qui va lui arriver si je parle de ça à la police ? »

La réponse était d'une évidence fatale. Paul Massieu serait peut-être tiré d'affaire, mais le jeune homme qui l'avait menée jusqu'à la vérité serait cloué au pilori. Elle voyait déjà les titres : « Le fou du canyon arrêté pour viol d'enfant, le membre de la secte remis en liberté. » Absolument personne ne croirait que ce n'était pas Zolar qui avait construit cet enfer rose en dépit de son évidente incapacité à le faire. Cela ne ressemblait-il pas à sa propre « maison » ? Et tout le monde se souviendrait que les malades mentaux ont universellement tendance à commettre des crimes innommables, en oubliant que les malades mentaux sont presque invariablement les victimes et non les auteurs de crimes. Bo avait senti le poids d'un dilemme éthique. Un casse-tête olympique. Un désir de quitter la ville pour refaire surface en Nouvelle-Zélande avec un faux passeport.

« Tu vas adorer Auckland », avait-elle dit à Mildred.

Mais cette projection imaginaire ne parvenait pas à gommer les larmes qu'elle avait vues dans les yeux du jeune homme quand il s'était souvenu de Goody. Quand il s'était souvenu de choses dont il avait dû être le témoin. Zolar avait pleuré sur l'horreur perpétrée dans ce canyon, une horreur pire encore que celle qu'il vivait. Bo sentit un lien profond avec le jeune ermite ; il fallait qu'elle le protége. Elle se dit que Dar Reinert allait élaborer une théorie bancale selon laquelle Zolar pouvait être Goody sans même le savoir. Que c'était un de ces cas de « personnalités multiples » actuellement en vogue malgré leur rareté statistique. Cette théorie plairait à tout le monde ; en l'espace de quelques jours, elle tiendrait lieu de faits réels. Les gens des bureaux cloraient leurs dossiers concernant Samantha Franer et sa sœur Hannah, et un homme innocent souffrant d'une des maladies mentales les plus terribles dans les annales médicales de la race humaine disparaîtrait dans une prison pour criminels ayant perdu la raison. Cela soulagerait tout le monde. Et un violeur intelligent et plein de ressources continuerait à détruire des enfants.

Bo avait donné cinq dollars à Zolar, tenté de lui parler brièvement des nouveaux traitements et escaladé la paroi du canyon. Ayant parcouru quelques mètres, elle s'était retournée et n'avait rien vu. Comme si Zolar, la chambre rose, rien de tout cela n'existait vraiment.

« Et nous en resterons là », avait-elle dit à Mildred. « Du moins jusqu'à ce que je sache ce qu'il faut faire. »

La crèche Kramer était plongée dans l'obscurité quand Bo était repartie. Les coups qu'elle avait frappés contre les barres de sécurité n'avaient pas produit de réaction de l'intérieur. La femme sans nom, les enfants et même le chat orange avaient tout bonnement disparu.

De retour chez elle, elle avait téléphoné à Dar Reinert et lui avait laissé un message demandant des renseignements sur le propriétaire de la crèche Kramer. Puis elle avait appelé Estrella et l'avait suppliée de passer à la crèche le lendemain avant le service religieux. Si la femme était là, Es pourrait lui parler en espagnol. Après un bain moussant partagé avec Mildred, elle s'était habillée et avait pris le volant pour passer prendre Solon Gentzler qui l'attendait et n'avait pas semblé remarquer le nuage gris qui assombrissait son front tandis qu'ils se rendaient au restaurant de poissons de La Jolla.

– Vous êtes épuisée, lui dit l'avocat aux opinions libérales, bien plus tard dans la soirée comme elle trébuchait contre lui en marchant sur la plage.

Ils étaient rentrés à son appartement après le dîner pour qu'elle puisse se changer avant la promenade. Et il avait raison. Elle était si fatiguée qu'elle ne reconnaissait plus la plage s'étendant au nord de chez elle et qui lui était si familière. Les tas d'algues semblables à des cordes auraient pu être des anguilles ensommeillées, couvertes de plumes. Et un unique touriste vêtu d'une chemise hawaïenne, simplement assis sur le mur face à la mer, lui parut les regarder, elle et Gentzler, comme s'il les connaissait.

– Vous avez raison. Je suis si fatiguée que je ne crois pas être capable de vous reconduire à votre motel, concéda-t-elle.

Quelque chose chez le touriste lui fit penser à un flipper. Un carnaval mécanique avec une gravité simple. Une boule d'acier roulant dans un labyrinthe. C'était une image froide et inexorable. Une image de folie.

Est-ce que tu essayes de rentrer dans une nouvelle phase maniaque ? Va dormir !

– Je vais rentrer en taxi, dit Gentzler. Ne vous inquiétez pas.

L'impression de froid implacable retentit en elle comme un grondement, rebondissant contre les paroles du jeune avocat. Bo regarda ses pieds couverts de sable et écouta le grondement.

– Sol, dit-elle au bout de quelques secondes, cela va vous paraître étrange, mais je ne veux pas rester seule ce soir. Ceci n'est pas une invitation à partager des délices charnels, même si j'avoue avoir envisagé cette idée au cours de la soirée. Je suis un peu déstabilisée. J'aimerais que vous passiez la nuit chez moi, si vous pensez pouvoir dormir sur le canapé. Est-ce que ça vous paraît aussi anormal qu'à moi ?

– Pas anormal du tout, répondit-il en bâillant. Je suis fatigué aussi, et le canapé sera parfait. Ce qui ne veut pas dire, ajouta-t-il en souriant, que les délices charnels soient dénués d'attraits. Une autre fois ?

Sur le muret, la place occupée par le touriste en chemise hawaïenne était maintenant vide.

– Qui sait ? répondit Bo, s'adressant plutôt à elle-même.

Ayant aidé Gentzler à faire son lit sur le canapé avec les draps rayés couleur caramel, Bo s'effondra sur le sien et sombra dans un sommeil que ne dérangea pas son répondeur sur le comptoir de la cuisine, en se déclenchant à plusieurs reprises, enregistrant silencieusement des messages qu'en temps normal elle n'aurait pas écoutés avant le matin. Mais ce sommeil fut tout à fait dérangé lorsqu'on essaya de défoncer sa porte à deux heures du matin.

– Mais bon Bieu... ? marmonna Solon Gentzler en trébuchant dans l'obscurité du salon pour se diriger vers la porte tandis que Mildred courait dans ses jambes en aboyant.

Bo enfila un peignoir en coton d'un jaune éclatant avec des étoiles de mer en satin appliquées sur les poches. Elle avait horreur de ces étoiles de mer, mais ce peignoir, elle l'avait eu pour rien lors des soldes d'une boutique de linge de maison. Une commande qu'un client n'était pas venu chercher. Pas étonnant.

Gentzler demanda, « Qui est là ? » d'une voix tonitruante avec des décibels habituellement réservés aux ventes aux enchères sans haut-parleurs tout en s'acharnant sur les serrures de Bo.

– Docteur LaMarche, répondit la voix bien connue quand Bo ouvrit la porte.

Dans la lumière extérieure verdâtre de l'immeuble, elle put lire d'abord sur le visage d'Andrew LaMarche une expression totalement décontenancée puis une sorte de nausée.

– Oh, mon Dieu ! fit Bo en allumant la lumière dans l'appartement et en l'éteignant lorsqu'elle se rendit compte de l'image qu'elle et Solon Gentzler devaient... enfin... donnaient. Andy...

– J'étais terriblement inquiet, Bo, expliqua-t-il d'une voix qu'il s'efforçait en vain de faire paraître impersonnelle. J'ai appelé plusieurs fois, de même que Dar Reinert et Madge Aldenhoven. Vous êtes peut-être en danger.

Il nota l'allure dépenaillée de l'avocat avec une sorte d'ironie narquoise.

– Mais c'est tout à fait rassurant de constater que vous n'êtes pas seule.

Sur ce, il tourna les talons et se dirigea d'un pas raide vers l'escalier, silhouette maigre vêtue de kaki et d'une chemise de soirée froissée, bleue avec un col blanc. Bo courut après lui et remarqua qu'il n'avait qu'une chaussette. L'espace d'une seconde, elle crut qu'elle allait éclater en sanglots mais elle rejeta cette idée. À quoi bon ?

– Andy, qu'est-ce qui se passe ? lança-t-elle du haut de l'escalier.

Il s'arrêta et se tourna pour lui faire face.

– Cynthia Ganage, cette psychologue intrigante qui est à l'origine de tout ce délire satanique, a été assassinée ce soir, Bo. Je ne l'aimais pas, je ne pouvais pas respecter ce qu'elle faisait, mais elle ne méritait pas cela.

Il s'appuya contre la rampe d'escalier et regarda la mer.

– Reinert m'a appelé il y a une heure et m'a posé des questions sur les assassinats sataniques comme si cela existait. Il a dit que le corps de Ganage a été trouvé dans la baignoire de sa suite à l'hôtel, tout habillé et flottant dans son propre sang. Le meurtrier l'a apparemment assommée avant de mettre son corps dans la baignoire et de lui entailler la jugulaire gauche avec un couteau de cuisine. Après quoi, il a mis du sang dans un cendrier de l'hôtel, l'a emporté dans le salon de la suite et s'en est servi pour écrire « Satan mate une truie stupide » sur le mur. D'après Reinert, le mot « mate » était écrit « mat », mais cela voulait peut-être dire « fait échec à ». Cependant la raison pour laquelle je suis ici, fit-il en prenant une profonde inspiration, c'est que Ganage a reçu un message anonyme dans la journée qui dit que « Satan a appelé ». Reinert a reçu un message identique et, d'après Madge Aldenhoven, vous aussi.

– Mon Dieu, fit Bo en frissonnant. Tous ceux qui sont en relation avec l'affaire Franer. Et Andy, dit-elle, se souvenant de l'homme aperçu sur le muret, il y avait un type sur la plage ce soir qui nous regardait marcher. Il avait une allure de touriste, mais il y avait quelque chose de bizarre dans sa façon d'avoir l'air de savoir qui nous étions.

Le visage hâlé d'Andrew LaMarche prit une teinte de cendre.

– Il le savait peut-être, Bo. Puis-je considérer que votre invité va rester avec vous toute la nuit ?

– Oui, répondit-elle. Mais Andy, ce n'est pas ce vous croyez. Il dort sur le *canapé*...

– Vous n'avez aucune explication à me donner murmura-t-il. Du moment que vous n'êtes pas seule. J'ai déjà appelé Eva. Elle n'a pas reçu de message de Satan, on peut donc considérer qu'elle et Hannah ne sont pas en danger. Je vais tout de même y aller maintenant, on ne sait jamais. Je serai avec elles si vous avez besoin de moi.

Sans autre discours, Andrew LaMarche dévala l'escalier et disparut. Bo s'agrippa à un des poteaux patinés par les intempéries qui soutenaient le toit abritant le couloir extérieur de son immeuble et cogna doucement du front contre le bois.

Bravo, Bradley, tu as réussi. Tu as eu raison de son romantisme mielleux. Tu n'iras plus danser chez les Cajuns.

– Ce n'est pas grave, dit-elle à voix haute en sachant immédiatement que c'était un mensonge.

Aucun homme aussi correct qu'Andrew LaMarche ne méritait d'être blessé, même si c'était de sa faute après tout. Ou si ce n'était la faute de personne. Bo décida de repenser à tout cet incident à un autre moment où elle pourrait rétablir une réputation personnelle dont elle se souciait auparavant comme d'une guigne. Mais maintenant, il se trouvait qu'elle s'en souciait.

La nouvelle de la sinistre mort de Cynthia Ganage ne faisait que confirmer ce qu'elle pressentait depuis le début. Paul Massieu était innocent, et le violeur inconnu de Samantha Franer réagissait de manière tout à fait atypique à la publicité que lui faisaient les médias par une escalade de ses activités, allant de la profanation d'église au meurtre de sang-froid. Il n'avait rien de l'agresseur d'enfants banal. Ce n'était pas le mâle à la personnalité entravée dans son développement qu'elle avait vu des centaines de fois dans son travail, éprouvant peur ou répulsion devant l'acte sexuel adulte, excité par l'innocence et l'impuissance des enfants. Des individus de ce genre, cela avait toujours existé. Ils n'avaient absolument rien de remarquable, à part leur dévotion inébranlable pour un genre de luxure particulièrement répugnant, quelle que soit la thérapie tentée pour les restructurer. Mais en dehors de leurs pratiques sexuelles clandestines, rien ne les distinguait généralement de n'importe qui d'autre. Postiers, prêtres, banquiers, agents de maintenance en informatique. Des hommes très sociables, souvent actifs et appréciés à l'église ou pour leur dévouement à la communauté. Nullement attirés par des activités délictueuses, ils ne considéraient jamais les tortures qu'ils infligeaient aux enfants comme criminelles, simplement comme étant leur droit. Mais celui-là était différent. Celui-là jouait à un jeu dangereux qui ne correspondait pas au profil habituel du violeur d'enfants. Celui-là, concéda Bo, était un mystère.

De la plage, par le balcon de son appartement, une odeur d'iode, de produits chimiques marins et d'algues en train de sécher flotta jusqu'à son nez. Hannah Franer était en sécurité. Bo respira l'air de la mer et se félicita d'avoir au moins réussi ça. Mais elle allait être obligée de parler à la police de Zolar et de l'horreur rose du canyon. Il faudrait qu'ils inspectent la caverne secrète à la recherche d'empreintes, de fibres de vêtements, de traces du meurtrier de Samantha. Qu'adviendrait-il alors de Zolar ? Cette pensée la rendit malade.

Où places-tu ta loyauté exactement, Bradley ? Tu es aussi saine d'esprit que possible, pour le moment. Mais quand arrive l'instant où il faut mettre une limite entre nous et eux, tu t'identifies à un enfant atteint de dépression et à une âme perdue dont le diagnostic hospitalier indiquerait à coup sûr « schizophrénie paranoïaque ». C'est ça que tu veux ?

Par une déchirure dans le brouillard une tache de ciel d'un bleu noir étincelait d'étoiles. Il n'y avait rien d'autre. Pas de sens caché, pas de message subtil aux multiples facettes. Pas de sensation inexplicable flottant alentour. Pas de lamentations de Caillech Bera, cette vieille sorcière celte dont la représentation symbolisait la folie. Toutes ces choses n'avaient pas disparu de façon permanente, Bo le savait bien. Elles reviendraient. Elles faisaient partie d'elle. Mais pour l'instant, elles étaient absentes, laissant une ouverture à travers laquelle voir les étoiles et penser clairement étaient possible. Bo conserva ce moment dans sa mémoire, le photographia mentalement, en prévision d'un avenir inévitable où elle douterait de la décision qu'elle s'apprêtait à prendre.

– Oui, répondit-elle à sa propre question. C'est ça que je veux. Être moi, c'est très bien. J'ai su protéger Hannah et parler à Zolar. Je n'ai pas appris ce savoir en étant quelqu'un d'autre, et j'en ai marre de faire semblant d'être quelqu'un d'autre. Et il y a un pédophile devenu assassin qui est en liberté et qui va regretter que l'affaire Samantha Franer ait atterri sur mon bureau.

Dans l'appartement, Bo trouva Solon Gentzler debout, tout triste, devant son réfrigérateur ouvert.

– Trois livres de carottes ? demanda-t-il. Un sachet de brocolis crus, deux fois six bouteilles de jus de tomates sans sel et la photo d'une superbe nana qui ressemble au chef d'un protectorat insulaire où les voleurs d'œuvres d'art prennent leurs vacances. Bo, pourquoi n'y a-t-il pas de nourriture, et pourquoi cette photo scotchée sur le beurrier ?

– C'est Frances Lear, fit Bo en souriant, le mannequin qui sert de modèle aux femmes sous lithium aspirant à une garde-robe sans polyester. J'essaye de maigrir parce que j'ai pris du lithium pendant neuf mois.

Elle avait vendu la mèche, et il ne se passait rien.

– C'est pas le truc qu'on utilise pour les piles ? s'enquit Gentzler qui cherchait toujours quelque chose de comestible.

– Ça fait presque un an que je n'ai pas mangé de piles, Sol. Nous ferions mieux de nous habiller et de partir à la recherche d'un endroit ouvert la nuit pour prendre un café. Il y a quelque chose que je veux vous dire. Et j'ai une idée mais j'ai besoin de votre aide.

Chapitre 20

Rombo Perry inclina de huit degrés la partie avant du NordicTrack Pro et glissa dans le magnétoscope la cassette vidéo des paysages du Vermont que Martin lui avait donnée pour son trente-huitième anniversaire. Mais pas de flûtes indiennes new age aujourd'hui. Il choisit son CD *Best of the Supremes,* monta le volume puis entama son heure d'entraînement progressif et sourit. Diana Ross chantait encore, non sans passion, sa décision de ne pas concevoir un « Enfant de l'Amour » quand Martin Saint John, d'une patience émouvante sous sa fine couche de farine de blé complète, s'approcha, venant de la cuisine.

– Je sais que tu es bouleversé, commença Martin, mais tu crois que ce genre de régression adolescente peut vraiment t'aider ?

Les petits pains complets Parker House de Martin Saint John étaient la figure de proue du Traiteur Saint John, commandés par milliers chaque week-end pour la succession ininterrompue de buffets, de plateaux de cocktails et de dîners destinés à des collectes de fonds organisés par la communauté libérale de la bonne société de San Diego. Il avait fallu une installation électrique spéciale pour l'énorme armoire-congélateur placée dans la chambre inoccupée où ces délices à moitié cuits étaient conservés sur des grilles. Une odeur caractéristique de levure en train de cuire faisait invariablement saliver quiconque passait près de l'appartement et détruisait complètement la décoration high tech choisie cinq ans plus tôt par Rombo et Martin. Avant le succès remporté par les petits pains. Quand Martin sculptait encore des roses dans les radis pour ses plateaux de légumes et que Rombo était encore à la recherche d'un emploi entre ses deux réunions quotidiennes avec les Alcooliques Anonymes. La bonne odeur arrivait maintenant de la cuisine, flottant dans l'air.

– Il a été prouvé que Motown facilite l'élimination des acides qui circulent dans le sang, récita Rombo tandis qu'une séquence prise dans le comté de Green, dans le Vermont enneigé, traversait l'écran. Et si j'écoute encore de la harpe celte et de la flûte sur fond d'eau vive, je vais me raser le crâne et me mettre à porter un sarong orange.

– Le sarong, ce serait sympa, fit Martin avec un sourire radieux, ses yeux bruns prenant des tons de caramel dans son visage couvert de farine. Mais cette musique me rappelle le gouvernement Nixon. Mauvais karma. Les petits pains ne vont pas lever. Et tu es toujours sous le choc. Cette femme est morte il y a deux jours, Rom. Tu ne la connaissais même pas, en fait. Il faut que tu te secoues.

Une fine pellicule de sueur sur ses avant-bras rassura Rombo sur l'efficacité présente de son système cardio-vasculaire.

– On va aller voir Leonor quand on aura livré le pain, avant le service religieux. D'accord ? On pourrait lui apporter un os en peau de bœuf ou autre chose.

Leonor était la chienne golden retriever très enceinte qui allait bientôt offrir à Rombo et à Martin un chiot déjà baptisé du nom de Watson, en l'honneur de leur collection à la gloire de Sherlock Holmes. Rombo avait donné à Martin une casquette de chasseur de cerf, comme celle traditionnellement portée par Holmes, pour fêter la nouvelle lorsqu'il était apparu que l'idylle d'un week-end entre Leonor et un retriever champion appelé Gothard's Brendan avait été couronnée de succès. Le chien avait été amené en voiture de Palm Springs à San Diego pour l'occasion à bord d'une Mercedes d'époque. Le propriétaire de Leonor, décorateur de vitrines de magasins indépendant aux formes rebondies, avait troqué le chien à naître contre trois ans de petits pains complets. Et le mieux, pensa Rombo, c'était que Watson aurait une cour. Une vraie cour, avec un beau panorama.

– Bien sûr, concéda Martin qui abandonna l'espoir que la musique s'arrête. Ça te fera sûrement du bien. Ça te changera les idées, hein ?

Rombo regarda Martin repartir pieds nus vers la cuisine, et songea à la maison tout en continuant ses exercices. Avec son salaire et le commerce de Martin qui devenait florissant, ils avaient réussi à économiser assez d'argent pour verser un acompte conséquent sur une maison de North Park avec vue imprenable sur le canyon. Le prêt tenait compte des fonds nécessaires à la rénovation de la cuisine qu'utiliserait Martin pour faire ses lucratifs petits pains. Finis les meubles chromés avec du Skaï noir. Ils avaient même choisi un canapé chez Ethan Allen, qui leur avait valu de la part de leurs amis une avalanche de guirlandes de vigne d'une laideur exquise et d'aimants à poser sur le réfrigérateur représentant des oies à nœud papillon poussant des brouettes. La maison serait prête d'ici moins d'un mois.

Il augmenta la tension du volant d'inertie de son appareil de musculation et respira régulièrement en se demandant pourquoi il n'était pas mort. Plus de dix ans d'alcoolisme, les amphétamines tous les soirs dans des bars de Chicago, la baise avec n'importe qui, ses efforts pour être le super mec bien monté devant qui tout le monde tombait à genoux. Celui que tout le monde voudrait quand le barman portant pince-nichons et cache-sexe en cuir sous son Levi's déboutonné lancerait dans la fumée, « On va fermer, les filles ! » Rombo ne s'était jamais posé la question de savoir ce qu'il voulait, lui. Pas avant qu'il soit presque trop tard, quand il trouvait des petits boulots fournis par Manpower, un jour sur deux, à nettoyer des entrepôts ou des toilettes portables pour payer sa chambre et ses rasades de whisky allongé d'eau à six heures et demie du matin dans les bars.

L'une des épaves qui vivait dans l'hôtel pustuleux où Rombo dormait était mort sur le lino qui se décollait dans le hall. Tout le monde s'en foutait. Rombo se disait qu'il avait probablement enjambé le cadavre cette nuit-là. Et puis le petit homme aux allures de rat, dans sa cage pleine de mégots, à qui ils payaient les chambres, lui avait appris que ce tas de loques puantes qui gisait à terre avait été professeur dans le temps. Professeur de maths dans un établissement du secondaire, d'après sa sœur dont les flics avaient trouvé le nom et le numéro de téléphone dans la chambre du type. Dans la vapeur acide de sa propre respiration, Rombo avait vu l'avenir, il avait paniqué, et il avait fait la seule chose pour laquelle son père lui aurait craché au visage. À trente ans, il avait appelé sa mère.

Elle était assistante sociale à Gary, dans l'Indiana ; elle était venue à Chicago en voiture, l'avait ramassé et déposé dans le meilleur établissement qu'elle pouvait payer pour une cure de désintoxication.

« L'amour et l'approbation de ton père, c'est pas la peine d'y compter », lui avait-elle dit en le faisant admettre dans la clinique. « Tu as toujours eu l'amour de ta mère, pour ce qu'il vaut. Mais l'important, c'est que tu te le fabriques, l'amour pour toi-même. Il faut t'y mettre ! »

Il avait fait une ou deux rechutes après cela, mais il s'était repris et il avait persévéré. Quand son parrain chez les Alcooliques Anonymes de Gary lui avait offert l'occasion de conduire un camion de déménagement plein de meubles à destination de San Diego pour le compte d'une nièce qui était dans la Marine, Rombo avait saisi sa chance. Et il avait adoré San Diego. La ville spacieuse, ensoleillée, semblait promettre une vie nouvelle. Propre et sobre. Et libre. En moins d'un an, Rombo avait déménagé. Moins d'un an encore et il avait rencontré Martin Saint John, dont la bienveillante dévotion ne laissait pas de l'étonner. C'était la vie qu'il avait toujours souhaitée. Calme. Bien réglée.

Et il y avait un miracle encore plus grand, c'était que ni l'un ni l'autre n'avait le sida. Les deux tests qu'ils avaient faits en deux ans étaient négatifs. Rombo n'avait pas pu penser à ça, la façon dont ce sort lui avait été épargné en même temps que les autres morts qu'il avait courtisées en dansant avec la haine de son père. Maintenant, il n'arrivait pas à penser à autre chose. L'image d'une femme toute frêle, pendue par le cou avec un drap, lui rappelait des questions auxquelles il savait qu'il était temps pour lui de trouver une réponse.

À onze heures, Martin avait livré les derniers pains à un restaurant sur la plage où cent cinquante personnes se rassembleraient à la nuit tombée afin de collecter des fonds destinés à un foyer d'accueil pour des femmes.

– Tu es prêt à rendre visite à maman chien ? demanda-t-il à Rombo. Ou à me dire ce qui fait que le suicide de cette femme t'amène à réciter le monologue d'Hamlet sous la douche ?

– Je ne savais pas que tu pouvais entendre, répondit Rombo en tressaillant. Et je ne sais pas pourquoi cette histoire me touche comme ça. Mais ça me déchire, tu vois ? Nous avons tout, la meilleure vie possible, et cette pitoyable *petite* femme n'avait rien. Absolument rien. Une pustule ambulante avec la bite à la place du cerveau lui bousille sa môme, et terminé. Toutes les deux, parties. C'est fini. Et ce n'est pas bien, ça, Martin. C'est trop injuste.

Vingt minutes plus tard, ils étaient assis sur la terrasse fermée chez Maxwell Grasic, sur l'arrière, et ils regardaient un golden retriever mettre en pièces le *L.A. Times* dans une boîte en bois dont l'accès était fermé par des lattes de vingt centimètres de haut. Le tout avait été soigneusement poncé.

– Elle va mettre bas ce soir. Je le sais, dit leur ami en énonçant une évidence tout en faisant les cent pas. J'ai déjà appelé le vétérinaire trois fois aujourd'hui. Elle m'a dit d'arrêter d'appeler et d'attendre qu'il se passe quelque chose. J'ai tout préparé : serviettes, thé léger sucré, ciseaux stérilisés, une cassette de Brahms pour qu'ils soient détendus. Kevin et Barry ont déjà envoyé des fleurs, des roses jaunes et du gypsophile dans une gamelle pour chien en Wedgewood. Je n'en peux plus, de cette attente.

Quand la chienne fit une brève pause dans son travail, Rombo s'assit près d'elle sur la moquette extérieure en tweed gris et caressa ses flancs enflés. De frêles mouvements étaient perceptibles sous les longs poils. Des petits coups de pattes et de tête, et quelque chose qui ressemblait à un hoquet. Leonor haleta, puis se remit au travail dans la boîte.

– J'ai vraiment l'impression de ne pas en avoir fait assez, Martin, dit Rombo lorsque Max partit pour aller répondre au téléphone. J'ai passé tellement de temps à m'extirper de mon cul de basse fosse que j'ai oublié de vivre dans le monde. Ce tas de merde puant viole des petites filles et tout ce qui m'intéresse, c'est nous, notre maison, notre chien et notre vie. Je veux *faire* quelque chose. Quelque chose pour être utile.

– Tu as des idées ? fit Martin en souriant.

– Ouais, répondit Rombo en lui rendant son sourire. J'en ai.

Chapitre 21

Dimanche, à huit heures du matin, John D. Litten avait terminé l'emballage soigneux de son équipement audio-visuel, télé, magnétoscope, et matériel son. Ces objets ainsi que ses vêtements allaient tenir dans la voiture, qui était au nom de Craig Alan Sandford, un garçon décédé dans un accident de ski nautique à l'âge de huit ans. Il n'allait rien emporter d'autre.

Par sa fenêtre du huitième étage, il voyait des bateaux à voile chevaucher les vagues gris-bleu de la baie sous un ciel couvert tandis que les touristes prenaient la queue pour faire une promenade en mer. Le soleil qui s'efforçait de percer une légère brume le réchauffait et lui faisait mal aux yeux, tout à la fois. Il était resté debout une grande partie de la nuit. Et il avait une impression bizarre, comme s'il lui manquait des parties de lui-même. Tantôt c'était la nuque, tantôt son épaule gauche, puis le muscle et les tissus de sa main droite. Sa main droite était creuse. Et puis elle redevenait une main, et c'était sa bite qui n'était plus là. Mais quand il la touchait, il la sentait et ses narines semblaient disparaître à l'intérieur de son cerveau. Un défilé inquiétant d'espaces vides probablement provoqué, jugea-t-il, par les deux doses de coke qu'il avait prises la veille au soir. La coke et ce qui s'était passé. Ce qu'il avait ressenti en tuant cette femme, même si en fait son intention avait été de se faire l'autre. Comme du verre. Il avait eu l'impression d'être un homme en verre glacé. Comme une lumière qu'on verrait par un télescope, aveuglant de froid. Il avait bandé toute la nuit.

Tout était différent maintenant, ça, c'était sûr. Tout était changé. C'était comme de découvrir un secret qui était là depuis toujours, en attente. Par habitude, John Litten s'était préparé à partir rapidement. À quitter la ville avant de courir le moindre risque de se faire prendre. L'ancienne et habituelle partie de lui-même lui disait que c'était ce qu'il fallait faire. Mais quelque chose d'autre lui disait d'attendre avant de commencer le voyage qui l'emmènerait loin de San Diego, loin de l'étonnante chose qu'il avait apprise. Que pour devenir Superman, il lui suffisait de tuer.

Vêtu d'un jean et d'un tee-shirt noir orné du portrait de quelqu'un qui s'appelait Wittgenstein, il avait l'air d'un étudiant de n'importe quelle université du pays. Personne ne se souviendrait avoir vu un étudiant se balader dans le centre de San Diego. Et même si quelqu'un s'en souvenait, qu'est-ce que cela pouvait faire ? Personne ne le cherchait. Ils ne savaient pas quoi chercher. Ils étaient trop bêtes. Il ferma soigneusement à clef son appartement derrière lui, puis dévala les huit volées de marches avant de se diriger vers la rue.

Dans la brume, tout paraissait étrange, lustré.

Comme si la ville, sachant qui il était, s'était fait reluire à son intention. Sous ses pieds, un trottoir en briques, avec ses lignes de mortier propres et neuves dans leur dessin de vannerie, le menait vers un avenir que John Litten avait du mal à imaginer. Un avenir dans lequel lui seul connaissait le secret de la transformation. Un avenir dans lequel il allait jouer avec eux, tous ces imbéciles qui ne savaient rien, et après il les tuerait. Il ne comprenait pas pourquoi il n'avait pas vu ça avant. C'était là, depuis le début.

Dans le renfoncement d'une porte orange quelque chose bougea par terre. Litten regarda ce que c'était et il lui fallut plusieurs secondes avant de l'identifier. Quelque chose de long qui sentait mauvais, qui bougeait sous des pans de carton mouillé arrachés à une grande boîte. L'un de ces morceaux portait le nom d'un importateur de San Francisco en lettres imprimées. Et la chose qui était dessous était un homme. Litten regarda l'enseigne au-dessus de la porte : LA DERNIERE ÉTAPE DE DICK. Ce n'était qu'un restaurant plongé dans la pénombre, avec un ivrogne qui dormait sur le seuil. De l'autre côté de la rue, les poubelles d'un Cost Plus révélaient l'origine des morceaux de carton. Litten se demanda pourquoi il lui avait fallu tellement de temps pour comprendre cette scène ordinaire. Et c'est alors qu'il comprit pourquoi. Il avait finalement franchi une barrière, était devenu quelque chose de radicalement différent de la créature allongée par terre. Tellement différent que de prime abord il ne l'avait pas reconnue en tant qu'être humain. C'était parce qu'il était surhumain maintenant. Un être surhumain qui marchait, presque invisible, dans les rues embrumées d'une ville endormie. Ça ressemblait à quelque chose qu'il avait lu dans une bande dessinée des années auparavant.

Dans Island Avenue, il traversa la chaussée pour aller vers un vieil hôtel en briques restauré par un plan d'aménagement du centre ville. Le Horton Grand, lui apprit une plaque, avait été construit en 1886. La date ne signifiait rien. Qu'est-ce qu'on en avait à faire, de la date où un vieux bâtiment avait été construit ? C'était étrange. Deux hommes en chemise blanche et pantalon noir traînaient devant la façade brillante de l'hôtel. Ils devaient s'occuper de garer des voitures pour obtenir des pourboires, se souvint Litten.

– Très bon, le petit déjeuner, lui signala l'un d'eux. Plutôt cher, mais bon.

– Ah ouais ? répondit Litten.

Pourquoi cet homme lui avait-il dit cela ? Petit à petit, les choses prirent un sens. Ils l'avaient pris pour un touriste qui cherchait un endroit pour prendre son petit déjeuner. Avec ses vêtements d'étudiant, il avait l'air d'avoir leur âge. Cet homme fonctionnait en vertu d'hypothèses auxquelles John Litten devait s'adapter. Il entra, avec l'impression d'être une marionnette. Ce serait bien de manger, pensa-t-il. C'était probablement une bonne idée. Mais les choses étaient si étranges. Pourquoi Superman devait-il faire ce que lui suggérait un employé de parking ?

Le hall de l'hôtel avait un carrelage vert et quelques meubles blancs faits en baguettes de bois. Et de grandes cages à oiseaux blanches dont le fond était protégé par les bandes à picots de papier pour imprimante. John Litten avait déchiré des kilomètres de ces bordures dans la Marine. Leur présence était familière et rassurante, mais il n'aurait jamais eu l'idée de s'en servir pour quoi que ce soit. Pourquoi n'avait-il pas pensé à en tapisser le fond d'une cage à oiseaux ? Parce qu'il n'y avait pas d'oiseaux dans la Marine, décida-t-il. S'il y avait eu des oiseaux, il y aurait pensé. N'importe qui, avec son intelligence, y aurait pensé. À part que personne n'était aussi intelligent que lui. Plus maintenant.

– Petit déjeuner, monsieur ? demanda une femme à l'air fatigué qui portait un chemisier à volants.

Son sourire parut traverser le visage de Litten pour aller s'immobiliser quelque part derrière sa tête. Elle ne voyait pas ce qu'il était, elle ne le voyait d'ailleurs pas vraiment. Parfait.

Le restaurant de l'hôtel était faiblement éclairé et presque vide ; il suivit la femme jusqu'à un box en bois dont les banquettes étaient recouvertes d'une espèce de tissu rugueux et fleuri. Le même tissu recouvrait le dossier, à l'endroit où reposait la tête. Litten regarda le tissu, les dizaines de milliers de petits points faits à la machine pour figurer des fleurs et des feuilles, des branches et des oiseaux de différentes couleurs. Ça avait l'air difficile à réaliser, compliqué. Pourquoi s'en inquiéterait-on ? Quelque chose dans ce tissu irritait John Litten, mais il ne savait pas quoi.

Un homme et une femme assis à une table ronde, non loin de lui, commandèrent du café avec du saumon fumé et des omelettes à l'oignon. Litten, nerveux, fit une commande identique, bien qu'il détestât le café. Qu'est-ce qui lui arrivait ? Pourquoi ne se sentait-il pas bien, maintenant qu'il avait découvert le secret ?

De la musique s'échappait des haut-parleurs du restaurant.

– Mozart aurait aimé cet endroit, dit l'homme attablé avec sa compagne. C'est tellement baroque.

– Je pense que Salieri l'aurait davantage apprécié, répondit-elle, et ils éclatèrent de rire.

John Litten fixait des yeux son omelette qui sentait le poisson. Pas du poisson pourri comme celui que Mamie ramenait quelquefois d'un magasin d'Estherville qui le donnait le samedi soir parce qu'ils étaient fermés le dimanche. Mais c'était tout de même du poisson. Il n'arrivait pas à comprendre pourquoi l'homme et la femme riaient. De quoi riaient-ils ? Il sentit qu'il les regardait en fronçant les sourcils, mais ils ne le virent pas. Ils ne le voyaient pas, *lui*. Ils ne savaient pas qu'il était là.

John Litten se demanda s'il était vraiment là. Quelque chose clochait. Des tas de choses qu'il ne comprenait pas, qu'il ne pouvait nommer. Ces gens parlaient-ils de musique ? Comment pouvait-on parler de musique ? Pourquoi ne pouvait-il comprendre ce qu'ils disaient, s'il était Superman, Superman devait tout comprendre, il créerait probablement des motifs avec des milliers de petits points s'il en avait envie. Mais John Litten ne savait même pas comment appeler cela, une fois terminé.

Une prise de conscience impossible commença à se matérialiser comme un nuage en demi-cercle entre ses oreilles. La conscience d'une différence qui avait toujours été là, du plus loin qu'il se souvienne. Une différence que personne ne pouvait voir, qui maintenant était complète. Il n'était pas comme ces gens, à cette table, pas du tout. Il ne les comprenait pas et eux ne le voyaient pas. Il n'était pas comme tout le monde. Il avait appris à être en verre glacé, et il était seul. Il serait toujours seul.

Il laissa un billet de vingt dollars sur la table, se leva et quitta rapidement l'hôtel. Dans le parking vide du Cost Plus, il vomit derrière les poubelles. Un café âcre, au goût de poisson, jaillit de sa gorge. Cela lui faisait du bien de s'en débarrasser. Seuls les imbéciles buvaient du café, comprit-il. Les gens, quoi. Il n'était plus l'un d'eux, si tant est qu'il l'ait jamais été.

Une rage sombre, comme un pilier de granit blanc, l'envahit lorsqu'il redressa le torse dans l'ombre derrière les poubelles. Il les détestait, c'était tout. Et il pouvait les tuer et devenir du verre. Une érection douloureuse battait derrière la braguette à boutons de son pantalon. Il sortit son sexe et eut le souffle coupé lorsqu'il éjacula au souvenir du sang, de la mort. C'était si facile. Et si bon. Il n'aurait jamais besoin de rien d'autre.

Chapitre 22

À dix heures trente, Bo buvait du bout des lèvres une tasse de café dans le patio d'où Eva Broussard observait un surfeur particulièrement nul qui portait une combinaison beaucoup trop grande pour lui et dégringolait de sa planche à chaque vague.

– Je suis sûre que personne ne me suivait, expliquait Bo, mais je me suis éloignée de la côte et je suis revenue par Encinitas, par sécurité. Virages serrés, planques sur des parkings, retours en arrière. Personne n'aurait pu rester collé à mes basques. Il fallait que je vous parle.

Des deux mains, du bout des doigts, la femme d'âge mûr se massa les tempes.

– Oui, dit-elle en hochant la tête et en tournant le dos à la mer quand Bo eut expliqué la décision qu'elle avait prise.

Le risque terrible qu'elle allait prendre au tribunal le lendemain.

– C'est une chose dangereuse mais courageuse. Si vous êtes vraiment prête, je suis sûre que c'est la bonne décision que vous avez prise. Et la situation est devenue encore plus complexe. Pensez-vous qu'il y ait le moindre danger pour Hannah, venant de l'homme qui a tué Cynthia Ganage ? Pensez-vous qu'il y a vraiment un rapport quelconque entre ces deux crimes ?

Eva Broussard paraissait distante, perdue dans ses pensées. Bo était absolument incapable de deviner l'état mental de cette femme.

– Il est possible que Ganage ait été tuée par quelqu'un qui n'a aucun rapport avec cette affaire, commença Bo. Nous ne savons rien de Ganage. Elle venait de L.A. La police s'occupe de vérifier les relations qu'elle avait là-bas. Elle avait peut-être un ennemi, un amant éconduit, quelqu'un qui voulait qu'elle meure et qui s'est juste servi du message en lettres de sang sur le mur pour brouiller les pistes des enquêteurs. Mais...

– Je ne crois pas, dit Eva Broussard d'une voix à peine audible, et vous non plus.

Bo se pencha en avant dans sa chaise longue en toile, la curiosité en éveil. Broussard semblait tenir à aller jusqu'au bout d'une réflexion qui la tourmentait.

– Il y a des aspects dans ce meurtre qui m'amènent à une conclusion différente. Très différente. Mais il faut d'abord que vous me disiez tout ce que vous savez.

Toute en grâce, l'Iroquoise tira un siège identique près de celui de Bo et s'assit. Même si son regard était fixé dans le vague, la concentration de cette femme donnait à Bo la sensation d'une force palpable. Eva Broussard prenait l'assassinat de Cynthia Ganage très au sérieux.

– À la crèche où était Samantha pendant que Bonnie faisait son travail à temps partiel, dit Bo tranquillement, j'ai découvert une sorte de caverne creusée dans le mur du canyon derrière la propriété, soigneusement étayée à l'aide de poteaux. Une caverne peinte en rose et décorée de guirlandes de Noël électriques. Il y a un homme atteint de schizophrénie qui vit dans ce canyon. C'est lui qui m'a montré la caverne. Il savait que le criminel se faisait appeler Goody. Je pense que le meurtrier de Samantha était d'une façon ou d'une autre en rapport avec cette crèche. Je pense qu'il s'y rendait pour emmener des enfants dans cet endroit dans le canyon et... qu'il leur faisait des choses. Il y avait des piles dans la caverne...

– Des piles ?

Ses yeux, d'un noir corbeau, étaient grands ouverts.

– Oui, il s'en servait pour faire marcher les ampoules et un magnétophone. De la musique enfantine...

– Et peut-être un camescope aussi, fit Eva Broussard dans un souffle. Vous en avez parlé à la police ?

Par la baie vitrée du studio donnant sur le patio, Bo regarda Hannah Franer qui jouait par terre à l'intérieur avec un énorme assortiment de Lego. De temps en temps elle repoussait ses cheveux de son visage, d'un geste d'adolescente incongru, comme si une personnalité plus âgée s'élaborait déjà dans la figure enfantine. Une musique de flûte venant de haut-parleurs stéréo leur parvenait par les deux fenêtres à moustiquaire qui flanquaient la baie vitrée.

– Ce matin seulement, avoua Bo. Dar Reinert a appelé. Je lui ai demandé de vérifier si la crèche était agréée. Il m'a dit que la maison est louée au nom de quelqu'un qui est mort au Texas il y a dix-huit ans. Un faux nom, en d'autres termes. Le propriétaire vit en Oregon, il paie une agence pour louer et entretenir la maison. Cette agence est en fait un promoteur qui a fait faillite, du nom de Brock Mulvihill, et qui gère son affaire depuis son garage à San Marcos. Mulvihill dit qu'il n'a jamais vu le type qui loue la maison de Kramer Street ; tout a été fait par téléphone et par courrier. Il dit que les chèques sont honorés et que le locataire a payé les frais de remplacement de la clôture de la cour arrière pour que sa femme puisse ouvrir une crèche sur la propriété. Mulvihill est passé une fois devant en voiture, il y a trois mois, un week-end, a tout trouvé bien entretenu, et il est parti. Il n'a pas posé de questions. Le marché est pourri. Il était tout content d'avoir un locataire responsable et solvable. La crèche n'est pas agréée par le comté. C'est une femme d'origine hispanique qui s'en occupait et elle a disparu, mais j'ai une collègue qui parle espagnol à qui j'ai demandé d'aller là-bas, ce matin, pour voir si cette femme est revenue. Il est évident que le criminel a monté tout ça pour avoir des enfants sous la main, mais il n'y a aucun moyen d'en savoir plus avant demain quand les parents viendront déposer leurs gamins. J'ai parlé à Reinert de la caverne et de Zolar, l'homme qui m'y a menée. Reinert est déjà allé voir. Zolar a disparu, mais la caverne est toujours là. La police y est en ce moment même, mais ils ne s'attendent pas à trouver grand-chose. Évidemment Reinert pense maintenant que c'est Zolar, notre criminel. En attendant, les médias « envisagent avec circonspection » la possibilité d'une main-mise satanique sur San Diego. Ils s'étaient entichés de Ganage.

Eva Broussard poussa un soupir et demeura un moment silencieuse.

– Je vous fais confiance dans votre jugement concernant Zolar, dit-elle, et même si ce n'était pas le cas, les préparations élaborées que vous décrivez, la construction et les étais de la caverne, la peinture et les lumières, tout cela a trop de complexité et de cohérence pour un individu atteint d'une schizophrénie qui n'est pas soignée. Non, d'après ce que vous m'avez dit, je pense que l'on peut dire sans risque que notre meurtrier ne vit pas dans un monde mental irréel. Mais ce qui est plus caractéristique, à mon avis, c'est qu'il s'agit d'un solitaire. Pour réussir à faire ce qu'il fait, il ne peut pas avoir de vrais contacts avec d'autres personnes. Son existence tout entière est une suite de réalisations conçues pour camoufler sa véritable personnalité.

– Un violeur d'enfants ? précisa Bo. C'est ça, sa véritable personnalité. J'ai souvent eu affaire à des violeurs d'enfants. Celui-là n'est pas l'exemple typique de...

– Non, répondit Eva Broussard, il n'est pas typique et ce n'est pas cela qu'il cache. Il cache le fait qu'en lui, il n'est rien.

– Hein ?

– Cela va vous être presque impossible à comprendre, Bo, continua Broussard dont le débit s'accéléra légèrement. Vous êtes... comment dire... quelqu'un qui possède des facultés uniques pour appréhender les expériences des êtres vivants ; la joie, les passions, le désespoir, le sentiment d'impuissance. Vous *êtes* les masques portés sur la scène humaine, pour la comédie et la tragédie. Mais cet homme-là n'a pas sa place dans le monde que votre cerveau perçoit comme à la loupe. Cet homme est dépourvu de toute capacité à ressentir des émotions, à l'exception peut-être de la peur et de la colère, qui chez lui forment une seule et même chose. Ce qu'il vit n'est pas accessible à la plupart des gens, mais ça l'est encore moins pour vous. Ce n'est même pas la peine d'essayer.

Bo s'efforça de digérer les paroles d'Eva Broussard puis se contenta de remettre cela à plus tard.

– Si vous voulez dire que c'est un malade mental, comme un schizophrène qui entend des voix lui intimant des ordres, et que cela peut expliquer son comportement, ça ne ressemble à rien de ce que j'ai jamais vu.

– Il ne souffre d'aucune maladie mentale commune, et surtout pas de schizophrénie, comme je vous l'ai dit, reprit Broussard. S'il a quelque chose, cela pourrait être diagnostiqué comme un trouble de la personnalité... marginalité, narcissisme, quelque chose comme ça. Mais il a toute sa raison.

Elle parut observer un groupe de plantes grasses au port retombant qui faisaient une cascade au bord du patio.

– Des termes tels que « troubles de la personnalité » ne sont que des catégories pour rendre compte de l'inexplicable. Des catégories qui définissent la manière dont certaines personnes sont incapables de ressentir un intérêt normal pour les autres et avoir des relations normales avec autrui. Mais cet homme souffre moins d'une maladie que d'une totale absence de personnalité. Il se nourrit de pouvoir et de rien d'autre. Son pouvoir de manipuler la réalité. La gratification sexuelle avec des enfants est presque un pur exercice de pouvoir. Mais maintenant il a peut-être trouvé mieux...

Bo inspira lentement, les pensées d'Eva Broussard trouvant leur suite logique dans son propre esprit.

– Meurtre de sang-froid, fit-elle en expirant. Il a trouvé une source de pouvoir en tuant.

La plage chauffée par le soleil lui parut soudain glaciale :

– Et de même qu'il a vraisemblablement violé plusieurs enfants, il va aussi tuer plusieurs fois.

– Il est tout à fait possible, reprit Broussard en complétant son estimation avec prudence, que nous assistions ici à la naissance d'un tueur en série.

Dans le ciel, une mouette fonça en lançant un cri, décrivit un cercle vers la mer comme pour éviter la sinistre constatation suspendue dans l'air. Bo ferma les yeux et frissonna.

Dans l'appartement, Hannah continuait de jouer avec une construction élaborée à partir de Lego. Pendant le petit silence qui se fit lorsque la cassette s'arrêta avant de redémarrer en sens inverse, Bo entendit la voix de l'enfant à travers les moustiquaires, qui fredonnait au hasard. Tout en fredonnant, elle remuait les lèvres.

– Voilà, disait-elle en assemblant des Lego. Et voilà.

– Elle parle, murmura Bo.

– Pas exactement, dit Broussard en souriant. Elle ne se rend pas compte qu'elle forme des mots en fredonnant. Son esprit est occupé par le jeu.

Mais elle finira par s'entendre et si on ne prête aucune attention particulière au fait qu'elle parle, si on considère cela comme parfaitement normal et ordinaire, je crois qu'elle abandonnera son mutisme. Et alors il faudra encore plus de précautions quand elle commencera à exprimer sa douleur et son deuil. Pendant un certain temps, Hannah aura besoin de soins prodigués par des professionnels.

Bo sourit.

– Et d'amour, Eva. Regardez ce que votre amour a déjà fait pour elle.

Le visage de l'Indienne était pensif.

– Comme beaucoup d'Américains, vous avez tendance à mettre du romantisme dans tout, Bo. Ceci n'était pas dans mes projets. Après avoir été opérée d'un cancer du sein dont j'ignore s'il a été pris à temps, j'ai décidé de consacrer le reste de ma vie à des recherches sur une expérience humaine précise. J'étais satisfaite de ma décision, enthousiasmée par ce projet. Puis Samantha Franer a été tuée, sa mère s'est suicidée, Paul a été mis en prison. Ces gens n'étaient pas particulièrement proches de moi, Bo. Je suis essentiellement une intellectuelle, pas ce que vous, les Américains, vous appelleriez une personne tournée vers les autres. J'aurais évité cet amour s'il y avait eu moyen de le faire, mais ce n'était pas possible.

Elle fixa Bo d'un air curieux :

– Je pense que la plupart d'entre nous tiennent à éviter les responsabilités de l'amour au profit d'attachements moins perturbants, pas vous ?

L'étincelle visible dans les yeux noirs était une allusion directe.

– J'ai cru comprendre que le docteur LaMarche

est resté auprès de vous et de Hannah la nuit dernière après le meurtre de Ganage, dit Bo en acceptant le défi. Sc pourrait-il qu'il ait parlé de ses intentions insensées me concernant ?

Le sourire d'Eva Broussard s'épanouit.

– Il a apporté les Lego à Hannah, mais il n'a pas beaucoup parlé de vous. Toutefois, sa déconvenue en ne vous trouvant pas seule la nuit dernière était par trop évidente. L'égo mâle est peut-être la construction la plus fragile de la planète, vous savez. Et terriblement transparent.

– C'est justement pour cette raison que je ne veux pas...

– Vous ne me devez aucune explication, Bo. C'est une dette que vous avez envers vous-même, et personne d'autre. Je suppose que vous savez clairement pourquoi vous repoussez ses avances ?

– Le problème, c'est qu'il ne m'a pas fait d'avances, soupira Bo. Il ressemble à un personnage sorti d'un manuel de savoir-vivre. Le parfait gentleman. Par ailleurs, je l'apprécie beaucoup. J'aimerais préserver cette amitié. Et cette affaire est un peu trop préoccupante...

– Bien sûr, concéda Eva Broussard en se levant. Alors, que faisons-nous maintenant ?

Bo s'étira et regarda sa montre.

– Je dois retrouver ma collègue, Estrella Benedict, à la crèche dans quarante-cinq minutes. Si la femme qui s'occupe des enfants est revenue, elle pourra l'interroger en espagnol. Ensuite, nous irons au service religieux en mémoire de Samantha et de Bonnie. Reinert pense qu'il y a une petite chance que notre meurtrier y assiste, si ce n'est pas Zolar. D'ailleurs, Reinert a lancé des patrouilles à sa recherche : je m'en veux terriblement de l'avoir mêlé à ça.

– Votre Zolar n'est pas soigné et il est malheureux, dit Broussard d'un ton brusque. Si on le retrouve et si on l'aide, ça permettra peut-être de le sauver.

– Vous parlez comme une vraie psy, dit Bo en riant. Il est clair qu'on ne vous a jamais attachée ni injecté trop de Haldol. Mais vous avez peut-être raison. Et, Eva... ?

Bo ne pouvait s'empêcher de lui poser la question.

– Vous semblez savoir beaucoup de choses sur le meurtrier, sur la façon dont son esprit fonctionne. Mais j'ai étudié vos recherches. Tous vos travaux ont porté sur l'interaction sociale, le mysticisme religieux, des choses comme ça. Vous n'avez rien publié sur les pédophiles ni sur les tueurs en série. Comment en savez-vous autant ?

– On devient, dans un sens, ce sur quoi on fait des recherches, répondit Broussard. Il y a longtemps, j'ai choisi d'éviter de faire des recherches sur le côté sombre du comportement humain. J'ai fait ce choix précisément parce que cela me fascine. C'est trop dangereux. Pour quelqu'un qui a fait le choix de vivre en dehors des structures relationnelles habituelles du mariage et de la famille, des recherches intensives en psychopathologie peuvent produire une vision faussée de la condition humaine. Vous avez sûrement vu cela chez des collègues qui finissent par considérer que le monde n'est qu'un cloaque. Néanmoins, je me tiens au courant des travaux des autres. Il est parfois impossible de comprendre les aspects supérieurs sans une certaine compréhension des profondeurs.

– Oh ! fit Bo.

C'était la réponse à laquelle elle s'attendait. Plus ou moins.

Quarante minutes plus tard, elle garait la vieille BMW déglinguée le long du trottoir derrière le coupé argent immaculé d'Estrella Benedict. Estrella faisait les cent pas dans l'allée de la crèche Kramer, ses talons hauts claquant comme des coups de carabine. Ce n'était pas bon signe.

– Qu'est-ce qui s'est passé ? demanda Bo en quittant précipitamment sa voiture pour la rejoindre dans l'allée. Elle était là ? La femme, elle était là ?

– *Si*, répondit Estrella qui chanta la monosyllabe sur deux notes.

Ses joues tressaillaient comme sous l'effet de la colère :

– Elle était là.

– Alors ? Qu'est-ce qui s'est passé ? Où est-elle ?

Estrella rentra les lèvres sur ses dents et regarda le ciel. Bo voyait les lauriers blancs se refléter dans les lunettes de soleil de son amie.

– Elle est partie, annonça Estrella.

– Partie ? Tu veux dire que tu lui as parlé et qu'après tu l'as laissée filer ? C'est notre unique témoin. C'est la seule personne qui puisse identifier ce pervers. Je t'avais demandé d'essayer de lui parler en espagnol. Je ne pensais pas vraiment qu'elle serait là, mais...

– Elle ne pensait pas que je serais là non plus, continua Estrella. Et j'aurais mieux aimé être ailleurs. Bo, je déteste que tu me fasses participer à tes histoires de dingue. Tu ne peux pas faire ton travail comme tout le monde et rentrer chez toi ? Il faut toujours que tu ailles trop loin, que tu en saches trop. Tu t'impliques trop.

Estrella semblait au bord des larmes.

– Es, dis-moi ce qui s'est passé, dit Bo, en dirigeant sa collègue vers la BMW pour qu'elle s'y appuie. Qu'est-ce qui se passe ?

Estrella lissa la jupe noire en lin qu'elle avait à l'évidence choisi de porter pour le service religieux auquel elles allaient assister, et croisa les bras sur son chemisier en soie blanche finement rayé de noir.

– Je lui ai dit que je venais de trouver un emploi de secrétaire chez un avocat latino-américain, et que je devais trouver immédiatement un moyen de faire garder mes deux petites filles pendant la journée. J'ai dit que l'avocat voulait que je commence la semaine prochaine et qu'il ne voulait pas attendre. Je lui ai dit que j'étais coincée. Et tu sais ce qu'elle m'a répondu ? Tu sais ce que cette crétine illettrée arrivée d'un quelconque village de Chihuahua m'a dit ?

– Quoi ? demanda Bo.

Estrella avait baissé la tête, comprit Bo, afin de ne pas abîmer son maquillage avec des larmes.

– Elle m'a dit de remmener mes bébés là d'où je venais, de filer des États-Unis, même si la situation était terrible dans mon pays. Elle m'a dit que le diable avait acheté son âme ici pour mille dollars par mois. C'est la somme qu'il lui donnait, Bo, pour s'occuper de cette crèche et détourner les yeux. Elle a dit qu'il la laissait vivre ici gratuitement avec ses deux enfants, et qu'il la payait mille dollars par mois, en liquide. Et quelquefois il venait le midi et il emmenait des enfants, généralement une petite fille mais pas toujours, pour aller faire une promenade dans le canyon. Elle trouvait ça bizarre, mais Bo, elle ne savait pas ce qu'il faisait aux enfants avant la mort de Samantha. Elle m'a dit qu'ils avaient un comportement étrange, que des fois ils vomissaient plus tard, au moment du goûter. Mais il n'y avait pas de traces de blessure. Sans doute qu'il...

– Oh, mon Dieu ! fit Bo en soufflant l'air par le nez pour lutter contre la nausée qu'elle connaissait bien. Comment une chose aussi immonde peut-elle se déplacer librement ?

Dans le dos d'Estrella, la maison grise paraissait les observer derrière ses barreaux blancs.

– Alors, où est-elle maintenant ? continua Bo. Pourquoi l'as-tu laissée partir ?

– Elle m'a dit qu'elle avait emmené ses enfants à Tijuana hier et qu'elle les avait laissés chez des sœurs dans un orphelinat pour la nuit. Après, elle a déambulé en essayant de décider de ce qu'elle devait faire. Elle faisait vivre une quinzaine de membres de sa famille restés au village, avec cet argent, Bo. Ils sont dans une situation désespérée. Elle a décidé de laisser ses enfants à Tijuana une semaine, de revenir et d'essayer de soutirer plus d'argent à cette vermine avant de s'enfuir.

– Mon Dieu. Tu veux dire, alors même qu'elle savait... ?

Estrella redressa les épaules et regarda Bo pardessus ses lunettes de soleil.

– Oui, répondit-elle. Et il faut que je te dise que c'est *moi* qui lui ai conseillé de rentrer au village avec ses enfants avant de se retrouver en prison. Je lui ai dit qui j'étais en réalité et je lui ai parlé ce qui arriverait quand la police finirait par comprendre. Elle est partie, Bo. Elle est en sécurité.

– Bon, bon, fit Bo. La voix de la malédiction qui prétend que je suis folle même quand je ne le suis pas vient de rentrer dans le rang. Et si ça peut t'aider, tu as bien fait. Cette femme aurait pu perdre ses enfants, passer des années dans une prison californienne comme complice de crimes qu'elle ignorait. Davantage de vies innocentes auraient été gachées pour rien. J'aurais fait la même chose, Es.

– Je sais, fit Estrella avec une grimace en donnant un coup de pied dans le pneu de la voiture de Bo. C'est bien ce qui me bouleverse.

Chapitre 23

L'église Sainte-Thérèse, une bâtisse des années cinquante en forme de A avec un vitrail en rosace que Bo soupçonnait d'avoir été confectionné avec d'anciennes bouteilles de vin étant donné la prépondérance du vert, était à peine visible derrière quatre camions de régie sono garés le long du trottoir. L'un d'eux arborait un logo de Los Angeles. Malheureusement, l'affaire prenait une importance grandissante. Sur le vaste trottoir en face de l'église, vingt personnes habillées en noir tenaient à bout de bras des panneaux rédigés à la main. « Satan est libéré de sa prison » annonçait l'un d'eux. « Et celui dont le nom n'est pas inscrit dans le Livre de la Vie sera jeté dans le Lac de Feu » serinait un autre. À voir l'expression des visages de ces manifestants, Bo aurait parié qu'ils auraient volontiers *investi* dans un lac de feu si seulement ils pouvaient y jeter tous ceux qui ne partageaient pas leur point de vue sur le monde. Elle était sûre d'être parmi les premiers à y être précipités.

– Ils sont sympas, hein ? murmura-t-elle à

Estrella quand elle eut retrouvé sa collègue dans la foule qui s'agglutinait devant l'église.

Plus de la moitié de ces gens avaient cette aura « chaussettes-blanches » qui, dans l'esprit de Bo, était associée à la police.

– Révélation, précisa derrière elles la voix familière de Madge Aldenhoven. Écrit par l'apôtre Jean lorsqu'il était en exil dans l'île de Patmos.

– Il y a toutes les raisons de croire que le livre de la Révélation a en fait été écrit par un de *mes* ancêtres, dit Bo en souriant à son chef. Quel plaisir de vous voir Madge. Mais les circonstances sont bien tristes.

– *Madre de dios*, dit Estrella dans un souffle.

– N'oubliez pas que vous êtes en sursis, Bo, murmura Madge en plissant les yeux. Je vois d'après votre attitude que vous mijotez quelque chose. Je dois vous faire remarquer qu'à mon avis vous seriez plus à l'aise dans une autre profession. Vous êtes sûrement d'accord.

Bo aperçut Dar Reinert qui lui faisait signe sur les marches de l'église.

– J'en étais presque arrivée à cette conclusion par moi-même, mais maintenant j'ai changé d'avis, fit Bo qui éluda la conversation. Nous le saurons demain. Pour l'instant, j'espère que vous m'excuserez pendant que je vais parler avec l'inspecteur Reinert.

– Que veut-elle dire avec son « nous le saurons demain » ? demanda Madge à Estrella.

– Je n'en ai pas la moindre idée, répondit celle-ci en secouant la tête.

Dar Reinert, dominant les marches de l'église par sa seule corpulence, n'aurait pu avoir une apparence plus clairement officielle même s'il avait porté un uniforme.

– Ça va vous plaire, ce que j'ai à vous dire, grommela-t-il à l'oreille de Bo. On a trouvé votre dingo hier soir, ce Zolar, il dormait dans un arbre dans Balboa Park. Et voilà la partie bizarroïde. Quand on l'a sorti de l'hôpital psychiatrique du comté pour l'emmener dans le canyon ce matin, pour voir s'il dirait quelque chose, il y a une septuagénaire, une enseignante à la retraite avec un gabarit d'haltérophile, qui a déboulé dans les buissons. Elle dit qu'elle a une maison de l'autre côté, qu'elle se promène tout le temps dans le canyon. Qu'elle savait que cet aliéné était là, qu'elle lui donnait des vitamines ou je ne sais quoi.

Bo ravala le sermon qui lui venait à l'esprit sur le terme vide de sens d' « aliéné » et se rappela les provisions tout à fait saines dont disposait Zolar. C'était donc ainsi qu'il les avait eues. Mais l'enseignante avait fait un bide avec les petites serviettes. Elles n'auraient pas servi à grand-chose de toute façon.

– Et voilà ce qui va vous plaire, continua Reinert tandis qu'un petit orgue entamait le Chant des Anges Gardiens de *Hansel et Gretel* d'Humperdinck. Cette dame dit que votre dingo était dans sa cour mardi après-midi et qu'il a dormi sur une table de pique-nique d'une heure et demie jusque vers six heures. Bonnie Franer a dit qu'elle était venue chercher Samantha à la crèche vers cinq heures et quart. Votre gars a un alibi pour tout l'après-midi du jour du viol.

Bo n'aurait pu dire si c'était cette nouvelle ou la musique sentimentale qui était responsable des larmes qui lui montaient aux yeux. Les deux, sans doute, décida-t-elle. Il y avait bien un ange gardien pour Zolar. Elle se dit qu'elle devrait penser à aller porter une bouteille de whisky irlandais à l'ancienne enseignante.

– Bradley, je ne savais pas que ça allait vous faire *pleurer,* merde, bredouilla Reinert.

Il parut déconcerté en voyant que le mouchoir qu'il tirait de sa poche de poitrine était un petit éventail à motif cachemire agrafé à un morceau de carton. Avec une grimace, il en fit une boule qu'il jeta derrière l'un des genévriers qui se penchaient au-dessus des marches de Sainte-Thérèse.

Les uns derrière les autres, les gens entraient dans la petite église pour aller s'asseoir lorsque Bo se rendit compte que quelque chose qui était recouvert de cachemire fauve lui imprimait une légère poussée au niveau des côtes. C'était un bras, rattaché à l'épaule du docteur Andrew LaMarche.

– Vous permettez ? offrit-il d'une voix calme de baryton.

Derrière lui, Estrella et Madge formaient un mur souriant.

Bo fit un petit signe de tête charmant et glissa la main gauche sous le bras du docteur, regrettant de ne pas être à Dixie, même si elle ne savait pas bien où ça se trouvait. Arrivée près du bénitier, elle plongea les doigts dans l'eau bénite et se toucha le front selon un geste assimilé dans l'enfance avant de se souvenir qu'elle n'avait plus aucun lien profond avec la religion catholique depuis l'époque de son premier soutien-gorge. L'eau bénite coula sur son front puis dans son œil gauche. N'ayant jamais beaucoup aimé les obsèques, Bo considéra que celui-ci était peut-être le pire. En moins d'une minute, ce qui n'était qu'une possibilité devint un fait irréfutable.

Pris d'un accès de courtoisie, LaMarche s'effaça pour laisser passer Madge et Estrella qui prirent place dans une rangée de prie-Dieu, suivies de Bo et finalement de l'élégant docteur. Estrella s'agenouilla promptement, obligeant Bo à l'imiter comme si elle requérait son soutien moral.

– Ne tourne pas de l'œil, mais ce n'est pas le type de l'AALC qui est assis devant LaMarche ? murmura Estrella dans ses mains jointes.

– Oh, mon Dieu ! souffla Bo.

Sa prière était sincère. La masse de boucles désordonnées, couleur de sable, du rang précédent appartenait bien à Solon Gentzler. Ces obsèques venaient tout droit de l'enfer.

– Au nom du Père et du Fils et du Saint-Esprit, prononça le père Frank Goodman tandis que les gens s'installaient sur des prie-Dieu en bois blond étrangement scandinaves.

Le soleil qui filtrait par la rosace à prédominance verte créait une atmosphère d'aquarium. L'effet n'était en rien diminué par une représentation du Christ vêtu d'une longue robe, qui s'élevait dans les airs au-dessus de l'autel. Dans la luminosité verte, la statue semblait monter des profondeurs d'une mer pâle. Derrière elle, Bo entendit le murmure bourru de Dar Reinert.

– Ouvrez l'œil, Bradley. Regardez si vous voyez des trucs qui vous paraissent louches.

Seule l'invitation de Frank Goodman à entonner en chœur « We Shall Overcome » sauva Bo d'un sourire déplacé qui la tourmentait aux commissures des lèvres. Trop d'imagination vers un monde aquatique. Et maintenant l'hymne du mouvement pour les droits du citoyen. Et puis quoi encore ?

Elle entendait Solon Gentzler qui mettait tout son enthousiasme à chanter faux l'air bien connu, couvrant toutes les autres voix, et cela ne faisait qu'empirer les choses. Bo fut soulagée de pouvoir dissimuler son visage derrière sa main droite lorsque Frank Goodman commença son homélie, qui parlait de vaincre un mal qui avait détruit une petite fille et sa mère. Lorsqu'elle fut certaine d'avoir retrouvé une contenance, elle posa la main sur ses genoux, comme il convenait, et détailla l'assemblée. Beaucoup de policiers. Plusieurs membres du personnel du service de chirurgie de l'hôpital Sainte-Marie. Beaucoup de gens des médias. Un certain nombre de bonnes sœurs.

Bo observa soigneusement les nonnes pour déterminer s'il ne s'en trouvait pas une qui n'était pas ce qu'elle semblait être. Si le meurtrier de Samantha était assez stupide pour assister à ce service, un vieux costume de religieuse pouvait constituer un déguisement intéressant. Sur les vingt-sept sœurs présentes dans l'église qui représentaient les ordres des Bénédictines, des Carmélites et du Sacré-Cœur, pas une n'aurait pu, avec une quelconque vraisemblance, être un homme.

Frank Goodman faisait quelque chose avec deux roses, l'une était blanche, l'autre un petit bouton rose. Il les attachait ensemble avec un large ruban argenté. Estrella essuyait avec un mouchoir son mascara qui coulait ; LaMarche avait le teint cireux. Bo ne voulait pas entendre les paroles du prêtre. Ne voulait pas penser à la mère et à l'enfant perdues que les roses étaient censées représenter.

– Hum... fit derrière elle Dar Reinert en soufflant par le nez.

Bo se retourna pour voir ce qui avait provoqué cette réaction et remarqua deux hommes qui prenaient place au fond de l'église. L'un était petit, bien musclé, et avait eu à l'évidence le nez cassé et mal remis par le passé. Derrière des lunettes à monture en métal noir, son regard était sombre. Son compagnon était plus grand, blond, et portait, avec plus de grâce que la plupart des animateurs de débats à la télévision, une veste en soie de style hollywoodien signée Armani. Sur le revers, il avait un petit drapeau en émail doré avec un arc-en-ciel.

– Vous connaissez ces types ? murmura Reinert par-dessus le dossier du siège de Bo.

– Non, répondit-elle en se retournant pour regarder le policier. Aucun d'eux ne travaille dans nos services. Et je ne les ai pas vus à Sainte-Marie non plus.

– Chut, sermonna Madge tandis que l'assistance s'agenouillait, guidée dans la prière par Frank Goodman.

Bo s'empara d'un programme des messes célébrées à Sainte-Thérèse dans le casier situé au dos du siège de Solon Gentzler, et lut soigneusement les informations concernant les propositions de lavage de voitures organisé par un groupe de jeunes, un club d'adultes qui se réunissaient pour les mariages, et le chœur qui chantait le rosaire et recherchait une alto et une basse. Elle songea que dans une vidéo de MTV, le rosaire chanté pourrait remporter un succès inattendu. Tout était préférable aux paroles de Frank Goodman qui évoquaient une enfant que Bo avait vue dans les brefs moments de transition qui suivent la mort. Entre le rituel médical et ce qui devait suivre : lui fermer les yeux, lui couvrir le visage. Des rites incongrus et horribles lorsqu'ils étaient faits pour un tout petit enfant.

Dans la poche de sa longue jupe kaki, Bo sentit les perles de deuil que Hannah lui avait données et s'abandonna à la pensée de sa propre sœur. À celle de son propre désespoir face au suicide. Hannah devrait aussi y faire face, quand elle aurait surmonté la mort de sa mère. Une réalité difficile à affronter. Elle sortit la rangée de perles de sa poche et les tint dans ses mains crispées pendant que Frank Goodman finissait de prier pour le repos de la fille et de la mère. Au premier rang, le vieux père Karolak fut pris d'une soudaine quinte de toux dont le but évident était de masquer les paroles de Frank Goodman. Bo se dit que Goodman pourrait avoir de réels ennuis à cause de cette prière, à condition que quelqu'un ait pu l'entendre en dépit de la fausse quinte de Karolak. De gros ennuis pour avoir inclu une suicidée dans ses désirs pieux. L'église catholique n'était pas réputée pour sa compréhension et sa compassion pour le pire scénario qui puisse survenir en cas de dépression clinique. Apparemment, le père Frank Goodman ne s'en souciait nullement.

– Il a du courage, fit remarquer tout bas Andrew LaMarche lorsqu'ils se levèrent. Vous aussi, Bo. Je suis désolé d'avoir mis votre jugement en doute. Votre décision concernant Hannah était la bonne.

Il lança un coup d'œil vers Madge Aldenhoven, droite comme un « i » dans un tailleur en lin bleu marine à côté d'Estrella.

– J'admire ce que vous avez fait, conclut-il.

Frank Goodman, accompagné par l'orgue, chantait l'*Ave Maria* de Gounod de sa belle voix de ténor presque irlandaise. Bo refoula une résurgence du trouble qu'Andrew LaMarche paraissait décidé à provoquer.

– Merci, Andy, murmura-t-elle en remettant les perles dans sa poche.

Quand il lui prit brièvement la main, elle se sentit à la fois ridicule et heureuse, mais elle ne se dégagea pas. Pas avant que Solon Gentzler, qui se trouvait en territoire inconnu et parcourait la foule du regard à l'affût d'indications sur ce qu'il convenait de faire, ne se retourne vers eux. Son grand sourire s'évanouit pour céder la place à une expression de déception quand il vit LaMarche se presser contre Bo dans une attitude qui ne pouvait être décrite que comme celle d'un mari. Bo retira vivement sa main droite de la main gauche du pédiatre et contempla les poutres du plafond de l'église. Celui-ci n'offrait, comme de bien entendu, pas la moindre issue.

– Oh, Seigneur... fit Estrella avec un sourire crispé.

– Merci à tous d'être venus, concluait Frank Goodman alors que l'organiste commençait à jouer une gavotte médiévale obscure mais enlevée.

La fine transpiration qui s'était formée dégoulinait maintenant de long de son dos et Bo fut heureuse de se lever pour partir. Ce service religieux avait revêtu, décida-t-elle, toutes les caractéristiques les plus célèbres de l'Inquisition espagnole.

Une fois dehors, elle se précipita à l'ombre d'un liquidambar au feuillage touffu, non loin de Sainte-Thérère, se cacha derrière le tronc et alluma une cigarette. Madge Aldenhoven apparut au bout de quelques minutes.

– J'espère que vous êtes prête pour l'audience de demain, lui rappela son chef. Vous représenterez nos services et vous direz que selon votre opinion, en vertu de vos qualifications professionelles, Paul Massieu est le responsable de la mort de Samantha. Vous demanderez, au nom des services sociaux, à ce qu'il soit maintenu en détention pour être jugé. Vous indiquerez dans votre intervention qu'il représente une menace non seulement pour la sœur de Samantha, qui a été enlevée, mais aussi pour tous les enfants. J'ai préparé une déclaration précisant la position de nos services sur cette affaire. Tout ce que vous avez à faire, c'est la lire.

Bo rejeta la fumée vers l'enveloppe que Madge lui tendait et fixa l'une des feuilles de l'arbre, en forme d'étoile.

– Et si je ne le fais pas ? demanda-t-elle.

– Ce sont les directives du service, répondit Aldenhoven comme si elle énonçait un crédo. Un refus de représenter une position officielle donne lieu à un renvoi immédiat.

– Ah ! fit Bo en hochant la tête et en faisant un tube avec l'enveloppe qu'elle mit devant un œil pour regarder la feuille. Je suppose que vous avez un double de cette déclaration pour le confronter à mon intervention.

– Oui. Mais évidemment, vous n'avez pas besoin de la réciter mot pour mot.

– Quelle bonté, dit Bo, s'adressant à la feuille. Quelle infinie bonté.

– À demain, Bo, dit Madge avec un sourire sans authenticité avant de partir.

Bo écrasa sa cigarette et mit le mégot dans son plus beau sac, qui allait prendre l'odeur désagréable du filtre âcre. Elle n'abandonnait jamais ses cigarettes n'importe où et elle oubliait de retirer les mégots de ses sacs et de ses poches. C'était un problème mineur comparé à ceux qui se préparaient pour l'affrontement du lendemain. Mais elle avait pris sa décision. Gentzler avait tout chorégraphié jusque dans les moindres détails. Tout ce qu'elle avait à faire, c'était suivre le déroulement prévu.

– Êtes-vous Bo Bradley ? s'enquit l'inconnu au nez cassé en traversant la pelouse vivace de Sainte-Thérèse.

– Oui, répondit-elle. Pourquoi ?

Son attitude était celle d'un homme qui s'acquitte d'une mission, mais nuancée d'une détermination préméditée.

– Je m'appelle Rombo Perry, expliqua-t-il. C'est moi qui m'occupais de madame Franer. J'étais là quand elle... quand elle est morte.

– C'est très gentil à vous d'être venu, dit Bo, décontenancée.

Le beau visage peu ordinaire de Rombo Perry paraissait épuisé. Une expression incongrue par rapport à sa remarquable stature d'athlète. Elle n'aurait pas été surprise de le voir essayer de lui vendre une carte de membre dans un club de musculation.

– Je suis un peu secoué par ce qui s'est passé... expliqua-t-il.

– Un peu ? l'interrompit son compagnon à veste Armani qui venait du trottoir avec un souci évident quant aux éventuels dégâts causés à la pelouse. Cela a été une longue nuit de ténèbres pour son âme, je vous assure. À propos, je m'appelle Martin Saint John. Nous suivons cette affaire dans les journaux, bien sûr. Et nous sommes inquiets pour vous.

Bo fut soulagée d'entendre que Saint John ne prononçait pas son nom « Sinjin » à la manière britannique. Ce manque d'affectation présageait bien de ce qu'ils voulaient lui dire.

– Oui ? les encouragea-t-elle.

Le ciel commençait à s'assombrir d'une façon qui suggérait la venue des premiers orages tropicaux. Bo tenta de se rappeler si les prévisions météo en avaient annoncé un.

– Je ne pense pas que l'ami de madame Franer, celui qu'ils ont mis en prison, ait violenté la petite fille, continua Perry précipitamment. Ça ne tient pas debout. Je crois que le type qui a tué la petite est le même que celui qui a vandalisé la mission et tué cette abominable psychologue hier soir.

– Ces histoires de Satan forment un écran de fumée et quelqu'un en profite pour tuer en toute impunité, ajouta Saint John en fronçant les sourcils et en levant la tête. Ils ont annoncé de la pluie ?

Bo médita sur l'intérêt intense avec lequel les gens des régions arides considèrent les précipitations et attendit qu'il en vienne au fait.

N'importe lequel.

– Cela va peut-être vous paraître un peu mélodramatique, continua Rombo Perry, mais avez-vous songé à la possibilité que ce type s'en prenne à vous maintenant ? Je veux dire, il a peut-être une liste...

Bo prit soudain conscience que les deux hommes qui étaient devant elle lui étaient parfaitement inconnus. Rombo Perry pouvait très bien ne pas être employé par les services sociaux. Et puis, qu'est-ce que c'était que ce nom, Rombo ? Elle enfonça les mains dans les poches de sa jupe et s'approcha de Dar Reinert qui discutait avec un journaliste au bord du trottoir. Les deux autres la suivirent.

– J'y ai pensé, reconnut-elle. Mais en quoi cela vous concerne-t-il ?

– Je vois que vous avez rencontré monsieur Perry et monsieur Saint John, tonna Reinert lorsque Bo lui eut lancé un regard inquiet. Je me suis déjà renseigné sur eux, Bo. Ils sont bien ce qu'ils disent. En fait tous les gens qui sont ici sont bien ce qu'ils prétendent. Le mystérieux inconnu, s'il y en a un, ne s'est pas montré.

– Mais il se montrera, insista Rombo Perry. Il ne peut pas s'en tirer comme ça.

– Nous ne savons même pas qui c'est, soupira Reinert en balançant les bras comme si cette activité pouvait faire avancer les choses. C'est peut-être Massieu qui a violé la petite fille, et un autre cinglé qui a vandalisé la mission, et c'est peut-être *encore* un autre fou qui a tué Ganage. Avec ces conneries sur Satan, tous les déséquilibrés de la ville aiguisent leurs couteaux et s'en prennent aux ombres. Mon idée, à moi, sur tout ce bordel, c'est qu'on la résoudra jamais, cette affaire.

Bo était certaine de ne jamais avoir entendu autant de termes négligemment inappropiés utilisés en même temps.

– Mais si votre dingue/cinglé est le meurtrier de Samantha sans être le moins du monde déséquilibré ? S'il décide de tuer encore ?

– Dans ce cas, fit Rombo Perry avec une profonde inspiration, vous ne pensez pas que madame Bradley sera logiquement la prochaine victime ? Sur les trois personnes dont les noms ont été publiquement mêlés à l'affaire Franer, c'est-à-dire vous, inspecteur Reinert, Cynthia Ganage et madame Bradley, elle est la seule femme qui reste.

– En quoi le fait d'être une femme change-t-il quoi que ce soit ? demanda Reinert.

– Il ne va pas s'attaquer à un homme, à un policier, se récria Saint John tandis que Bo était parcourue d'un frisson qui n'avait rien à voir avec le ciel de plus en plus sombre. Il ne s'en prendra qu'à quelqu'un de plus faible que lui. Si vous n'avez pas assez d'hommes disponibles pour que madame Bradley bénéficie d'une protection, au moins la nuit, Rombo et moi-même avons décidé de nous porter volontaires. Est-ce que cela vous conviendrait ?

C'était à Bo que s'adressait cette question.

– Heu, non, vraiment, ça va aller. Je passe la nuit chez une amie. Mais, merci, répondit-elle, troublée par cette proposition.

Martin Saint John sortit une carte professionnelle de sa veste et la tendit à Bo. « Saint John, traiteur » était gravé en script au-dessus d'un dessin original à la plume et à l'encre, un groupe de sept fourchettes dont la dernière semblait dépasser et tomber du bord de la carte.

– Appelez-nous si vous avez besoin d'aide, ajouta Rombo. Je dis cela sérieusement.

Bo les quitta avec un signe de tête pour retrouver Estrella et convenir de passer la nuit chez elle afin d'être en sécurité.

– Tu es raisonnable, finalement, fit Estrella en acceptant. Nous t'attendons pour le dîner.

Les manifestants vêtus de noir avaient disparu lorsque Bo fit démarrer sa voiture, mais des relents de leur esprit flottaient dans la rue balayée par le vent. Une impression de jugement, de vengeance irrationnelle et implacable.

Chapitre 24

Les rues formaient un parterre lavande, jonchées de pétales de jaracanda que le vent détachait des arbres et faisait tourbillonner en bourrasques. Bo regarda ce tapis violet onduler et se déchirer sous les pneus de la BMW, puis se reformer après son passage. Les petites fleurs créaient une atmosphère de conte de fées où des histoires de meurtres sanglants apparaissaient comme un simple désagrément. Les feuilles d'un gommier argenté bruissaient dans le vent et passaient du gris-vert à l'argent en ondoiements chatoyants.

« Sonne l'argent, sonnent les tourments », murmura la voix de sa grand-mère, telle une mise en garde venue du néant.

– En l'occurrence, la référence c'était les pièces de monnaie, pas les feuilles, grand-mère Bridget, dit Bo à voix haute avant de froncer les sourcils en voyant son propre reflet dans le rétroviseur extérieur.

Oh, oh ! Les proverbes sont de retour. Je ferais bien de me reposer.

À première vue, les quartiers résidentiels qu'elle

traversait pour aller prendre l'autoroute paraissaient énoncer clairement ce que devaient être les dimanches après-midi. Lierre. Jolies clôtures. Chien blanc et jeune garçon jouant au Frisbee. Puis une vieille femme en moumou rouge avec des lunettes de soleil en forme d'yeux de chat jetant de l'eau savonneuse sur un rosier. Bizarre. Suivie de deux hommes replets, l'un noir et l'autre blanc, luttant pour tenter de faire descendre ce qui ressemblait à une amibe géante sculptée avec du fil de fer de l'arrière d'un vieux camion immatriculé dans l'Oklahoma. Encore plus bizarre. Un groupe d'enfants posant sur un parc-mètre des regards meurtriers...

Bon, d'accord. Ça suffit, Bradley. Que ça te plaise ou non, tu es à la limite de la Quatrième Dimension. Arrête de faire semblant de croire que tout est normal. Va chez Estrella et dors.

Norman Rockwell avait cédé la place à David Mamet. Ce n'était pas plus mal, pensa-t-elle. Rockwell avait peint sa vision de Stockbridge, dans le Massachussetts, telle qu'elle était avant Alice's Restaurant. Mamet serait moins dérangeant avec ses arrêts sur image du sud de la Californie le dimanche après-midi, montrant sans fioritures des instants de comportements humains inexplicables. Troublants portraits qui pouvaient être effroyables comme ils pouvaient être insignifiants. Clichés granuleux dénués du ton narratif qui leur imprimerait une illusion de sens. Bo tourna à un coin de rue et faillit écraser un poulet à longues cornes qui déboucha entre deux Pathfinders Nissan garées au bord de la route, toutes deux de couleur bleue et d'une propreté immaculée. Le poulet-taureau s'avéra être un journal chiffonné pris dans le vent. À moins que ce ne fût vraiment un poulet, échappé d'archives cinématographiques de l'époque de la grande Dépression, perdu dans le temps. Bo arrêta sa voiture devant un pavillon jaune moutarde rehaussé de brun et essaya de ne pas voir le nain en plâtre qui la regardait par-dessus la clôture. Un nain dont les yeux peints étaient sans pitié.

Cela pouvait arriver, parfois, sans le lithium. Comme si un voile de cohérence imposée, de normalité banale était levé, révélant la vérité sans fard. La vérité qui était que les choses sont plus étranges qu'elles n'en ont l'air. Le premier signe s'était manifesté mercredi, quand le voile avait commencé à s'effilocher. Il fallait s'y attendre, c'était juste la tendance maniaco-dépressive ordinaire. Bo était habituée. Cela pouvait se produire, avait dit Lois Bittner, quand elle était stressée. Ou avant ses règles, ou après ses règles, ou quand elle avait la grippe. Cela pouvait se produire à la suite d'une baisse soudaine de la pression atmosphérique, ou à cause d'un souvenir poignant, ou d'une indigestion. Personne ne savait quand cela pouvait survenir, en d'autres termes. Mais c'était le cas maintenant. Elle ferma les yeux et écouta le moteur tourner.

– J'ai peur, dit-elle à voix haute avant d'allumer une cigarette.

« Et alors ? » dit la voix de Lois Bittner en écho dans sa tête. « Qu'est-ce qui vous fait donc peur ? »

– Quelqu'un va peut-être essayer de me tuer, pour commencer, dit Bo en soufflant la fumée. Mais ce n'est pas vraiment ça. C'est ce que je vais faire demain. Ça me terrifie.

« Cette chose que vous allez faire demain vous effraie plus qu'une tentative de meurtre contre vous ? » demanda la voix familière.

– Beaucoup plus, répondit Bo en frissonnant. Est-ce que je dois le faire quand même ?

Il n'y eut pas de réponse, seulement le vent qui bruissait à travers les frondaisons d'un palmier dans le jardin du pavillon. Mentalement, Bo voyait une image de Lois Bittner, les yeux vieillis, pleins de sagesse, brillant d'une lueur affectueuse. Les bottes Frye, les jupes longues, les bijoux indiens. Les vêtements d'une autre époque. Le pastrami pour le déjeuner dans des restaurants de Saint Louis qui n'existaient probablement plus. Le bureau accueillant de la psy dans un immeuble maintenant rasé pour l'aménagement d'un parking de centre commercial. La vérité, sans vernis.

Bo était restée plus d'un an à Saint Louis après sa crise dans le Holiday Inn, uniquement pour travailler avec Lois Bittner à vaincre la chimie instable de son cerveau. Elles avaient lu la littérature médicale, essayé plusieurs traitements, s'étaient plongées dans les auteurs célèbres aux humeurs changeantes, Keats, Poe, Virginia Woolf, Hemingway, Robert Lowell, Sylvia Plath, Anne Sexton, au point que Bo connaissait leurs vies et leurs symboles, leurs dépressions et leurs manies mieux qu'eux-mêmes. Bittner avait détourné Bo de son intérêt pour Van Gogh et les autres peintres affectés, présumant que le talent similaire qu'elle avait pouvait l'amener à une trop grande identification. Par défi, Bo avait écrit en free-lance un article sur « Le Noir chez Van Gogh » pour un magazine d'art, et teint la moitié de sa garde-robe de la couleur indigo des iris de l'artiste. Un emploi comme coordinateur volontaire, auprès d'une communauté juive au conseil d'administration de laquelle Lois Bittner siégeait, fournissait de quoi vivre. Ce travail avait préservé l'intégrité de sa vocation, ce qui lui avait été utile pour retrouver son ancien emploi à la réserve, puis pour obtenir sa place actuelle. Mais un an après le retour de Bo au Nouveau-Mexique, Lois Bittner avait fait un voyage en Allemagne pour un colloque et elle était morte d'une terrible hémorragie cérébrale dans une *bierstube* de Brême. Des amis s'étaient occupés de la faire enterrer sur place. Bo faisait des économies en vue du jour où elle irait déposer un sandwich au pastrami sur sa tombe.

– Vous êtes partie, hein ? dit-elle à l'image mentale qu'elle avait de Lois Bittner. Vous n'êtes plus là. Vous êtes morte.

L'image ne changea pas. Mais un message brilla dans les yeux bien connus.

« Je ne suis pas morte du moment qu'une partie de moi vit en vous. N'allez pas tout gâcher. »

C'était Bo qui avait répondu pour la meilleure amie qu'elle eût jamais eue. Le visage éclairé d'un sourire, elle fonça vers le 7-Eleven le plus proche et glissa une pièce de vingt-cinq *cents* dans le téléphone du magasin.

– Je suis Bo Bradley, des services sociaux du comté, dit-elle en abrégeant l'intitulé de son lieu d'exercice pour que ce soit plus simple pour l'infirmière de l'hôpital psychiatrique proche. La police m'a informée qu'un client que je connais sous le nom de Zolar a été admis hier soir. Il est toujours là ?

On lui apprit que Zolar, alias Patrick Darren

Preble, avait été emmené, par sa famille ivre de joie de le savoir vivant, dans un hôpital psychiatrique privé appelé, comme une bonne moitié des écoles, rues et immeubles de San Diego, Mesa Vista. Bo savait exactement où c'était, à quelques kilomètres à peine de son bureau. En un quart d'heure, elle y serait.

– Alors, Patrick, dit-elle en souriant et en appuyant les pieds contre le bord du lit où il reposait, propre et pétrifié dans une pénombre que Bo reconnaissait car elle ressemblait à celle qu'elle avait connue il y avait si longtemps, pourquoi êtes-vous ici ? N'écoutez pas les voix pendant une minute et laissez-moi vous parler de ce super petit restaurant mexicain qui se trouve au bout de la rue. Ils ont une carne asada fabuleuse et les meilleurs chimichangas au poulet au nord de la frontière. Ça vous dirait ? Nous irons dans quelques jours, ça, je vous le promets.

Une étincelle de lumière au plus profond de ses yeux bleu-vert, un spasme à peine perceptible près de la commissure des lèvres sous la barbe rousse taillée, étaient des preuves de réussite suffisantes. Et puis il y eut bien plus que cela. Le final flamboyant anéantissant l'éventuelle réticence que Bo aurait encore pu avoir concernant le plongeon qu'elle allait faire le lendemain, du haut d'une falaise démesurée.

– Comment va Mildred ? demanda Patrick Preble d'une voix pâteuse.

Bo pouvait imaginer l'effort nécessaire pour formuler cette question polie et admirablement à propos malgré la maladie et le traitement abrutissant qui avait rendu son nom au jeune homme.

– Mildred va bien, répondit-elle. Et elle se souvient du bœuf séché que vous lui avez donné.

Une demi-heure plus tard, roulant vers l'ouest sur l'I-8, Bo alluma la radio afin d'entendre une explication sur ces nuages d'un gris violacé qui s'amoncelaient au-dessus de San Diego. L'un d'eux, remarqua-t-elle tandis que l'animateur expliquait qu'un orage tropical hors-saison nommé Annabelle tourbillonnait sur l'océan, ressemblait à un ours kodiak qui s'étirait pour manger un meuble-classeur.

C'était l'épuisement, reconnut-elle. Et la formidable tension imposée par cette affaire. Il n'existait pas de traitement médical qui pût effacer les images troublantes, la sensation que des réalités étranges et potentiellement effroyables se dissimulaient partout, débarrassées de leurs faux-semblants. C'était une perception que Bo acceptait tout simplement comme une vérité que peu de personnes parvenaient à voir. Une perception à laquelle elle pouvait donner forme dans ses tableaux. Pas tout à fait hallucinatoire. Parfois fascinante. Toujours déstabilisante.

Elle allait vite rentrer chez elle, prendre Mildred et de quoi se changer, puis se rendre chez Estrella avant que la tempête ne déferle sur la région. Elle serait en sécurité chez Estrella. Elle pourrait se reposer et calmer cette étrange sensibilité, se préparer pour le lendemain. Tout allait bien se passer.

Chapitre 25

Eva Broussard marchait pieds nus sur la plage presque déserte, les pique-niqueurs du dimanche après-midi et les éternels groupes de surfeurs fuyant devant l'orage menaçant. Hannah Franer courait devant elle, à la recherche d'objets rejetés par les vagues écumantes sur le sable d'un doré terne. Dans le jour assombri, l'enfant paraissait magique, comme une Jo-Ge-Oh, ces petits êtres des Iroquois dont on disait qu'ils vivaient dans les gouffres perdus des Adirondacks et dans la nature sauvage des Catskills.

Eva regardait l'enfant et songeait aux raisons pour lesquelles toutes les nations du monde racontent des histoires sur des « petits êtres » dotés de pouvoirs magiques qui habitent dans des lieux secrets de la nature. Ces contes étaient peut-être une façon d'honorer l'enfance elle-même, perdue à jamais dans chaque individu au moment de la terrible intrusion de la chimie reproductrice à la puberté. Perdue, mais mise en mémoire et réifiée dans le mythe. La préservation de l'enfance, opina-t-elle à ses propres pensées, était peut-être la variable signifiante dans une équation humaine maintenant dangereusement tendue vers la destruction.

L'homme qui avait détruit Samantha Franer avait violé cette nécessité. L'homme qui violentait une enfant de trois ans était hors de la communauté humaine et de son avenir. Mais il n'était pas le seul. Des milliers d'autres comme lui, peut-être des millions, étaient en liberté sur terre, concentrés sur eux-mêmes dans une solitude sans fin. Il résidait un terrible pouvoir dans cette capacité à attaquer les fondations mêmes sur lesquelles doit se construire le bonheur humain. Le pouvoir d'empoisonner les petits êtres et de démanteler ainsi le réseau de la vie. La plupart d'entre eux, pensa Eva tandis qu'une écume crème venait pétiller puis disparaître dans le sable à ses pieds, n'avaient pas la moindre conscience de la cruelle déformation qu'ils projetaient vers l'avenir. Mais celui-ci, celui qui avait éviscéré Samantha Franer avec l'arme de son propre corps, l'avait entrevue. Et l'avait servie. Il savait ce qu'il était maintenant. Et sa rage devant cette connaissance allait le pousser à tuer et à tuer encore jusqu'à ce que quelque chose l'arrête.

Hannah se saisit d'un coquillage brisé sur le littoral et leva le bras pour qu'Eva le voie. Un couteau, violacé, d'une couleur proche de celle des perles de clam quahog épinglées sur le vêtement de l'enfant. Ces coquillages étaient apparentés, leur histoire commune relatée dans les fonds marins d'autrefois. Tout comme les deux personnes qui se trouvaient sur cette plage du Pacifique, pensa Eva en souriant, avec leur passé commun riche d'histoires.

– Allons nous asseoir là-haut, dit-elle en désignant un petit amphithéâtre dans les falaises rongées où une strate de grès s'était affaissée, formant un tas d'éboulis sous une veine de quartz blanc.

Hannah trottait devant elle, les cheveux dorés flottant dans l'étrange lumière.

– Là-haut, là-haut, chantait-elle dans le vent cinglant avec son parfum d'ozone chargé d'un froid salé. Allons nous asseoir là-haut.

C'était une preuve de la force de l'esprit de cette enfant, concéda Eva, d'avoir été capable de reparler aussi vite après les horreurs qui l'avaient murée dans le silence. Mais ses paroles ne venaient pas d'elle, elles n'étaient pas spontanées. Pas encore. Depuis le début de l'après-midi, elle répétait des expressions d'Eva sur un ton chantant particulier, comme si les mots étaient des jouets audibles avec lesquels on pouvait s'amuser, et non des symboles qui pouvaient définir Hannah Franer et son vécu pour le monde qui était en dehors de son monde intérieur. Eva n'ignorait pas que cette expérience était trop effroyable pour être définie. Mais elle *constituait* également une partie *intégrante* de Hannah Franer. Si l'enfant ne pouvait être amenée à la définir, ce noyau intérieur farouche et délimité de l'être que l'on appelle le moi ne reviendrait jamais complètement.

Des nuages d'un gris violacé frangés de lueurs jaunes changeantes se bousculaient au-dessus des flots balayés par le vent et Eva rassembla ses jupes pour grimper dans le petit amphithéâtre auprès de Hannah. Enserré dans les confins occidentaux du continent américain, un silence ombré suintait des murs de pierre incurvés. Eva Broussard écouta le silence et entendit battre les pulsations de dix mille récits racontés afin que les gens comprennent ce qu'ils étaient.

Hannah était assise en tailleur, le jean mouillé jusqu'aux genoux, et elle dessinait des lignes dans le sable avec son coquillage brisé. Eva remarqua, comme si elle se trouvait très loin de là, que le jean était déjà ajusté, un peu trop court. Le corps de l'enfant grandissait. Son esprit pouvait-il être amené à grandir parallèlement ? Loin au large, des filaments d'éclair filaient vers un horizon invisible. Dans cet éclairage vacillant, Eva discerna un visage de femme sous celui de l'enfant. Un visage qui ressemblait à celui de Bonnie Franer, mais qui était pourtant différent. Avec un contour plus ferme pour la mâchoire large. Un front lisse au-dessus des sourcils couleur de sable qui, chez la mère, avait ressemblé à un paysage de tissu froissé. Le visage de la femme que Hannah Franer deviendrait peut-être, si on lui fournissait les outils qui lui permettraient de survivre.

– Regarde la belle couleur violette de ton coquillage de Californie, commença Eva sur le ton du conteur qu'elle avait entendu pendant son enfance, exactement du même violet que tes perles de deuil de l'État de New York. Les coquillages de Californie sont *comme* les coquillages de New York.

– Comme New York, chanta Hannah dans l'abri silencieux en regardant Eva du coin de ses yeux écartés.

– Et je vais te raconter une histoire spéciale, continua Eva, presque dans une incantation. C'est l'histoire d'Otadenon, dont le nom signifie « Le Dernier qui Reste ».

– Dernier, dernier, chanta Hannah en se balançant doucement au son de la voix d'Eva.

– Otadenon était le dernier qui restait de sa famille, continua Eva d'une voix douce. Sa famille lui avait été enlevée pour toujours par quelque chose de *otgont,* quelque chose de très méchant.

– Méchant, répéta Hannah d'une voix de fausset mal assurée.

Sa main gauche alla toucher les perles de deuil sur son cœur.

Eva se balança près de l'enfant tout en racontant l'histoire, relatant comment Otadenon, pour sauver la vie de l'homme qui s'occupait de lui, avait franchi un chemin gardé par deux serpents, deux ours et deux panthères pour aller vers la terrible châtaigneraie où la peau d'une femme en lambeaux était pendue dans les arbres et avertissait par son chant tous ceux qui s'approchaient.

– Femme Peau, répéta Hannah, mais sans chanter. *Otgont.*

– Oui, répondit Eva, sans paraître remarquer l'émergence de la relation conceptuelle. Et Otadenon avait très, très peur. Mais il trompa Femme Peau en lui donnant une ceinture wampum sans valeur, il ramassa beaucoup de châtaignes pour nourrir tout le monde et retourna chez lui. Otadenon avait très peur, mais il ne donna pas sa vie à Femme Peau. Otadenon était le Dernier qui Reste et il continua d'être Otadenon, Hannah. Il fut vainqueur. Tu peux deviner à qui ressemble Otadenon, le Dernier qui Reste ?

Avec le couteau, Hannah dessina une spirale de plus en plus resserrée dans le sable, en se balançant violemment.

– Des coquillages comme... New York, prononça-t-elle en haletant. Otadenon est comme... moi. Parce que je suis la Dernière qui Reste.

– Oui, Hannah, murmura Eva tandis que le vent soulevait une rafale de sable de la plage, et que le visage de l'enfant se brisait sous les sanglots.

– L'histoire d'Otadenon est aussi ton histoire.

Du plus profond de son cœur, Eva Blindhawk dédia une prière de reconnaissance à la chaîne de conteurs iroquois qui avaient préservé à travers le temps une histoire qui allait apprendre à Hannah qui elle était.

Hannah pleura longtemps dans le cercle des bras d'Eva, puis elle leva ses yeux aux cils collés par les larmes, la tête penchée de côté.

– Est-ce qu'il peut y avoir deux dernières qui restent ? demanda-t-elle.

Eva fut déconcertée.

– Que veux-tu dire, Hannah ?

– Il y a deux dernières qui restent. Comme Otadenon. Il y a moi, et puis il y en a une autre.

Elle lissa des deux mains ses cheveux ébouriffés par le vent dans un geste mûr qui fit sourire Eva.

– Je crois qu'on n'est pas vraiment la dernière qui reste quand il y en a deux. Et Bo est la dernière qui reste aussi. Elle me l'a dit. Alors, moi et Bo, on est les *deux* dernières qui restent. Un peu comme des sœurs. Tu vois ?

Dans la mélopée du vent marin, Eva s'imagina entendre une antique flûte en bois dont la musique était envoyée par le feu du milieu de l'hiver d'unc longue-maison iroquoise aujourd'hui disparue. Envoyée dans l'avenir à travers l'esprit d'une enfant sur une plage de Californie. La tentative avait réussi ; l'histoire avait donné une cohérence à ce qui n'était que fragments de souffrance. Quand Hannah en avait sondé les profondeurs et l'avait modelée pour l'adapter à ses propres besoins, l'histoire était devenue un pont vers un avenir que personne n'imaginait à l'époque où elle avait été racontée pour la première fois.

– Oui, je vois, Hannah, répondit Eva. Et tu es très, très intelligente puisque tu comprends comment toi et Bo, vous êtes toutes les deux comme Otadenon, toutes les deux la Dernière qui Reste. Tu as un bel esprit, comme un *Hageota*, un conteur d'histoires. Je suis fière d'être ta grand-mère.

Les yeux de l'enfant brillèrent et un sourire éclaira son large visage avec ses taches de rousseur.

– J'ai faim, indiqua-t-elle en se levant et en étirant les bras vers la mer. On peut acheter un hamburger ? On peut appeler Bo ? Je veux lui raconter l'histoire d'Otadenon. Femme Peau ne nous aura pas, nous !

Dans une gerbe de sable et de petits cailloux, Hannah dévala du petit abri vers la plage baignée de lumière grise, le visage radieux. Eva la suivit en souriant. L'histoire d'Otadenon, créée à une époque où la maladie et le froid pouvaient faire de n'importe qui l'unique survivant d'une famille, avait traversé quatre mille kilomètres et probablement autant d'années.

– Nyah-weh, prononça Eva dans le vent. Merci.

Chapitre 26

Mildred, dans l'ennui de cette longue journée seule dans l'appartement, avait renversé la poubelle de la cuisine et répandu miettes de pizza, cendres de cigarette, marc de café et la moitié d'une portion de macaronis au fromage déliquescents jusque sur la moquette du coin salle à manger. L'haleine du petit chien avait des relents révélateurs d'épices italiennes.

– Je vois que tu as encore laissé la croûte, soupira Bo.

Elle avait oublié de poser la poubelle sur le comptoir, précaution nécessaire quand elle partait un certain temps.

– Et maintenant, il faut que je te sorte avant qu'il se mette à pleuvoir.

Mildred agita sa courte queue dans l'anticipation de ce plaisir quand Bo prit le collier et la laisse rouges posés sur un chevalet dans la salle à manger. Au-delà du balcon, l'océan Pacifique jetait à l'assaut de la plage vide et des falaises grises des tonnes d'eau trouble et salée. Bo parvenait presque à apercevoir le Hollandais Volant, avec son équipage de squelettes vêtus de pantalons en guenilles, se débattant sur les crêtes de la mer démontée. Avec le feu Saint-Elme qui étincelait dans la mâture déchiquetée. Le grand mât qui gémissait avant de se briser dans un bruit de rochers dynamités.

– *Ouah !* fit Mildred à la porte

Petit rappel pour canaliser ce plaisant déferlement de l'imagination. Respecter le programme. Sortir le chien.

– Dépêche-toi, commanda Bo comme elles se hâtaient vers un endroit où l'herbe poussait au pied de la digue.

Sous la jetée d'Ocean Beach, des murs d'eau se dressaient et explosaient en éclats d'écume blanche contre les poteaux de soutènement. Devant elles, des palmiers faisaient ployer leurs frondes sur les balcons d'un motel rose de Newport Street orienté au sud. Le motel paraissait désert, les portes vitrées de l'entrée étaient noires. Mais il y avait quelqu'un sur un des balcons. Un homme. Petit, ordinaire, vêtu d'un tee-shirt noir et d'un jean, il semblait observer l'orage. Mais Bo crut sentir son attention se porter sur elle et sur Mildred lorsqu'elles s'arrêtèrent sur l'herbe près d'une poubelle. Mildred renifla le réceptacle avec une docte ardeur pendant que Bo s'efforçait de ne pas lever de nouveau les yeux. Est-ce que l'homme en chemisette hawaïenne aperçu sur la plage était petit ? Elle ne parvenait pas à s'en souvenir. L'homme de la plage était assis sur le muret. Difficile de dire d'une silhouette assise s'il s'agit de quelqu'un de petite taille. Quand elle jeta un autre coup d'œil vers le balcon, il était rentré. Elle vit les rideaux bouger légèrement derrière les baies vitrées coulissantes, mais pas de lumière. Pourquoi resterait-il assis dans le noir ? Une lampe allumée dans le bureau au rez-de-chaussée du motel indiquait la présence d'électricité dans le bâtiment. Peut-être les observait-il, sans être vu. Peut-être était-ce lui qui avait creusé et peint en rose un trou dans le canyon. Peut-être était-ce lui qui respectait la moquette des hôtels en saignant les gens dans les baignoires.

– Et peut-être que mon imagination s'emballe à fond la caisse, dit-elle à Mildred. Viens, on va chez Estrella.

De retour dans l'appartement, Bo considéra les dégâts, par terre, et prit le téléphone.

– Es... Mildred a renversé les ordures sur la moquette. Je n'ai pas envie de retrouver ça en rentrant demain. Je vais nettoyer et je viens tout de suite après, d'accord ?

Estrella lui fit remarquer qu'il y avait plusieurs choses plus pressantes que de nettoyer des moquettes, en particulier les tempêtes et les baignoires remplies de sang.

– J'arrive dès que je peux... promit Bo avant de raccrocher.

L'aspirateur était coincé dans un placard à balais entre quatre éditions périmées du *Livre de références du médecin*, un parasol à rayures et une pelle à neige pliable que Bo avait gardée de son passage à Saint Louis pour la simple élégance de sa conception. L'orage éclata au moment où elle extirpait le fil de l'aspirateur de son enchevêtrement poussiéreux avec des guirlandes de Noël électriques qui faisaient comme un nid sur le sol du placard. Des rafales de vent rabattirent des rideaux de pluie noire contre les baies et firent vibrer les vitres. Dans les méandres liquides, Bo crut voir des bêtes sauvages irlandaises sorties des contes de sa grand-mère : la vache Dun, le « cerf preste et élancé », le phoque Selky avec ses yeux tristes qui avait jadis été un être humain pendant un temps, tous avec la bouche ouverte pour hurler des mises en garde. Mildred s'était réfugiée sous un chevalet d'où elle grognait, les oreilles dressées.

– C'est juste à cause de l'orage, dit Bo soudain nerveuse.

Des taches orange de sauce au fromage parsemées de marc de café avaient séché et s'étaient infiltrées jusqu'à la trame de la moquette. Bo frotta les vilains îlots de couleur avec une éponge savonneuse, rinça et tamponna l'endroit jusqu'à ce qu'il soit immaculé.

« Oui da, et ils ont trouvé ta tante Mary Duffy, » avait rappelé la grand-mère de Bo à son père tous les étés lorsqu'elle quittait l'Irlande pour leur rendre visite, « morte, froide comme la pierre, les pièces de sa maison c'était une vraie auge à cochons, qu'ils ont dit. C'était un crime doublé d'une honte, une chose pareille. »

L'idée était d'instaurer de l'ordre dans l'éternel fouillis de la bibliothèque de Michael O'Reilly, dont la fille aînée, si on devait maintenant la trouver morte, ne serait du moins pas découverte dans une porcherie. Bo se demanda si la tante de son père, Mary Duffy, avait eu un chien avec un penchant pour les ordures. Et comment était morte cette ménagère négligente. Dehors, une branche d'arbre craqua dans le vent et tomba dans la rue avec un bruit sifflant.

Bo abandonna l'aspirateur là où il était et se précipita vers le placard de sa chambre.

– Qu'est-ce que je vais mettre au tribunal demain ? chanta-t-elle sur un air irlandais avant d'interrompre sa chanson. Tu n'as pas de bras, tu n'as pas de jambes. Tu es un œuf sans nez, sans yeux et sans poulet. Et il faudra qu'on te mette dans un bol pour mendier. Eh, Bradley, je te connaissais même pas bien.

La petite veste bijou vert forêt, décida-t-elle. Avec la jupe assortie si elle parvenait encore à boutonner la ceinture, et un chemisier en soie écrue à col mandarin. Les boucles d'oreilles en émeraude que sa mère avait portées sur scène avec l'orchestre symphonique de Boston. Pas de bagues. Sa montre en or. Ne pas oublier les fichues chaussures vertes. Un collant neuf, encore dans sa petite boîte. Il était important de présenter une apparence d'élégance classique pour l'occasion où elle allait révéler à un monde hostile à quel point il était possible d'être « différent ». Pendant que les lumières vacillaient avant de retrouver une intensité normale, Bo songea à l'apparence qu'elle présenterait dans cet ensemble vert, poussant un caddie dans les ruelles. S'arrêtant pour glaner des poignées de laitues frangées de marron dans les poubelles sur l'arrière des restaurants. Au fait, comment tenait-on son deuxième gant quand on bouffait de la nourriture de récupération ?

Mais Solon Gentzler avait dit que cela ne pouvait pas arriver. Pas avec la loi sur les handicapés. Madge Aldenhoven et sa bureaucratie démoniaque ne pouvaient pas toucher à Bo, avait-il dit. Et ceci ferait un précédent pour tous ceux qui viendraient après, comme Hannah Franer. Bo revit la main tremblante de l'enfant, les perles de deuil qu'elle lui avait données. Zolar pleurant dans le canyon. Son peuple. Une famille perdue.

Elle plia soigneusement les vêtements et les mit dans un sac de voyage imperméable, tira la fermeture à glissière et éteignit les lumières. Quelque chose fit un bruit sourd sur le balcon. Une plante avait dû être renversée, se dit Bo en fixant ses clefs de voiture au rebord de sa poche de jupe. Inutile de s'en occuper avec cette pluie. Mildred gémissait près de la porte, ses yeux de chien de terrier lançant des regards de loup sous l'effet de la peur.

– Je ne comprends pas qu'un simple orage te mette dans un état pareil, lui dit Bo au moment où le téléphone sonnait sur le comptoir plongé dans l'obscurité de la cuisine. Bo trébucha sur l'aspirateur dans sa hâte pour aller répondre.

– Je pars, là, Es, dit-elle dans le combiné.

– Vous partez ? répondit la voix de Rombo Perry. Martin et moi, nous nous disions que ça vous plairait peut-être d'avoir un dîner tout prêt et de la compagnie ce soir. Qu'en pensez-vous ? Escalope de poulet sauce à l'orange et au cognac sur un lit de riz sauvage, aubergine vapeur à la japonaise, petits pains, bien sûr, et mousse au chocolat au lait. La version que propose Martin pour un repas à domicile dans le cadre de l'aide sociale.

Bo se pencha pour se frotter la cheville là où elle avait heurté l'aspirateur.

– Un repas de rêve, répondit-elle en se relevant, mais...

Quelque chose la troubla. Quelque chose bougeait dehors dans le noir. Pas une plante. Un homme.

– Oh, merde, c'est lui.

Maintenant habitués à l'obscurité, ses yeux avaient pu discerner la silhouette dégoulinante qui se tenait sur le balcon en séquoia. Une silhouette en tee-shirt noir orné d'un visage blanc. Un visage barbu, à l'ancienne mode, sur un tee-shirt. Déformé, cadavérique sur le fond noir. La silhouette qui portait le tee-shirt tenait quelque chose à deux mains au-dessus de sa tête. Quelque chose de gros. Une chaise longue. Il était debout, sous la pluie, sur son balcon et tenait une chaise longue au-dessus de sa tête. Comme au ralenti, elle vit le siège commencer sa lente descente en arc de cercle vers la baie vitrée.

Bo entendit la sonnerie dans le téléphone tinter lorsqu'il tomba du comptoir et heurta l'aspirateur. Puis des bruits de verre brisé quand elle s'empara de Mildred et sortit de l'appartement en courant, laissant la porte ouverte face aux rafales rabattues par le vent qui l'aveuglaient tandis qu'elle trébuchait sur les marches glissantes, se rattrapait, et parvenait à atteindre la rue déserte.

Sa voiture était garée dans la rue, coincée entre un petit camion et une moto stationnée de manière illicite avec une planche de surf délavée enchaînée au réservoir à essence. Dans la lumière des lampadaires, la pluie drue créait à la surface de la planche des petites tasses posées à l'envers, formes fugaces et fragiles comme le verre. Bo courut vers sa voiture, imaginant les gerbes que soulevaient les pieds lancés à sa poursuite, un bras pâle tendu pour l'agripper. Elle ne sentait plus ses jambes ; la contraction puis le relâchement des grands muscles nécessaires à la course exigeaient sa réflexion. La BMW apparaissait comme un mirage jusqu'à ce qu'elle touche enfin sa surface métallique. Elle s'empara de ses clefs, ouvrit la portière, plongea à l'intérieur ; elle claqua la portière, la ferma à clef. Par la vitre arrière embuée de pluie elle vit la silhouette trempée faire les trois bonds qui séparaient les marches de l'appartement de la rue et regarder aussitôt sa voiture. Mildred, recroquevillée sur le siège avant, levait vers Bo des yeux inquiets.

– On fout le camp ! hurla Bo en faisant démarrer la voiture et en poussant la moto sur le trottoir contre un lampadaire.

La planche de surf craqua, se fendit dans le sens de la longueur, et les deux morceaux formèrent une croix de guingois en fibre de verre blanche sur la moto écroulée. Les roues arrière de la BMW projetèrent des nuages d'eau sur la silhouette qui courait, dont les mains agrippèrent le pare-chocs de Bo qui virait dans Narragansett en s'éloignant de la plage, puis lâchèrent prise.

Lorsqu'il commença à courir à sa poursuite, Bo pensa qu'il allait essayer de la rattraper à pied.

– Espèce d'imbécile, cria-t-elle par la fenêtre, tu veux rattraper une voiture à pied ?

Le vent se saisit de ses mots et les emporta au moment où l'homme, dans sa course, traversait la rue et disparaissait entre un pavillon sans éclairage et un immeuble dont la porte d'entrée en verre coloré illuminé de l'intérieur représentait des dauphins remontant dans des eaux parsemées de bulles. Bo crut sentir l'âme de cet homme derrière elle comme un globe d'ammoniaque gelé. Pas comme des bulles que feraient des dauphins. Caustique. Empoisonnée. Elle accéléra puis écrasa la pédale de frein en arrivant sur Sunset Cliffs

Boulevard où une branche d'eucalyptus était tombée en diagonale sur le carrefour. Il n'y avait pas d'autre solution que de tourner à droite, mais quelle importance ? Il avait dû partir chercher sa voiture. Il ne la rattraperait jamais. Elle tourna dans Sunset Cliffs Boulevard qui serpentait le long du bord du continent. Quelque chose dans cette poursuite à pied l'inquiétait. L'assurance de l'individu, sa détermination tranquille, paraissaient insensées. Bo appuya encore sur l'accélérateur et après trois pâtés d'immeubles, ne distingua plus l'intersection où il avait disparu.

Ayant dépassé six autres rues, elle leva le pied de l'accélérateur pour ralentir car la route s'incurvait vers la gauche au-dessus des fameuses falaises, parois de granit déchiquetées par la mer d'où le lever de soleil sur Honshu, au Japon, pouvait aisément être imaginé dans le crépuscule nord américain.

La voiture abordait le virage trop vite. Bo appuya doucement sur la pédale de frein. Rien. Elle l'enfonça jusqu'au plancher. Toujours rien. *Merde, c'est les freins ! Il a coupé le câble et tu viens de pomper les dernières gouttes de liquide de frein au carrefour. Il est là, pas loin, et tu n'as plus de freins !*

La BMW arracha un garde-fou sur la droite en fonçant dans le virage, échappant à tout contrôle. Le boulevard, très passant, était recouvert d'un film chimique d'huile rarement nettoyé par le frottement d'un millier de pneus en caoutchouc qui l'auraient désincrusté grâce à l'eau de pluie. À San Diego, les précipitations annuelles pouvaient se mesurer avec des ustensiles de cuisine. La chaussée était une immense marée noire.

Bo connaissait l'endroit, après le prochain bloc d'immeubles, où la mer faisait une incursion dans les terres à quelques mètres de la route. Il y avait un autre virage à gauche à cet endroit-là. Un virage qu'elle ne pourrait jamais prendre. La voiture allait partir en tête-à-queue et se retourner dans la mer. Brusquement, elle passa la marche arrière, entendit le hurlement du métal torturé tandis qu'elle serrait Mildred fort contre elle et que la voiture glissait contre le garde-fou sur quinze mètres avant de le défoncer et de se jeter sur un tas de gros rochers. Pendant que le volant pliait sous son poids, elle se souvint que ces rochers avaient été apportés du désert. On les avait déversés là pour contenir la mer qui venait rogner sur des terrains valant des millions de dollars. On les avait déversés là, peut-être, afin d'arrêter la course d'une voiture folle qui se précipitait vers son tombeau marin. Comme ses idées s'éclaircissaient, Bo pensa aux rampes de sécurité pour camions qu'il y avait dans toute la Nouvelle-Angleterre. Elle en avait vu pendant son enfance. Des pentes sur le côté de la route qui menaient à des talus de graviers capables de freiner et d'immobiliser un dix-huit roues privé de freins. Des rochers, pensa-t-elle en souriant, toute étourdie, n'étaient finalement que de gros graviers. La BMW sifflait dans une odeur de métal chaud, mais ne bougeait plus. L'avant s'était plié comme une couverture raide lancée contre la roche.

Bo essaya d'ouvrir la portière du conducteur. Bloquée. La plupart des maisons qui bordaient la mer le long du boulevard étaient éclairées et leurs lueurs jaunes brillaient dans la pluie noire. Mais aucune porte n'était ouverte. Personne ne venait voir ce qui s'était passé. Dans le grondement des vagues, elle comprit que le bruit d'une voiture qui s'écrase contre un tas de rochers était vraisemblablement inaudible. Elle se glissa rapidement du côté du passager, coinça Mildred sous son bras gauche et tenta d'ouvrir la portière. Elle céda sur un torrent glacé de pluie et d'embruns salés que le tumulte des vagues déployait en s'écrasant contre les falaises à six mètres de la voiture. Au volant de son véhicule, l'homme pouvait surgir dans le premier virage à tout instant. Mais elle avait encore le temps de traverser le boulevard en courant vers l'une des maisons.

Au moment où elle sortait avec difficulté de la voiture, une énorme vague se souleva, comme un serpent jaillissant de l'obscurité au pied des falaises, et se brisa dans un vacarme d'embruns qui lui piqua les yeux. Des filets d'eau de mer coulèrent de son nez dans sa gorge, laissant un goût amer. Mildred éternua et échappa à l'étreinte de Bo, tombant maladroitement sur la roche mouillée. En une seconde, la petite chienne disparut dans les rochers droit devant elle, descendant vers la mer.

– Mildred ! hurla Bo inutilement.

Sa voix se perdit dans le vent. Au moment où elle descendait sur les rochers à la suite du chien, elle vit les phares d'une voiture forer à travers la pluie de larges cônes de lumière brumeuse.

Chapitre 27

Estrella Benedict regardait Henry enfiler des morceaux de dinde marinés dans la tequila sur des brochettes en métal. Il alternait dinde, tomatillos mûrs et champignons noirs ridés qu'il prenait dans un bocal. Au bout d'une minute, Estrella se rendit compte qu'elle avait coupé une tortilla en quatre parts triangulaires et qu'elle les avait disposées en éventail dans l'évier.

– Bo aurait déjà dû arriver, dit-elle en enfonçant les morceaux dans la poubelle. Je suis inquiète.

– Moi aussi, avoua Henry Benedict. Mais l'orage l'a peut-être retardée.

Vêtu d'un polo rouge et d'un pantalon en coton blanc déformé, il parvenait à ressembler davantage à un Abraham Lincoln blond que lorsqu'il portait son uniforme d'officier de la Marine. Estrella remarqua le sillon qui lui barrait le front au-dessus des sourcils. La dernière fois qu'elle avait vu cette ride se creuser aussi profondément, ils campaient dans le désert et avaient trouvé un nid de bébés serpents à sonnette qui se contorsionnaient dans une ravine ombragée. Il les avait écrasés de sa lourde botte Tony Lama puis il avait vomi derrière un cactus ocotillo. Estrella avait appris en quatre ans de mariage que Henry Benedict ne parlait pas beaucoup et, dans tous les domaines, considérait les implications comme importantes.

– Je crois que je vais appeler LaMarche et voir s'il a des nouvelles, dit Estrella en s'adressant à son grill.

– Déjà appelé il y a cinq minutes, répliqua Henry penché vers une planche à découper en bois serré qui pendait au mur par une lanière de cuir. Il dit que l'Indienne l'a appelé, et qu'elle dit que la petite est bouleversée, elle croit qu'il arrive quelque chose de grave à Bo.

– Hannah a dit ça ? Bo m'a dit qu'elle ne parlait pas, qu'elle était muette depuis qu'on lui a appris que sa mère était morte.

– Eh bien, il semblerait qu'elle reparle maintenant, conclut Henry. LaMarche a dit qu'il allait chez Bo. On ne peut rien faire d'autre qu'attendre.

Estrella mit les bras autour de la taille de son mari et écouta son cœur battre lentement, les battements résonnant dans son dos.

– Bo est spéciale, dit-elle le visage dans son polo. Les choses ne lui arrivent jamais comme aux autres. Elle va toujours plus loin, ou je ne sais quoi. C'est effrayant.

– C'est peut-être justement ça, son problème, répondit-il. Sa maladie maniaco-dépressive. Peut-être qu'clle voit tout simplement plus profondément que les autres. Mais nous sommes là pour l'aider, Strell, et elle le sait.

– Ouais.

Estrella soupira et fixa la pendule murale bleu vif dont les aiguilles avaient la forme de crayons. C'était Bo Bradley qui leur avait donné cette pendule pour Noël l'année précédente, avec force allusions au filleul qu'elle attendait d'avoir dès qu'ils seraient prêts, et qui, à n'en pas douter, apprendrait à lire l'heure quelques mois après sa naissance.

– Mais ce type qui a violé la sœur d'Hannah et tué la psychologue est peut-être plus malin qu'on ne croit. C'est un type vraiment intelligent, Henry. Et s'il s'en prend à Bo ?

Henry Benedict aligna les brochettes régulièrement sur un plateau recouvert de papier aluminium et jeta un regard vers la fenêtre de la cuisine battue par la pluie.

– Qu'est-ce qui te fait croire qu'il est si intelligent que ça ? Tu sais quelque chose sur ce malade que je n'ai pas lu dans les journaux ?

Il écouta alors Estrella lui parler d'une femme venue d'un village de Chihuahua qui était sans doute en train d'y retourner en ce moment même à bord d'un car crapoteux de deuxième classe décoré de guirlandes de Noël électriques et crachant des nuages de fumée noire, ses enfants endormis sur les genoux. Dans le car, il devait y avoir quelqu'un qui avait des poulets dans une cage, dit Estrella en pleurs à son mari. Il devait y avoir quelqu'un qui était saoul. Et quelqu'un qui chantait.

– Tu as fait ce qu'il fallait, chérie, murmura-t-il à sa femme qui sanglotait contre sa poitrine. Vraiment.

– C'est ce que Bo a dit, fit Estrella dont les sanglots redoublèrent.

Chapitre 28

Mildred, dont la peau rose était visible sous sa fourrure blanche détrempée, s'était recroquevillée à l'abri d'un rocher aux arêtes vives au bord d'un précipice surplombant une eau noire écumante qui semblait vivante. Bo trouva facilement le chien blanc et en comprit alors la raison. Son chemisier trempé avec ses manches bouffantes et ses poignets fermés par sept boutons était blanc également. Si l'homme qui la poursuivait les observait, il la repérerait instantanément.

Elle n'avait plus le temps de traverser la rue étroite, de trouver la sécurité dans une maison éclairée dont les occupants lui ouvriraient la porte, de téléphoner à la police. Il n'y avait pas d'autre choix que de ramper sous les rochers et de se cacher. Pas d'autre choix que d'espérer que l'homme penserait qu'elle avait réussi à entrer dans une maison et qu'il partirait. Elle se représenta la maison qui faisait le coin, en face de sa voiture accidentée. Une villa. Peinte en rose, pourquoi en rose ? Un lieu historique, en fait, avec un drapeau américain illuminé dans le jardin. Autrefois la demeure d'un magnat d'équipements sportifs qui avait été l'amant de la mystique et théosophe madame Tingley. Peut-être l'homme qui la pourchassait penserait-il que Bo se trouvait dans cette maison, à l'abri, et qu'elle appelait la police. Elle empoigna Mildred recroquevillée près d'un rocher noir et conjura l'image de cette femme mystique décédée depuis longtemps. Peut-être le fantôme de madame Tingley arrêterait-il la main du tueur.

Comme un éclair déchirait le ciel, Bo regarda par-delà la colonne verticale de l'eau en colère un rebord plat surplombant la mer, dépassant derrière un autre amoncellement de rochers. Sous cette saillie se trouvait une minuscule crique où les vagues faisaient rage.

Cette maison rose, c'est la Villa Spalding, Bradley. La grotte est là, tu te souviens ?

Tout en serrant Mildred comme dans un étau, Bo entreprit de descendre dans l'obscurité du terrain accidenté vers le bras de mer bouillonnant qui d'ordinaire, se souvint-elle, était un estuaire de marée agréable, rempli de bernard-l'ermite et d'anémones. Mais quelle en était la profondeur maintenant ? Et quelle force avait la masse de milliers de litres d'eau écumante quand elle se retirait de ce canal après chaque vague ? Dans la mer, à la base du boyau d'un mètre cinquante de large, un amas de rochers déchiquetés disparaissait à chaque vague bouillonnante. Incrustés de bernaches, ils lacéreraient les chairs de toute créature qui serait projetée contre eux par le reflux torrentiel. Bo fit passer Mildred sous son bras droit, attendit le paroxysme du flux de l'eau tonitruante et le début de son recul vers la mer, puis elle s'engagea dans le boyau.

L'eau qui reculait, glaciale, ne lui arrivait que cinq centimètres au-dessus des genoux. Ses pieds engourdis étaient chaussés de trotteurs boutonnés sur le côté achetés pour être assortis à un ensemble qui rappelait Katherine Hepburn dans *African Queen*, et ils s'avérèrent être à la hauteur du rôle, ils ne la lâchèrent pas. Bo se dit qu'elle devrait penser à envoyer un mot de remerciement au rayon chaussures de Nordstrom si elle s'en sortait vivante.

Au pas suivant, son pied gauche rencontra une fissure, se retira et parvint à maintenir en équilibre le poids de la femme et du chien sur l'arête d'un rocher en forme d'aileron de requin. La vague suivante approchait en roulant, avec une forme qui rappelait un serpent de la taille d'un camion à la surface de l'eau. Dans une seconde, elle allait dessiner un arc contre les rochers, au-dessus de la tête de Bo, puis elle les aspirerait dans une cataracte écumante vers la haute mer. Bo s'élança, atterrit maladroitement sur le pied droit qui parut se tordre et une autre enjambée lui permit d'atteindre le tas de rochers de l'autre côté de l'estuaire. La vague qui arrivait s'engouffra derrière son dos avec une force qui expulsa l'air de ses poumons et la laissa trempée d'écume mais ne parvint pas à l'attirer dans le maelström de son reflux. Mildred secoua violemment la tête contre Bo et se débattit pour se libérer.

– Pas question, Mil. C'est toi qui nous a fichues dans cette situation. Maintenant, assume.

Au bout de trois minutes d'escalade exténuante, Bo atteignit la grotte. Ce n'était pas une merveille, comme grotte marine, mais pour Bo, c'était l'Atlantide. Ce n'était qu'un trou dans la paroi du continent où la mer avait rongé une concrétion de grès à l'époque où un pont de terre enjambait encore le détroit de Béring. Bo se jeta sur le sol rocheux et regarda autour d'elle. Elle était déjà venue là. Cette grotte était un lieu de prédilection pour les pique-niques, les rites ésotériques, les idylles romantiques. Pour les sans-abri, aussi, qui avaient laissé des monticules d'ordures et une couverture orange tachée près des reliques trempées d'un feu. Bo lança vers la couverture un regard plein de gratitude. Elle allait peut-être lui faire connaître des maladies de peau exotiques, mais en attendant elle la protégerait des effets de l'hypothermie. En s'approchant de la couverture, elle se rendit compte qu'elle avait un problème à la cheville droite. Une douleur lancinante. Une claudication étrange. Elle retira sa chaussure, essaya de bouger les orteils et les regarda réagir avec des mouvements saccadés, comme des guppys.

L'orage s'apaisait. Sur la paroi de granit fissuré qui descendait sur dix mètres depuis l'entrée de la grotte jusqu'à un précipice battu par les vagues, la pluie tombait maintenant régulièrement en traits verticaux. Bo essora ses cheveux et les plis lourds de sa jupe kaki. Puis elle se traîna avec Mildred jusqu'à la couverture fétide dont elles s'enveloppèrent, recouvrant même sa tête, de telle sorte qu'un regard observant l'intérieur de la grotte ne verrait qu'une couverture sale jetée sur un rocher. Pas une femme sans ressource avec une cheville foulée, peut-être cassée.

Il n'y avait pas d'autre issue pour quitter la grotte que l'entrée faisant face à la mer. Derrière son bras gauche, Bo sentait la surface rugueuse d'une plaque en ciment dans le mur de la grotte, d'un mètre cinquante de haut, plus large que ses épaules. Spalding avait fait fortune autrement qu'en vendant des ballons de football en cuir. Bo avait lu un article dans un journal local disant que pendant la prohibition, le millionnaire avait creusé un tunnel à partir d'un placard de la villa, passant sous Sunset Cliffs Boulevard pour aboutir à la grotte. Des trafiquants de rhum mexicains, venant jeter l'ancre dans la petite baie en contrebas, transportaient des caisses en bois pleines de *ron negro,* remontaient les falaises, passaient dans le tunnel, jusqu'à un endroit où régnaient luxe et sécurité. Le tunnel était toujours là, sous la rue, mais condamné à chaque extrémité. Bo essayait de ne pas voir en cet espace réduit historique un dernier espoir désespéré. Mildred, confortablement installée contre elle sous la couverture odorante, paraissait s'être endormie. Bo s'en voulut lorsqu'elle sentit la chaleur des larmes qui coulaient sur ses joues.

Arrête de geindre, Bradley. Si le moment de mourir est venu, arrange-toi pour ne pas faire honte à tes ancêtres.

Ces mots émanant directement de la bouche de Bridget Mairead O'Reilly firent sourire Bo. Apparemment, sa grand-mère ne se taisait jamais. Dans un souffle, Bo chantonna l'hymne irlandais.

– Ce soir, nous servons le bearna baoghal, roucoula-t-elle à l'oreille de Mildred. Pour Erin, dans le chagrin ou dans la joie...

Dehors, au-delà de l'entrée de la grotte, les vagues s'écrasaient à intervalles réguliers sur le tablier de granit en saillie. La pluie tombait au milieu de vents qui poussaient leurs plaintes lugubres dans les rochers. Mildred ronflait. Bo chantait doucement. Et il ne se passait rien. Nulle silhouette trempée vêtue de noir ne bondissait dans la grotte. Absolument rien ne bougeait à l'exception des vagues mugissantes et parfois d'un cailloux délogé d'une des parois de la cavité, probablement à cause d'une voiture qui passait.

Mais s'il y avait des voitures, est-ce que personne n'aurait vu la BMW accidentée, est-ce que personne ne se serait arrêté pour voir ce qui se passait ? Elle lança un regard vers le plafond de pierre au-dessus de sa tête. Bien sûr. La police avait dû être appelée maintenant. Et se trouvait peut-être à peine deux mètres au-dessus d'elle en cet instant même, allant de porte en porte le long de la plage demander aux résidents si personne n'avait vu le conducteur de la voiture accidentée. Bo concentra son attention sur l'écume qui bouillonnait sous l'avancée longue et plate de la grotte. Y avait-il des reflets de lumière rouge clignotante venant d'en haut ? Une fois, elle crut voir un éclat rouge rebondir à la surface de l'eau, mais elle s'était peut-être trompée. Et si elle restait là pendant qu'une douzaine de sauveteurs vaquaient en surface ? Ils finiraient par abandonner leurs recherches, ils prendraient sa voiture en remorque et ils partiraient. Et la marée montait.

Cette prise de conscience lui fit l'impression qu'une chape de glace s'abattait sur elle. Contre les falaises, les vagues grandissaient, les embruns qu'elles projetaient éclaboussaient de plus en plus près l'ouverture irrégulière de la grotte. Bo scruta les murs pour discerner une ligne de démarcation d'inondation et la découvrit soixante centimètres au-dessus de sa tête. Il y avait une saillie en hauteur sur sa gauche au fond de la grotte. S'il fallait en arriver là, elle pourrait grimper dessus et attendre tout simplement la fin de l'orage. Elle ne serait sans doute pas noyée. Ce n'était pas la menace de la noyade qui lui glaçait le cœur. C'était la croyance celte que les âmes quittent les corps au changement de marées. Le moment de la transition douloureuse, finale. Mais pour qui ?

Dans l'obscurité zébrée de pluie devant l'entrée de la grotte, quelque chose bougea. Une masse d'ombre impossible à différencier de centaines d'autres, drapées dans un suaire de brume, devint une silhouette humaine se relevant de sa position accroupie devant l'ouverture déchiquetée de la grotte. Dans sa main droite, un couteau de poche ouvert étincela lorsque des gouttes de pluie vinrent glisser sur sa lame longue de dix centimètres. Un homme petit, pâle, avec un visage trempé à l'étrange allure de reptile, des yeux qui ne cillaient pas.

Bo savait qu'il ne pouvait pas vraiment la voir dans les ténèbres, pourtant il avait le regard rivé sur le sien, établissant un lien psychique plus terrible qu'un projecteur. Il savait où elle était. Dans ce lien, Bo sentit la force d'un être inhumain, d'un être vide et sans loi. Cet homme n'était pas un homme, juste une entité dont la haine pour ce qu'il n'était pas bouillonnait comme de l'écume invisible autour de lui. Un être malade et difforme dès l'instant de sa conception. Une âme damnée.

« Tu n'es *rien* », pensa Bo en le fixant dans les yeux, tandis que les battements dc son cœur vibraient jusqu'au bout de ses doigts.

« Ne va pas croire que cette Irlandaise n'est pas

capable de te voir pour ce que tu es. Tu peux me tuer, ça ne te rendra pas humain pour autant. »

Quand il commença à avancer, Bo rejeta la couverture dégoûtante et se leva. Dans sa tête, mille ossements ancestraux vociféraient avec leur accent irlandais. Sur le sol de la grotte, Mildred avait le poil hérissé et aboyait.

Une autre silhouette remplit alors l'ouverture de la grotte, fit promptement pivoter l'homme en tee-shirt noir en l'agrippant par l'épaule gauche et d'un uppercut à la mâchoire l'envoya s'étaler sur la roche mouillée. Bo regarda le couteau glisser jusque dans une flaque d'eau. Le deuxième homme avait des lunettes à monture en métal noir et le nez de travers.

– Ça va, Bo ! cria Rombo Perry vers l'intérieur de la grotte tout en remettant sur pied le reptile vêtu de noir avant de le renvoyer au sol de tout son long en lui assenant un coup meurtrier sur le nez. On savait qu'il était descendu ici, mais on n'était pas sûrs que vous y soyez aussi, et puis le chien a aboyé.

Bo crut sentir l'odeur du sang qui coulait du visage de l'homme. Il rampait pour échapper à Rombo et se rapprocher du bord de la falaise. Une odeur de tourbe, de marécage, de brûlé.

– Bats-toi, salopard ! hurla Rombo en marchant sur la forme recroquevillée. Alors, sale ordure, tu veux encore violer des bébés ? Il va falloir te battre, alors ! Donne-moi l'occasion de te tuer.

Bo vit les muscles de Rombo, noués sous la chemise de soirée trempée, de couleur grise. Et elle vit, dans la pluie qui se calmait ce qui allait se passer.

– Ne fais pas ça, Rom ! lança une autre voix depuis les rochers près de la paroi. Laisse la police s'en occuper !

Martin Saint John, couvert de boue, sauta des rochers. Derrière lui, un quatrième homme, familier et pâle, apparut dans l'ouverture de la grotte et courut vers Bo. Elle ne put que tendre le doigt lorsqu'une vague gigantesque, noire et silencieuse, s'élança contre les limites sud-ouest de l'Amérique du Nord.

– Oh, mon Dieu ! souffla LaMarche tandis que Martin Saint John agrippait la chemise de Rombo, que Mildred aboyait et qu'une vague pesant plus qu'une maison de quatre pièces s'écrasait contre le bord du gouffre en granit.

Le choc jeta à terre Martin et Rombo, l'eau monta dans la grotte puis reflua.

Plus rien ne gisait au bord de la grotte. L'homme en tee-shirt noir avait tout simplement disparu. À dix mètres en contrebas, parmi des rochers qui ressemblaient à des éclats d'obus, quelque chose était ballotté dans la violence de l'écume, puis disparut. Mais ce n'était pas un homme, Bo le savait. Ça n'avait jamais été un homme.

Chapitre 29

Bo se réveilla, vêtue d'un tee-shirt de la Marine américaine, dans une chambre qu'elle reconnut comme étant celle des amis d'Estrella et de Henry Benedict. Elle avait aidé Estrella à choisir le papier mural blanc avec des rayures ton sur ton. Un décor à la mode discret, avec les lambris blancs que Henry avait fabriqués en utilisant des lattes de parquet. Sur une table de chevet, on avait posé un vase contenant deux douzaines de magnifiques roses à longues tiges. Près de Bo, dans le lit, il y avait Mildred... et le docteur Andrew LaMarche qui n'était pas rasé et qui souriait, vêtu du même tee-shirt et d'un pantalon en toile à pattes d'éléphant venant de la Marine, à l'évidence des vêtements appartenant à Henry.

– Je n'ai pas compromis votre vertu, expliqua-t-il en se protégeant les yeux du soleil qui baignait la pièce à travers les fenêtres sans rideaux. Vous avez tellement insisté pour ne pas rester à l'hôpital que je vous ai amenée ici, encore sous anesthésie après la petite opération nécessaire pour remettre quelques os en place. Estrella a pensé qu'il ne fallait pas vous laisser seule.

– Ma vertu est inattaquable, répondit Bo, sauf dans certaines circonstances. Vous pourriez peut-être *essayer*, Andrew.

– Très bien.

Il tomba sur un genou près du lit :

– Bo, voulez-vous m'épouser ?

– Oh, mon Dieu, j'ai la jambe cassée ? Et je vous ai dit... J'ai déjà été mariée. On ne pourrait pas être simplement... autre chose que mariés ? Et pourquoi est-ce que mon pied droit dégage une odeur chimique de bain de bouche ?

Bo se redressa sur les coudes et regarda la pendule en porcelaine sous les roses.

– Il est six heures et demie. J'ai tout le temps pour être au tribunal à neuf heures. Je serais capable de tuer pour avoir une cigarette. Et tout ça s'est vraiment passé hier soir, ou est-ce que j'ai des hallucinations ?

– Si je comprends bien, il serait peut-être prématuré de faire publier les bans, fit LaMarche en secouant la tête et en se levant. Et moi qui ai déjà envoyé ma queue-de-pie au pressing.

– Andy ! répliqua Bo avec une irritation mêlée d'étonnement. Qu'est-ce qui s'est passé après l'hôpital ? Est-ce que la police est allée repêcher ce type dans l'eau ? Qui est-ce... qui était-ce ? Est-ce que Paul a été relâché maintenant que le vrai criminel est identifié ? Est-ce que Rombo et Martin sont allés chez moi pour mettre des planches à la place de la baie vitrée, comme ils l'avaient dit ? Est-ce que vous avez appelé Eva ? Et ma voiture ?

– Vous avez subi une grave déchirure des ligaments du tarse, des fractures au tibia, à deux métatarses et au gros orteil, commença Andrew LaMarche pendant que Bo posait un regard furieux sur sa jambe droite qui disparaissait dans ce qui ressemblait à des fragments de meubles de plage maintenus par du Velcro. Votre voiture a été remorquée jusqu'à un garage qui se spécialise dans la vente de pièces détachées. Le châssis est faussé. Vous y êtes allée fort, Bo.

Il pâlit et ajouta :

– Vous auriez facilement pu être tuée.

– Je crois que c'était ce qui était prévu, murmura-t-elle. Alors, qui était ce malade ?

LaMarche alla jusqu'à la fenêtre et croisa les mains derrière sa tête en s'étirant.

– On n'a rien trouvé sur le cadavre pour l'identifier. Ça pourrait être n'importe qui. La police essaye d'établir son identité avec les empreintes digitales, mais rien ne prouve que cet homme ait eu quelque chose à voir avec les morts de Samantha Franer et de Cynthia Ganage. Il semblerait plutôt, (il se tourna pour faire face à Bo mais fixa le regard sur les roses) que ce soit un type qui avait un grief personnel contre vous. Une « attirance fatale », c'est le terme qu'a employé l'inspecteur Reinert. Vous vivez un peu dans un quartier de bohémiens, Bo... fit-il en levant les yeux prudemment. Sans le savoir, vous avez peut-être attiré l'attention perverse de...

– Oh, *arrêtez* ! l'interrompit Bo, incrédule. Un parfait inconnu fait tout à coup irruption dans mon appartement en fracassant la baie vitrée *après* avoir sectionné mon câble de frein, il me pourchasse sous un orage tropical et m'agresse avec un couteau dans une grotte creusée par la mer, tout ça parce que j'habite dans un quartier de bohème ? Ça ressemble à une intrigue tirée d'un roman pour un public féminin qui vote à droite. Je suppose que Cynthia Ganage l'avait bien cherché, elle aussi. Elle avait eu le culot de gagner beaucoup d'argent et de se louer une suite dans un hôtel classe. Et bien sûr Samantha serait toujours en vie si seulement sa mère était restée chez elle, à sa place, au lieu d'aller travailler à temps partiel. Quelles que soient la brutalité et la perversité de ce qui se passe, en fait c'est toujours la faute d'une femme. C'est bien ça ?

Andrew LaMarche s'assit dans un fauteuil en osier qui grinça sous son poids.

– J'ai seulement dit que les policiers avaient émis l'hypothèse...

– Les policiers sont infoutus d'*épeler* le mot hypothèse, hurla Bo en s'élançant pour se lever puis en se rasseyant sur le lit comme une douleur foudroyante explosait dans sa jambe droite.

Une image prit brièvement forme dans son esprit. L'inconnu, avec ses mèches de cheveux mouillés de la couleur d'un chewing-gum collé sous un bureau d'écolier. Ses yeux à peine bleus, presque limpides. Vides comme le verre.

– Cette *chose,* là-bas, dans les falaises, c'était l'assassin de Samantha. Eva a dit qu'il avait peut-être... changé, quand il avait su qu'il avait tué Samantha.

– Changé ? fit LaMarche en frottant son menton mal rasé. Changé comment ?

– Il a pu se transformer en... tueur en série. Ça a quelque chose à voir avec le pouvoir. D'abord le pouvoir sexuel sur les jeunes enfants. Et après, le meurtre.

– Ganage, puis vous, c'est ça ? Je ne suis pas en désaccord avec le raisonnement du docteur Broussard, Bo. Je suppose qu'elle perçoit quelque chose, là. Mais il n'y a pas le moindre début de preuve pour étayer une telle assertion. De plus, le docteur Broussard ne peut pas être convoquée devant le tribunal pour développer sa théorie étant donné que le tribunal ignore sa présence ici. Et même si elle pouvait le faire, il n'y a absolument rien dans sa théorie qui disculpe Paul Massieu. La ville entière est lancée dans une chasse aux sorcières, sur les nerfs à cause de ces histoires de satanisme. Il est facilement démontrable que Paul est membre d'un groupe dont les croyances n'ont pas coutume d'être enseignées en chaire. La race humaine n'est qu'à un battement de cil d'un passé forgé dans des superstitions barbares, Bo. Quand ils ont peur, ils veulent un bouc émissaire. Aucun juge ne va libérer Paul Massieu aujourd'hui. C'est tout simplement impossible.

– Pourquoi ne prennent-ils pas cette ordure au couteau comme bouc émissaire ? argumenta Bo. Il m'a eu l'air on ne peut plus démoniaque.

– Parce que personne n'est au courant de son existence. Massieu est visible, différent, il parle à peine anglais. Ajoutez à cela qu'il vivait hors des liens du mariage avec une femme qui s'est suicidée le jour où le viol de sa fille a été rendu public. Qu'en penseriez-vous, Bo ?

– Ce que je ne penserais pas, dit-elle tout en se mettant délicatement sur ses pieds, c'est qu'un ensemble de faits, quels qu'ils soient, qu'une situation, quelle qu'elle soit, puissent suggérer l'existence d'un génie cornu dressé sur des pattes de chèvre.

– Il ne s'agit pas tant des détails mythologiques que de la projection de la différence, continua LaMarche, dont le visage se crispait de compassion en voyant Bo se lever. C'est l'Autre qui compte. Les gens ont tendance à persécuter toute personne qui peut être identifiée comme étant Autre. Paul a été mis dans cette catégorie. Le faire sortir de là ne va pas être facile.

– J'ai l'intention de m'y employer de mon mieux, fit Bo en s'adressant à un point juste au-dessus de la tête du docteur. Voulez-vous bien me conduire à mon appartement ? Il faut que je me prépare pour l'audience.

– Martin a trouvé un sac tout prêt et il vous l'a apporté, ainsi que deux douzaines de petits pains complets. Estrella et Henry préparent le petit déjeuner. Me permettez-vous ?

Il se leva, lui offrit son bras et la salua avec une courtoisie si naturelle que Bo eut envie de pleurer.

– Andy, dit-elle en souriant, vous ai-je dit que je commence à aimer votre façon de parler ?

– Vous m'en voyez honoré, répondit-il.

Les fortes pentes des rues du centre ville de San Diego luisaient sous le soleil brillant après l'orage tandis que Henry Benedict trouvait une place pour se garer non loin des bâtiments du tribunal. Des jacarandas urbanisés, plantés dans des bacs en ciment entourés d'élégantes clôtures, ressemblaient à des ballons lavande qui bordaient la rue.

– Ça va, je suis bien ? demanda Bo à Estrella depuis la banquette arrière où sa jambe droite étendue l'élançait sous l'attelle en toile.

– Tu es superbe, et les béquilles font un accessoire intéressant, répondit Estrella. Je ne comprends pas ce qui te rend si nerveuse. Tout va bien, même si Paul n'est pas libéré aujourd'hui.

Hannah est en sécurité et fait beaucoup de progrès avec Eva. Elle reparle. Ça va peut-être prendre un peu plus de temps pour libérer Paul. Arrête de t'inquiéter.

Quand Bo tourna le coin du parking en sautillant, en sueur sous l'effort requis pour les béquilles, elle les vit. L'équipe vêtue de noir de la rue devant l'église Sainte-Thérèse. Quatre fois plus nombreux. Avec des panneaux moins littéraires.

« San Diego dit non à Satan », déclarait l'un d'eux.

La femme qui le portait, la soixantaine, avec un maquillage de théâtre et des baskets rouges, semblait éprouver une fierté personnelle à le brandir. Ses yeux étincelaient comme ceux d'un enfant.

Le préféré de Bo était un panneau qui reprenait un exorcisme traditionnel.

« Arrière, Satan », ordonnait-il, « le Lion de Judée te renie ! »

– C'est qui, le Lion de Judée ? murmura Henry Benedict tandis qu'ils traversaient la foule hostile des manifestants.

– C'est censé être Judas.

Bo souriait. Le porteur de ce panneau erroné lançait des regards furieux sous une casquette publicitaire vantant une bière brassée dans le Colorado. Bo fut reconnaissante de pouvoir vivre ce moment. Il se passerait un certain temps, pensa-t-elle, avant qu'elle ait à nouveau envie de sourire.

Solon Gentzler faisait les cent pas dans le hall d'entrée, vêtu d'un costume trois-pièces froissé. Il ressemblait à un ours en peluche en habit d'entrepreneur de pompes funèbres.

– LaMarche m'a téléphoné et m'a raconté ce qui s'est passé hier soir, dit-il, renforçant le bien-fondé de la canonisation du pédiatre toujours parfait. Je suis heureux que vous alliez bien. Mais pour le moment, il faut que je vous parle en privé.

Estrella et Henry acquiescèrent et se dirigèrent vers les portes de l'ascenseur dont le cuivre était maculé de traces de doigts. Dans le hall d'un tribunal correctionnel, comprit Bo tandis que Gentzler l'attirait derrière un ficus en soie poussiéreux penché sur une rangée de distributeurs de journaux, l'odeur des sols cirés ne pouvait jamais recouvrir celle plus âcre du désespoir. Dans la foule, une prostituée qui portait un short dont les déchirures étaient largement révélatrices, discutait avec une avocate vêtue d'un tailleur gris de chez Brooks Brothers. Un couple mexicain s'efforçait de lire le plan du bâtiment, puis ils courbèrent la tête lorsque le doigt épais de l'homme découvrit la salle qu'ils cherchaient.

– *Cuatro,* prononça-t-il avec tristesse. *Numero cuatro.*

La femme se mit à pleurer.

Un millier d'histoires. Toutes terribles.

Oh, non ! pas maintenant, Bradley. Oublie tout en dehors de la raison pour laquelle tu es ici.

– Eva Broussard m'a également téléphoné ce matin, expliqua rapidement Solon Gentzler. Elle dit que Hannah a recommencé à parler et elle voulait savoir s'il existe un moyen pour qu'elle témoigne en faveur de Paul sans tomber entre les mains du Département des Services Sociaux.

– Non ! s'exclama Bo. Il y a une demande de mise sous tutelle. Je l'ai rédigée moi-même. Elle serait saisie par l'huissier et emmenée dès l'instant où son identité serait connue.

– C'est ce que j'ai dit à Broussard, continua

Gentzler. Le témoignage de Hannah spécifiant que Samantha lui a dit qu'un certain Goody l'a violée ne pourrait être qu'un témoignage sous la foi d'autrui, de toute façon. Pas une preuve recevable. Il n'y a rien à gagner à faire comparaître Hannah devant le tribunal. Je voulais juste savoir ce que vous en pensiez. Je *pourrais* faire ajourner l'audience, demander une date ultérieure en arguant de nouvelles preuves. Êtes-vous sûre de vouloir y aller aujourd'hui, Bo ? Avec l'intérêt du public à son comble comme il l'est en ce moment, le mieux que nous puissions espérer, c'est une caution raisonnable et une date de jugement rapide. Ça ne peut pas aider Paul.

– Je veux en être débarrassée aujourd'hui, répondit-elle. Pour moi, maintenant. Et pour Hannah. Et pour un certain Patrick qui pourrait bien avoir besoin de travailler d'ici quelques mois. Allons-y !

La salle de tribunal numéro sept avait des lambris de chêne et un éclairage lumineux. Bo se dirigea en boîtant sur ses béquilles vers la longue table faisant face à la Cour. Un panneau en métal posé sur le haut et large bureau annonçait JUGE ALBERT GOSSELIN.

– Qui c'est, Gosselin ? demanda Bo à Gentzler tout en s'asseyant et en poussant ses béquilles sous la table.

– Il a fait son droit à Antioch, diplômé en 76. C'est un quaker, il fait partie de la Commission nationale de réforme pénitencière, il fait collection de kilts. C'est un conte de fées, mais j'ai bien peur que ça ne nous soit d'aucun secours aujourd'hui.

Bo lança un regard vers les rangées de sièges derrière elle. Estrella et Henry, souriants. Des journalistes avec leurs bloc-notes. Rombo Perry et Martin Saint John en costumes sombres, avec des airs de jazzmen des années cinquante. Andrew LaMarche, resplendissant dans un costume et gilet à fines rayures, avec une épingle en or brillant sur la cravate la plus classique que Bo eût jamais vue à l'ouest de Tulsa. Madge Aldenhoven entrant par la porte à double battant au fond de la salle, accompagnée d'un homme d'allure sinistre en gabardine ocre que Bo reconnut, ayant vu sa photo dans le hall de réception de l'immeuble où elle travaillait. Le directeur du Département des Services Sociaux de San Diego. Bo sentit ses os se glacer. Madge avait amené le gros chien pour la mise à mort.

Solon Gentzler adressa un sourire à un groupe qui suivait Madge. Un couple un peu âgé et une femme avec une masse de cheveux blonds bouclés comme les siens.

– Mes parents, ma sœur, glissa-t-il à Bo. Je leur ai dit ce que vous alliez faire ; ils sont venus vous apporter leur soutien. Il y a une affaire urgente à régler à L.A. cet après-midi, je partirai donc tout de suite après l'audience. Mais quoi qu'il arrive, Bo, l'AALC est derrière vous. Au niveau national si c'est nécessaire.

Paul Massieu, les menottes aux poignets et vêtu de l'uniforme en polyester bleu des détenus, fut amené, suivi du juge en toge noire.

– La Cour, tonna l'huissier. Présidée par l'honorable juge Albert Gosselin.

Bo lissa sa jupe verte de ses paumes moites lorsque l'avocat de l'accusation appela à la barre des témoins le docteur Andrew LaMarche, médecin délégué auprès de Samantha Franer au moment de la mort. LaMarche énuméra ses titres sans regarder Bo, puis décrivit tranquillement les blessures qui avaient tué la petite fille.

Un représentant de la police de San Diego donna lecture des preuves retenues contre Paul Massieu, sans oublier de stipuler le malaise officiel que créait l'appartenance de l'accusé à un groupe connu pour ses croyances peu orthodoxes.

– Objection ! lança la voix retentissante de Solon Gentzler. Les croyances personnelles de l'accusé ne font pas l'objet...

Bo était certaine qu'on pouvait l'entendre jusqu'à Denver et tout aussi certaine qu'un discours plein de passion avait été prévu exactement pour cet instant.

– Accordée, répondit le juge d'un ton cassant, anéantissant tout espoir de rhétorique.

Solon Gentzler se rassit, en soupirant.

– J'appelle Barbara J. Bradley, annonça l'avocat de l'accusation, et Bo vit l'image de Lois Bittner en bottes, souriante.

C'était le moment. Tout le monde le faisait, vedettes de cinéma, écrivains, éditeurs, personnalités de la télévision. Tous, ils dévoilaient leur secret et démontraient à un public misanthrope que les gens qui souffraient de troubles mentaux avaient toujours existé. Que les gens qui souffraient de troubles mentaux ne différaient de ceux qui avaient du diabète que par la partie du corps affectée. Bo voulait les rejoindre. Elle *allait* les rejoindre. Maintenant.

– La Cour vous autorise à témoigner depuis votre place si rejoindre la barre présente un problème, fit le juge Albert Gosselin lorsque Bo tira ses béquilles de sous la table et se leva maladroitement.

– Non, je vais aller à la barre, répondit-elle.

C'était le seul moyen. Bernadette Devlin en ferait-elle autant dos à la foule ? Jamais.

Le regard de Madge, d'une feinte bienveillance, suivit Bo comme un faisceau de projecteur. Le directeur du DSS semblait s'être assoupi.

– L'opinion des Services de Protection de l'Enfance du comté de San Diego, articula Bo après avoir annoncé ses noms et qualités, est que Paul Massieu représente un danger pour les enfants.

N'oublie pas de respirer, Bradley. Vas-y.

– Sa mise en liberté dans notre communauté constituerait actuellement un péril non justifié pour nos propres enfants.

Bo avait dit ce qu'on lui avait ordonné de dire. Madge avait un petit sourire parfait.

– Vous pouvez interroger le témoin, dit Albert Gosselin à l'avocat de la défense.

– Je défère l'interrogatoire à mon collègue, Solon Gentzler, dit l'avocat de la défense tandis que Gentzler se levait et se dirigeait vers Bo.

À la question de dernière minute qu'elle lut dans ses yeux, elle répondit par un bref signe de tête affirmatif.

– Madame Bradley, commença-t-il, n'est-il pas exact que vous souffrez d'un trouble mental connu sous le nom de psychose maniaco-dépressive et que vous avez de fait été hospitalisée pour assurer votre propre protection en raison de cette maladie qui peut modifier votre perception de la réalité ?

– C'est exact, dit-elle.

– Et n'est-il pas également exact que vous ne prenez actuellement aucun des médicaments généralement prescrits pour contrôler les symptômes liés à cette maladie ?

– Si.

– Votre Honneur, dit Solon Gentzler en se tournant vers le juge, je n'ai pas d'autres questions à poser et je demande que le témoignage de cette personne soit éliminé des débats en raison de son passé médical psychiatrique.

Bo avait la sensation d'avoir des paupières en métal, les poumons oppressés par le poids de son chemisier. C'était ce qu'elle avait voulu. C'était son choix. Des faits qui ne faisaient rien pour l'aider à retrouver une respiration normale. Un silence tomba sur la salle comme une interjection inaudible, puis gagna de proche en proche

– Madame Bradley me semble parfaitement compétente, répondit Albert Gosselin. Rejeté. S'il n'y a pas d'autres questions, vous pouvez vous retirer, madame Bradley.

Aucun des avocats n'avait d'autres questions.

Bo inspira profondément et entendit l'air s'engouffrer comme un chœur dans ses oreilles. Vingt ans de honte et de peur, héritage d'une superstition malveillante qui remontait à la préhistoire, s'étaient évanouis devant ses mots. Elle était sortie de l'ombre, elle avait rejoint les autres, les pionniers qui libéreraient le monde du stigmate des troubles psychiatriques. Et quelles que soient les conséquences, cela avait un goût de triomphe. Ses mots n'avaient pas aidé Paul Massieu, puisque l'objection avait été rejetée par Gosselin. Mais ils avaient pris la buraucratie à son propre jeu, et l'avaient libérée d'une contrainte invisible pire que la camisole de force. Au premier rang, les yeux d'Andrew LaMarche brillaient d'une fierté indéfectible. Au fond de la salle, Madge pinçait les lèvres et se penchait pour murmurer quelque chose à son compagnon. Bo entendit dans sa tête la *Toccata et fugue en ré* de Bach lorsqu'elle regagna sa place. De l'orgue. Et sans sourdine.

– S'il n'y a pas d'autres témoignages... commença le juge alors que Dar Reinert apparaissait à la porte à double battant, portant quelque chose dans un sac.

Il s'approcha promptement du procureur.

– L'inspecteur Reinert vient de m'apporter des preuves inattendues qui peuvent influer sur les débats, annonça l'avocat de la partie civile en se levant. Pouvons-nous venir à la barre ?

– C'est une cassette vidéo de quelqu'un en costume de clown avec Samantha dans la grotte, murmura Reinert à l'oreille de Bo tandis que les avocats s'approchaient du juge. On l'a trouvée dans la voiture de cette vermine juste derrière l'endroit où vous avez planté la vôtre. Ça pourrait être Massieu, si cette histoire de conspiration satanique existe. Il vaut mieux que vous ne voyiez pas ce qu'il y a sur cette bande.

Cinq minutes plus tard, une assemblée stupéfaite regardait l'huissier mettre la cassette dans un magnétoscope apporté dans la salle du tribunal. Sur l'écran de télévision, au-dessus du magnétoscope, quelqu'un qui était vêtu d'un costume de clown à pois et d'un masque souriant, caressait Samantha Franer vivante. Bo eut le souffle coupé devant cette scène. Sous ses boucles cristallines, l'enfant vivait, bougeait, souriait. La même enfant que Bo avait vue inerte et froide sur une table d'opération. Dans la scène enregistrée, le malaise ressenti par la petite fille à cause des attouchements de l'homme était dépassé en raison des lumières brillantes, des bonbons qu'il lui donnait, des ballons et menus cadeaux. Il n'y avait pas de son, mais Bo pouvait presque entendre le thème métallique de *Rue Sésame*. Quand les mains pâles commencèrent à enlever le short bleu de Samantha Franer, Albert Gosselin ordonna à l'huissier de mettre sur pause. Paul Massieu, les mains entravées par les menottes serrées sur son large torse, sanglotait.

– Si les traits de cet homme ne sont dicernables à aucun moment au cours de cette scène, dit le juge en grommelant à l'adresse de Reinert, il n'y a pas lieu de nous soumettre à cette horreur. Le visage est-il visible ?

– Non, répondit Reinert.

– Mais cet homme n'est évidemment pas Paul Massieu, commença Solon Gentzler. Il mesure dix centimètres de moins et...

– Une distorsion causée par l'angle de prise de vue de la caméra, interrompit l'avocat de l'accusation. Il n'y a aucun moyen...

La tête de Bo bouillonnait, ses yeux étaient emplis de lumière. La créature en costume de clown était morte la veille au soir, son cerveau écrasé, réduit à l'inactivité par la houle hurlante. La marée avait changé. Cette âme lépreuse n'était plus. Et maintenant, elle, Bo, allait libérer l'homme qui serait le père de Hannah Franer, qui s'interposerait entre Hannah et ce cauchemar.

– Votre honneur, intervint-elle avec un grand sourire, oubliant le protocole de la Cour, avez-vous bien regardé la main droite de Paul Massieu ?

L'attente emplissait la salle silencieuse tandis que tous les yeux mémorisaient l'image devant eux. Un pervers en costume de clown, retirant avec des mains avides les vêtements d'une petite fille blonde. Chacune des mains dépassant des manches exhibait cinq doigts, clairement visibles sur l'écran. Puis toutes les têtes se tournèrent vers Paul Massieu dont les yeux noirs étaient encore embués de larmes. Lentement, il présenta ses mains entravées afin que tous puissent voir la droite, déformée, couverte de cicatrices. Amputée de son petit doigt.

Une demi-heure plus tard, Bo conduisait Paul Massieu vers un téléphone mural dans le hall jouxtant la salle d'audience numéro sept et lui donnait le numéro d'un studio à Del Mar. Un endroit où il pourrait se rendre librement dès qu'il aurait récupéré ses vêtements et ses objets personnels à la prison, signé d'innombrables imprimés, et rendu son uniforme bleu.

– Eva ! l'entendit-elle commencer, je suis libre.

Et toi aussi, tu es libre, Bradley. Il est grand temps.

Tandis que ses amis l'attendaient en groupe, Bo s'approcha de Madge Aldenhoven et de son invité. Solon Gentzler, ses parents et sa sœur, la suivirent.

– Alors, Madge ? dit Bo, rompant la glace. Qu'est-ce qui se passe maintenant ?

Le sourire hypocrite d'Aldenhoven avait disparu.

– J'ai toujours su que vous aviez un problème, Bo. La triste prestation que vous avez faite ici a seulement...

– Je ne vois rien de répréhensible dans le dévouement et le courage que madame Bradley a consacré à l'exercice de ses fonctions dans le cadre de cette affaire, proclama une voix tonitruante. Je m'appelle Barry Gentzler, à propos.

Gentzler senior adressait ses paroles à l'homme en gabardine ocre :

– La Loi concernant les Américains handicapés interdit à tout service public de licencier un employé en raison d'un handicap d'ordre médical. Je peux vous affirmer avec certitude que l'Association Américaine pour les Libertés du Citoyen va s'intéresser de très près à toute sanction que vous pourriez prendre à l'encontre de madame Bradley suite à sa courageuse révélation d'aujourd'hui. Il est de notoriété publique que nos intérêts, ainsi que vous ne pouvez manquer de le savoir, peuvent aller jusqu'à la Cour suprême.

Le directeur du DSS inspecta ses phalanges.

– Il n'y aura pas de sanction.

Il sourit et ajouta :

– Madame Bradley est l'une de nos employées les mieux considérées.

Bo n'avait jamais vu Madge Aldenhoven prendre une teinte de vert aussi peu seyante.

– Bravo ! fit Rombo Perry en bondissant au sein du groupe, joignant les mains au-dessus de sa tête comme le vainqueur d'un combat de boxe. On a gagné !

Chapitre 30

Bo se reposait, confortablement installée dans un transat sous un robuste palo verde dont les branches filiformes arboraient encore des fleurs printanières jaunes. Dans le soleil couchant au-dessus du désert d'Anza-Borrego, les petites fleurs paraissaient faites de papier beurré. Elle partageait son temps entre l'admiration pour la flore du désert et la lecture d'un livre sur les artistes du fleuve Hudson. La lumière du désert de Californie, se dit-elle, ne pouvait franchement pas rivaliser avec celle de la vallée de l'Hudson. Il n'y avait pas d'humidité d'où pouvaient s'élever ces réfractions en arc-en-ciel. Cependant le désert recelait aussi sa magie. Accessible uniquement de très près. Une vérité bien démontrée par l'une des artistes préférées de Bo, Georgia O'Keeffe. Elle s'empara de son carnet de dessins et de ses pastels et se concentra avec détermination sur la création d'une seule fleur de palo verde, soutenue par des vents ombrés et dansants.

– Pétales sur rameau noir mouillé ? interrogea Andew LaMarche en citant Ezra Pound et en se laissant tomber à terre auprès d'elle après une heure de Frisbee épuisante avec Paul et Hannah.

Mildred était allongée sur une couverture dans l'ombre légère projetée par la tête de Bo, scrutant les nombreux cactus cholla d'un œil hostile. Le pédiatre avait extrait plus de trente piquants de cactus des coussinets de sa patte avant droite.

– Quelque chose dans ce style, convint Bo. Pound a passé treize ans dans des établissements psychiatriques, vous savez. Je le considère un peu comme un oncle.

– C'est mon poète préféré, insista LaMarche. Est-ce qu'on va vraiment faire griller des barres de chocolat Hershey sur un feu de camp ?

– Bien sûr ! Ce petit séjour de camping, c'est la fête de Hannah. Ce ne serait pas complet sans ça. Mais en fait, ce sont les marshmallows qu'on va faire griller. Les barres de Hershey fondent toutes seules à la chaleur des marshmallows, tenues entre des crackers. C'est un pur délice ; vous pouvez me croire.

Andrew LaMarche ne pouvait renoncer à laisser transparaître un scepticisme évident ; il se leva pour aller aider Estrella et Martin Saint John à décharger du bois empilé dans le petit camion de Henry, garé à côté de la Jeep de location qui les avait amenés là, sur un parcours sans pistes, franchissant des lits de rivière à sec. Le petit canyon qu'avait choisi Paul pour établir leur campement leur permettait d'être à l'abri du vent et leur offrait un panorama magnifique vers l'est. Déjà un soleil évanescent dorait les strates des collines couvertes de rocailles d'une lumière cuivrée qui recouvrit bientôt le paysage de teintes d'abord lavande, puis brun sombre, et enfin noire. Eva

Broussard, portant une chemise à carreaux en flannelle, un jean et des mocassins, se tenait à l'entrée du canyon et regardait vers l'est. Dans la lumière changeante l'Indienne semblait avoir jailli de ce qui était sous ses pieds, comme l'un des cactus cholla, un acacia grège ou un arbuste argenté dont l'étrange bruissement métallique dans le vent du soir rappelait toujours à Bo les guirlandes de Noël. Se mettant debout avec peine, elle rejoignit Eva en s'aidant de ses béquilles pour avancer dans le sable.

– Cela ne fait que dix jours que Samantha est morte, dit Eva, et pourtant on dirait qu'il y a très longtemps.

– C'est le désert qui donne cette impression, répondit Bo tout en observant un rocher particulièrement violet se draper d'une couleur de cendres. Ici, les choses prennent une dimension autre, on dirait. C'est difficile à décrire, c'est comme un endroit où la vérité est libre de marcher dans notre esprit. Il y a des gens que cela effraie.

– Moi, j'adore ! dit Eva avec un sourire en se tournant pour faire face à Bo. Et évidemment, vous arrivez à exprimer cela de manière très juste.

Son regard s'assombrit.

– Vous avez risqué vos moyens de subsistance et, finalement, jusqu'à votre vie pour aider Hannah. Pourquoi êtes-vous allée aussi loin, Bo ? Qu'est-ce qui vous pousse ?

Bo se mit en équilibre sur une jambe et tendit ses béquilles vers les collines nimbées de couleurs.

– Qui sait ? fit-elle en souriant. Le risque cst l'un des composants de ma chimie intérieure. À n'importe quel moment, dit-elle en reprenant appui sur ses béquilles, je peux connaître des peurs qui dépassent tout ce que la vie réelle peut produire. Ça donne sans doute un peu plus de recul. Mais c'est peut-être simplement un pitoyable besoin adolescent de défier l'autorité.

– *Merde**, dit Eva avec conviction. Vous êtes quelqu'un d'exceptionnel, « avec un esprit que la noblesse rend simple comme le feu. »

Bo sentit chacune de ses taches de rousseur lutter contre l'intense rougeur qui montait à ses joues.

– Yeats, dit-elle en recevant ce compliment destiné à Maud Gonne.

La pensée lui vint que ses amis avaient dû passer le week-end précédent enfermés dans un séminaire consacré aux images poétiques.

– Oui, dit Eva d'un ton ferme. Une héroïne irlandaise.

Comme elles revenaient lentement vers le cercle de pierres qui allait délimiter le feu, Bo changea de sujet.

– Je ne comprends toujours pas ce qui a fait de ce John Litten le monstre qu'il était, dit-elle en s'assurant que Hannah ne pouvait les entendre. Quand la police a fini par l'identifier grâce aux archives de la Marine et à ses empreintes digitales, il est apparu qu'il avait un QI supérieur à la normale. C'était un excellent élève dans les cours qu'il a suivis dans la Marine. Même s'il venait d'un trou perdu et pauvre de Caroline du Sud, toutes les opportunités lui ont été offertes de faire quelque chose de sa vie. Au lieu de ça, il s'est servi de son intelligence pour détruire la plus belle...

– Vous avez répondu à votre propre question,

l'interrompit Eva en regardant Hannah qui écoutait Rombo Perry lui raconter pour la quatrième fois l'histoire d'un merveilleux petit chiot appelé Watson qui allait bientôt venir vivre chez Rombo et Martin, et qui, très certainement, jouerait au Frisbee. C'est difficile à accepter pour beaucoup, surtout pour les Américains, mais tout le monde ne naît pas avec le même potentiel. Dans le cas de John Litten, il manquait quelque chose d'absolument essentiel. Pas l'intelligence, mais le sens de sa propre beauté. Le moi intérieur capable de voir sa propre beauté reflétée dans d'autres créatures vivantes. Quelque chose de si fondamental que cela défie toute description ; faute de cela, on a un John Litten.

– Mais il n'y a pas un traitement, des médicaments... ?

Eva Broussard soupira, tandis que la vallée du désert se perdait dans l'obscurité.

– Ce n'est pas un problème psychiatrique, Bo. Ça va bien au-delà. Peut-être que dans un siècle nous saurons ce que c'est... un chromosome mutant, ou une inadaptation spécifique du cerveau. Pour l'instant, de telles personnes tombent par défaut dans l'analyse que propose la philosophie. Ils sont le mal, et c'est tout.

Les mots qu'elle avait murmurés s'éloignèrent puis disparurent dans les ombres du désert pendant qu'Estrella aidait Hannah à allumer le feu avec une torche de sauge sèche. Son odeur âcre emplit l'air comme de l'encens.

– Je meurs de faim ! gronda Paul Massieu d'un air heureux. Est-ce qu'on mange tout de suite ?

Tandis que Bo tirait son transat vers le feu, Paul empoigna Hannah et la tint au-dessus de sa tête. L'enfant riait. Sur son sweat-shirt gris tout neuf, les perles étaient accrochées et brillaient à la lueur du feu. Le troisième rang de cet ensemble était épinglé sur la veste de Bo. Pendant que Rombo et Henry Benedict montraient à Andrew LaMarche comment mettre correctement des hot-dogs sur des branches de chêne vert glanées dans les montagnes qui se dressaient devant eux, Hannah courut de Paul vers Bo. Une étoile filante apparut, traçant un arc fin dans le ciel assombri.

– T'as vu, Bo ? demanda Hannah en écarquillant les yeux. Tu crois que c'est les gens argentés ? Tu crois qu'ils vont venir ici ? À ton avis, c'est qui, ces gens, Bo ? Paul dit qu'on en a déjà vus ici.

– C'est aussi ce que j'ai entendu dire, répondit Bo, en serrant la petite fille dans ses bras. Et à mon avis, ce doit être des sortes d'ombres que nous voyons dans nos esprits. Ils ne sont pas réels, mais d'un autre côté, ils ne sont pas *pas* réels. Voilà ce que je pense, Hannah, en plus de penser que tu es la plus courageuse, la plus jolie et la plus futée de tout le désert !

Hannah eut un éclat de rire puis elle regarda le bloc à dessin de Bo, par terre.

– Je peux voir ton dessin, Bo ? demanda-t-elle. Qu'est-ce que c'est ? On dirait une fleur, mais on dirait un masque en paille aussi, tout seul dans le vent. Tu me le donnes, Bo ? Qu'est-ce que c'est ?

– Je te le donne, Hannah, dit Bo avec un sourire en ébouriffant les cheveux dorés. Parce que c'est nous. La Dernière qui Reste.

Rivages/noir

Joan Aiken
Mort un dimanche de pluie (n° 11)

Robert Edmond Alter
Attractions : Meurtres (n° 72)

Jean-Baptiste Baronian
Le Tueur fou (n° 202)

Marc Behm
La Reine de la nuit (n° 135)
Trouille (n° 163)
À côté de la plaque (n° 188)
Et ne cherche pas à savoir (n° 235)

Tonino Benacquista
Les Morsures de l'aube (n° 143)
La Machine à broyer les petites filles (n° 169)

Pieke Biermann
Potsdamer Platz (n° 131)
Violetta (n° 160)
Battements de cœur (n° 248)

Michael Blodgett
Captain Blood (n° 185)

Paul Buck
Les Tueurs de la lune de miel (n° 175)

Edward Bunker
Aucune bête aussi féroce (n° 127)
La Bête contre les murs (n° 174)
La Bête au ventre (n° 225)

James Lee Burke
Prisonniers du ciel (n° 132)
Black Cherry Blues (n° 159)
Une saison pour la peur (n° 238)

W.R. Burnett
Romelle (n° 36)
King Cole (n° 56)
Fin de parcours (n° 60)

Jean-Jacques Busino
Un café, une cigarette (n° 172)
Dieu a tort (n° 236)

George Chesbro
Une affaire de sorciers (n° 95)
L'Ombre d'un homme brisé (n° 147)
Bone (n° 164)
La cité où les pierres murmurent (n° 184)
Les Cantiques de l'Archange (n° 251)
Les Bêtes du Walhalla (n° 252)

Andrew Coburn
Toutes peines confondues (n° 129)

Michael Collins
L'Égorgeur (n° 148)
Rosa la Rouge (n° 267)

Robin Cook
Cauchemar dans la rue (n° 64)
J'étais Dora Suarez (n° 116)
Vices privés, vertus publiques (n° 166)
La Rue obscène (n° 200)
Quand se lève le brouillard rouge (n° 231)
Le Mort à vif (n° 241)
Bombe surprise (n° 260)

Peter Corris
La Plage vide (n° 46)
Des morts dans l'âme (n° 57)
Chair blanche (n° 65)
Le Garçon merveilleux (n° 80)
Héroïne Annie (n° 102)
Escorte pour une mort douce (n° 111)
Le Fils perdu (n° 128)
Le Camp des vainqueurs (n° 176)

Hélène Couturier
Fils de femme (n° 233)

James Crumley
Putes (n° 92)

Mildred Davis
Dark Place (n° 10)

Jean-Paul Demure
Milac (n° 240)

Pascal Dessaint
La vie n'est pas une punition (n° 224)
Bouche d'ombre (n° 255)

Thomas Disch/John Sladek
Black Alice (n° 154)

Wessel Ebersohn
La Nuit divisée (n° 153)
Coin perdu pour mourir (n° 193)
Le Cercle fermé (n° 249)

Stanley Ellin
La Corrida des pendus (n° 14)

James Ellroy
Lune sanglante (n° 27)
À cause de la nuit (n° 31)
La Colline aux suicidés (n° 40)
Brown's Requiem (n° 54)
Clandestin (n° 97)
Le Dahlia noir (n° 100)
Un tueur sur la route (n° 109)
Le Grand Nulle Part (n° 112)
L.A. Confidential (n° 120)
White Jazz (n° 141)
Dick Contino's Blues (n° 212)

Howard Fast
Sylvia (n° 85)
L'Ange déchu (n° 106)

Kinky Friedman
Meurtre à Greenwich Village (n° 62)
Quand le chat n'est pas là (n° 108)
Meurtres au Lone Star Café (n° 151)
Le Vieux Coup de la sauterelle (n° 197)
Elvis, Jésus et Coca-Cola (n° 264)

Samuel Fuller
L'Inexorable Enquête (n° 190)
La Grande Mêlée (n° 230)

Barry Gifford
Port Tropique (n° 68)
Sailor et Lula (n° 107)
Perdita Durango (n° 140)
Jour de chance pour Sailor (n° 210)
Rude journée pour l'homme-léopard (n° 253)

David Goodis
La Blonde au coin de la rue (n° 9)
Beauté bleue (n° 37)
Rue Barbare (n° 66)
Retour à la vie (n° 67)
Obsession (n° 75)

James Grady
Le Fleuve des ténèbres (n° 180)
Tonnerre (n° 254)

Russell H. Greenan
Sombres Crapules (n° 138)
La Vie secrète d'A. Pendleton (n° 156)
C'est arrivé à Boston ? (n° 205)
La Nuit du jugement dernier (n° 237)
Un cœur en or massif (n° 262)

Joseph Hansen
Par qui la mort arrive (n° 4)
Le petit chien riait (n° 44)
Un pied dans la tombe (n° 49)
Obédience (n° 70)
Le Noyé d'Arena Blanca (n° 76)
Pente douce (n° 79)
Le Garçon enterré ce matin (n° 104)
Un pays de vieux (n° 155)
Le Livre de Bohannon (n° 214)

John Harvey
Cœurs solitaires (n° 144)
Les Étrangers dans la maison (n° 201)
Scalpel (n° 228)
Off Minor (n° 261)

George V. Higgins
Les Copains d'Eddie Coyle (n° 114)
Le Contrat Mandeville (n° 191)
Le Rat en flammes (n° 243)

Tony Hillerman
Là où dansent les morts (n° 6)
Le Vent sombre (n° 16)
La Voie du fantôme (n° 35)
Femme-qui-écoute (n° 61)
Porteurs-de-peau (n° 96)
La Voie de l'Ennemi (n° 98)
Le Voleur de temps (n° 110)
La Mouche sur le mur (n° 113)
Dieu-qui-parle (n° 122)
Coyote attend (n° 134)
Le Grand Vol de la banque de Taos (n° 145)
Les Clowns sacrés (n° 244)

Chester Himes
Qu'on lui jette la première pierre (n° 88)

Dolores Hitchens
La Victime expiatoire (n° 89)

Geoffrey Homes
Pendez-moi haut et court (n° 93)
La Rue de la femme qui pleure (n° 94)

William McIlvanney
Les Papiers de Tony Veitch (n° 23)
Laidlaw (n° 24)
Big Man (n° 90)
Étranges Loyautés (n° 139)

Marc Menonville
Jeux de paumes (n° 222)
Walkyrie vendredi (n° 250)

Ronald Munson
Courrier de fan (n° 226)

Tobie Nathan
Saraka bô (n° 186)

Jim Nisbet
Les damnés ne meurent jamais (n° 84)
Injection mortelle (n° 103)
Le Démon dans ma tête (n° 137)
Le Chien d'Ulysse (n° 161)

Kyotaro Nishimura
Petits crimes japonais (n° 218)

Jack O'Connell
B.P. 9 (n° 209)

Liam O'Flaherty
L'Assassin (n° 247)

Jean-Hugues Oppel
Brocéliande-sur-Marne (n° 183)
Ambernave (n° 204)
Six-Pack (n° 246)

Abigail Padgett
L'Enfant du silence (n° 207)
Le Visage de paille (n° 265)

Hugues Pagan
Les Eaux mortes (n° 17)
La Mort dans une voiture solitaire (n° 133)
L'Étage des morts (n° 179)
Boulevard des allongés (n° 216)

Bill Pronzini
Hidden Valley (n° 48)

Bill Pronzini/Barry N. Malzberg
La nuit hurle (n° 78)

Michel Quint
Billard à l'étage (n° 162)
La Belle Ombre (n° 215)
Le Bélier noir (n° 263)

Les Arnaqueurs (n° 58)
Vaurien (n° 63)
Une combine en or (n° 77)
Le Texas par la queue (n° 83)
Écrits perdus (1929-1967) (n° 158)
Le Criminel (n° 167)
Écrits perdus (1968-1977) (n° 177)
Hallali (n° 195)
L'Homme de fer (n° 196)
Ici et maintenant (n° 229)

Masako Togawa
Le Baiser de feu (n° 91)

Armitage Trail
Scarface (n° 126)

Marc Villard
Démons ordinaires (n° 130)
La Vie d'artiste (n° 150)
Dans les rayons de la mort (n° 178)
Rouge est ma couleur (n° 239)

Donald Westlake
Drôles de frères (n° 19)
Levine (n° 26)
Un jumeau singulier (n° 168)
Ordo (n° 221)
Aztèques dansants (n° 266)

Janwillem Van De Wetering
Comme un rat mort (n° 5)
Sale Temps (n° 30)
L'Autre Fils de Dieu (n° 33)
Le Babouin blond (n° 34)
Inspecteur Saito (n° 42)
Le Massacre du Maine (n° 43)
Un vautour dans la ville (n° 53)
Mort d'un colporteur (n° 59)
Le Chat du sergent (n° 69)
Cash-cash millions (n° 81)
Le Chasseur de papillons (n° 101)

Harry Whittington
Des feux qui détruisent (n° 13)
Le diable a des ailes (n° 28)

Charles Willeford
Une fille facile (n° 86)
Hérésie (n° 99)
Miami Blues (n° 115)
Une seconde chance pour les morts (n° 123)
Dérapages (n° 192)
Ainsi va la mort (n° 213)

Charles Williams
La Fille des collines (n° 2)
Go Home, Stranger (n° 73)
Et la mer profonde et bleue (n° 82)

Timothy Williams
Le Montreur d'ombres (n° 157)
Persona non grata (n° 203)

Daniel Woodrell
Sous la lumière cruelle (n° 117)
Battement d'Aile (n° 121)
Les Ombres du passé (n° 194)

Rivages/mystère

Charlotte Armstrong
Le Jour des Parques (n° 13)
L'Inconnu aux yeux noirs (n° 15)
Une dose de poison (n° 21)

Francis Beeding
La Maison du Dr Edwardes (n° 9)
La mort qui rôde (n° 12)
Un dîner d'anniversaire (n° 18)

Algernon Blackwood
John Silence (n° 8)

Jypé Carraud
Tim-Tim Bois-Sec (n° 22)

Amanda Cross
En dernière analyse (n° 23)

Armanda Cross
En dernière analyse (n° 23)

Mildred Davis
Crime et chuchotements (n° 14)
Passé décomposé (n° 16)
Un homme est mort (n° 20)

Michael Dibdin
L'Ultime Défi de Sherlock Holmes (n° 17)

John Dickson Carr
En dépit du tonnerre (n° 5)

William Kotzwinkle
Fata Morgana (n° 2)

Alexis Lecaye
Einstein et Sherlock Holmes (n° 19)

John P. Marquand
À votre tour, Mister Moto (n° 4)

Anthony Shaffer
Absolution (n° 10)

J. Storer-Clouston
La Mémorable et Tragique Aventure de Mr Irwin Molyneux (n° 11)

Rex Stout
Le Secret de la bande élastique (n° 1)
La Cassette rouge (n° 3)
Meurtre au vestiaire (n° 6)

Josephine Tey
Le plus beau des anges (n° 7)

Achevé d'imprimer en février 1997
sur les presses de l'Imprimerie Hérissey à
Évreux – Eure
pour le compte des Éditions Payot & Rivages
106, bd Saint-Germain - 75006 Paris

Dépôt légal : mars 1997
N° d'imprimeur : 75698

Bo 2